Nadine Kegele

BEI SCHLECHTWETTER
BLEIBEN EIDECHSEN ZU HAUSE

ROMAN

GEGRÜNDET
1999

Nadine Kegele

BEI SCHLECHTWETTER

BLEIBEN EIDECHSEN ZU HAUSE

ROMAN

Czernin Verlag, Wien

Die Autorin dankt dem Bundeskanzleramt Österreich, Kunst/Kultur sowie der Österreichischen Gesellschaft für Literatur für die Unterstützung der Arbeit an diesem Roman.

Kegele, Nadine: Bei Schlechtwetter bleiben Eidechsen zu Hause /
Nadine Kegele
Wien: Czernin Verlag 2014
ISBN: 978-3-7076-0501-3

© 2014 Czernin Verlags GmbH, Wien
Lektorat: Michael Hammerschmid
Umschlaggestaltung: sensomatic
Umschlagfoto: Elzbieta Sekowska
Autorinnenfoto: Katharina Roßboth
Druck: Druckerei Theiss GmbH, A-9431 St. Stefan
ISBN Print: 978-3-7076-0501-3
ISBN E-Book: 978-3-7076-0502-0

Der will nur spielen

Zum Glück gibt es genug Tierärzte, die gesunde Hunde einschläfern.

Vielleicht war er ja krank.

Und wenn schon.

Zumindest war er ziemlich beleibt.

Du kannst ruhig die Wahrheit sagen, sagt Nora und wickelt ihren Schal vom Hals, ein warmer Tag, viel zu schön zum Töten.

Lasset Beleibte um mich sein – wer hat das gesagt?, fragt die Füchsin.

Nora denkt nach. Am Himmel schiebt der Wind dicke Wolken vorüber, die eine konkrete Form hätten, wäre sie zwanzig Jahre jünger. Der Wind bleibt in ihren Haaren hängen. Sie schüttelt ihren Kopf, er sucht sich eine andere Frisur, um sich hineinzusetzen und ein Stück weit getragen zu werden.

Jesus?

Im Zweifelsfall Jesus, lacht die Füchsin.

Als spielte er Verstecken, war der Hund unter dem Küchentisch gesessen. Kein Geräusch. Dabei hatten sie ihn alle bereits gesehen in seinem Versteck. Er hatte bestimmt Hunger, denkt Nora, gebellt hatte er dennoch nicht, als sie die Wohnung betraten. Nachmittag, die Vorhänge geschlossen, die Hausbesorgerin hatte die Lichter angeschaltet, die Lichter waren zu schwach, um Tageslicht zu imitieren, die Wohnung war dem Tag voraus und die Küchenuhr log. Der Geruch war Nora vertraut gewesen. Die Mutter hatte ihn mitübersiedelt. Ihn mit dem Staubsauger aus der alten Wohnung gesaugt, in einen Umzugskarton geblasen, in die Stadt gefahren, in der neuen

Wohnung aufgeschnitten und den Geruch mit einem Fächer gleichmäßig verteilt. Die alte Wohnung hatte eine Wanne gehabt, die neue eine Duschtasse in der Küche.

In der Küche, wiederholt Nora, als die Füchsin sagt, dass die Wohnung doch ganz nett sei.

Auf dem Tisch waren staubige Kunstblumen gestanden, die dem daruntersitzenden Hund aus dem Kopf gewachsen waren, wenn Nora die Augen zu einem Schlitz verkleinerte. Ein Indianerhäuptling mit lockigen Ohren und traurigem Blick.

Wir hätten ihn ins Tierheim bringen sollen, sagt Nora und sieht den Wind im Haar der Füchsin.

Ein dermaßen fetter Hund hätte doch keine Chance, sagt die Füchsin, dicke Kinder will auch niemand.

Ich habe ihr Kind umgebracht?

Du lebst doch noch, sagt die Füchsin, und Haustiere werden überbewertet.

In der Praxis hatte es nach Zahnarzt gerochen. Die Tierärztin hatte den Preis genannt und gefragt, ob sie dabei sein wollten. Kurz hatte Nora überlegt.

Die drei häufigsten Sprüche von Hundebesitzern?, fragt die Füchsin und wartet Noras Antwort gar nicht erst ab: Erstens, der tut nix. Zweitens, der will nur spielen.

Und drittens?, fragt Nora doch.

Also das hat er noch nie gemacht, ruft die Füchsin aus und lacht laut über sich selbst.

Im Wartezimmer waren vier Hunde am Boden gelegen, zwei hatten unter den Stuhl gepasst, zwei waren vor den Füßen gelegen, einer davon auf den Schuhen seines Frauchens, ihre Füße amputiert von seinem Fell.

Nora spürt, wie ihr etwas den Hals zu verschließen beginnt: Ich habe das Gefühl, die ganze Stadt hat einen Hund, sagt sie und gibt sich Mühe, Hunde nicht zu mögen.

Die Wahrheit ist, sagt die Füchsin, das häufigste Haustier ist der Fisch.

DAS HABEN WIR nicht, sagt Nora und gibt sich Mühe, seinem Blick standzuhalten. Antons Augen drücken sich aus dem Gesicht, der Frosch sieht sie erstaunt an.

Was hätten wir denn tun sollen?, fragt Nora und möchte lieber keine Antwort. Tierheim, Internetanzeige, den Hund aufnehmen, so lange wie nötig.

Nora will Antons Augen in seinen Kopf zurückdrücken, mit den Fingernägeln voraus. Er geht drei Schritte durch den Raum und legt seine Arme um sie, womit er doch noch alles richtig macht. Sie riecht sein Hemd. Sein Hemd riecht nach seiner Tochter, seine Tochter nach seiner Ex-Frau. Das bildet sie sich ein, damit es wehtut. Nora löst sich aus dem Griff und sieht auf ihre Finger. Der Nagel des Ringfingers ist eingerissen, der kümmerliche Rest stößt in die umliegende Haut vor. Land einnehmen, eine Fahne hineinstecken, für immer bleiben.

Und der Hund war ruhig?, fragt er.

Kein Geräusch, sagt Nora.

Als Zivi wurde ich einmal zu einer Frau gerufen. Wir konnten nicht zu ihr durch, weil der Hund vor ihr saß und bellte und die Zähne fletschte, sobald einer von uns näher kam. Da hat der Fahrer eine Decke genommen und über den Hund geworfen.

Gemein, sagt Nora.

Sie war tot, sagt Anton. Und einmal sind wir zu einer Gebärenden nach Hause gekommen. Das Baby war schon da. Sie hat sich dafür in die Badewanne gelegt.

Und wie passt das jetzt hierher?, will Nora wissen.

Gar nicht, sagt Anton, aber es muss furchtbar sein, bei der ersten Geburt, nicht zu wissen, was jetzt alles passieren wird mit dir.

Das findet Nora auch.

Und Maresa will einen Hamster, sagt Anton.

Nora biegt mit dem Daumennagel die Ecken des zu kurzen Nagels in die Höhe. Der Finger daneben beobachtet die Prozedur.

Und?

Der Frosch zieht die Lider über die Augen und schüttelt den Kopf.

HÖR NICHT AUF ihn, sagt der Baum.

Hinter Noras Spiegelbild sitzen A-Würmchen und B-Würmchen und genügen sich selbst, das findet Nora beruhigend. Die schwarzbraunen kleinen Schlangen, die vom Maul weg ins Wasser schwänzeln, glänzen und schlagen Wellen in Zeitlupe. Sie sind dünner als letztes Mal. Die Füchsin sagt, es sind sensible Tiere, fürs Fressen brauchen sie Ruhe und Zeit.

Wann ist die nächste Fütterung?, fragt Nora.

Willst du dabei sein?, fragt der Baum.

Warum übergießt du sie nicht endlich mit Spiritus?, fragt Nora.

Bin ich ein Unmensch?, fragt der Baum und wechselt in den Storch.

Der Storch steht der Füchsin, findet Nora, der Storch hat Eleganz, die Füchsin auch.

Was war noch mal die Alternative? Zerschneiden?

Einfrieren, korrigiert die Füchsin, mindestens zwölf Stunden, minus achtzehn Grad.

Ist doch okay, sagt Nora, erfrieren ist kein schlechter Tod, und klopft an die Scheibe wie an ein Fenster in ein Haus hinein, und deine Knie sind doch wieder in Ordnung, oder?

Die Füchsin antwortet mit der Krähe. Nora stellt sich vor die Terrassentür, die offen steht, damit sie nicht auf und davon fliegt.

Wenn dir kalt ist, bitte schließen, drückt die Krähe hervor, ihr Kopf rot wie ihre Haare.

Der Straßenlärm im Zimmer verstummt. Mit einem Schnauben richtet sich die Füchsin auf und dehnt sich in den Hund. Ihre Handflächen drückt sie ihrem Freund ins Gesicht und verbeult seine Wangen. Seitdem der Vater der Füchsin das Internet entdeckt hat, treffen immer neue und absurdere Pakete bei ihnen ein. Zuletzt eine personifizierte Yogamatte. Ein Foto von Hannes ist auf die Matte gedruckt, lebensgroß, die Füchsin turnt auf seinen Muskeln, wenn sie Yoga macht.

Nimmst du die auch im Studio?, fragt Nora.

Die Füchsin verneint und fragt: Tee?, während sie sich aus dem Hund in den Raum hineinstreckt.

Ich wollte es, ich wollte, dass er stirbt, sagt Nora.

Yogitee sagt: Große Persönlichkeiten müssen durch große Prüfungen gehen.

Ich weiß, sagt die Füchsin, und jetzt musst du loslassen.

Nach dem Yoga spricht die Füchsin gerne weich und berührt alles mit samtener Hand. Der Samt liegt warm und sanft auf Noras Wange. Es wäre eine gute Ärztin aus ihr geworden, denkt Nora. Sie mag, wie die Füchsin sie anfasst. Sie mag nicht, wie die Füchsin sie anfasst. Sie beugt sich zur Teekanne und schenkt nach.

Wenn du sie fütterst, ruf mich an, klingt es heiter aus ihrem Mund.

Sag nicht, ich hätte dich nicht gewarnt, geht die Füchsin darauf ein, Blutegel sind nichts für schwache Nerven.

Nora denkt, wenn jemand A-Würmchen heißt, kann es so schlimm nicht werden, und für B-Würmchen lässt sie dasselbe gelten.

Kannst du sie voneinander unterscheiden?, fragt Nora und die Füchsin kennt ihre Haustiere. Sie blickt ins Aquarium, zeigt mit dem Finger auf den ersten: A, und auf den zweiten: B.

Und was ist das?, will Nora wissen und zeigt auf etwas, das im Wasser schwimmt und aussieht wie –

Haut, kann die Füchsin Noras Gedanken lesen, Blutegel müssen sich regelmäßig häuten.

Wie Schlangen?

Ja, sagt die Füchsin, wie Schlangen, aber das Häuten kann auch mal schiefgehen.

Und dann?

Verwickeln sie sich darin und sterben.

Hat sich der Dritte verwickelt?, fragt Nora.

Nein, sagt die Füchsin, der ist von den anderen gefressen worden.

SEIT DER GEBROCHENEN HAND war Nora nicht mehr in einem Krankenhaus gewesen. Ein Bruch, wie ihn sonst nur Boxer haben, hatte der Notfallarzt gesagt, Mittelhandknochen, und anerkennend durch die Zähne gepfiffen. Nora hatte sich gefallen in dieser Rolle, hatte ihre Ellbogen ausgefahren zum Beweis, als Boxerin riskiert sie eben was.

Soll ich mitkommen?, fragt Anton.

In seiner Hand die ihre, kalt und nass, sein Daumen verreibt den Schweiß in ihrer Handfläche. Eine Krankenschwester lächelt ihnen zu, als sie das Zimmer betreten, ihr Mund sitzt schief, bleibt auf der einen Seite ihres Gesichts hängen. Nora gefällt das Lächeln, es ist ehrlich, will nicht schöner sein, als es ist, und die Stimme passend dazu, Alt. Sie schlägt die Bettdecke glatt, streicht über eine fahle Stirn, kommt auf Nora zu, streckt ihr die Hand entgegen.

Wir werden uns nun öfter sehen, sagt sie, weder traurig noch auf sonst eine Art als Regieanweisung, denkt Nora und weiß nicht, was sie sagen soll, denn außerdem schiebt die Krankenschwester dieser Information ein Schätzchen hinterher, wir werden uns nun öfter sehen, Schätzchen, und wenn Sie etwas brauchen, rufen Sie nach mir.

Nora liest *R. Kovacs* auf dem kleinen Schild, das ihr von der Oberweite entgegengestreckt wird. Es ist eine mächtige Oberweite, Nora weicht einen Schritt zurück. Sie blickt zu Anton, doch der hat bloß Augen für das Bett, an dem eine Beatmungsmaschine laut Luft holt.

Er setzt sich auf den Stuhl neben einer Tür. Die Tür steht offen und der Raum mit Waschbecken, Dusche und Toilettenschüssel scheint so winzig, dass es nur eine Puppenstube sein kann, ein Badezimmer nicht. Nora macht ebenso winzige Schritte hin zum Bett. Der Weg ist kilometerlang. Und es kann gar nicht weit genug sein, ginge es nach ihr, doch das Bett kommt trotzdem näher und wird größer und mit ihm die Gestalt, die unter einer dünnen weißen Decke liegt und so übertrieben laut atmet, dass es Nora unangenehm ist.

Sie ist so klein, sagt sie.

Was?, fragt Anton.

Nora räuspert sich.

Sie liegt da, denkt sie, und ist klein. Die Hände der Mutter waren immer klein, aber die Mutter war nie klein, die Mutter war riesengroß und schnell und unberechenbar, hatte hinge-hauen mit ihren kleinen Händen wie mit Pranken. Sie liegt vor ihr, aber sie sieht sie nicht, sie kann sie nicht erkennen. Ihre Mutter hatte einen Schlagarm, die da hat Ärmchen und eingefallene Wangen. Nora hätte ihr in die Augen sehen müssen, um sie wiederzuerkennen, die Augen sind geschlos-sen. Das ist nicht ihre Mutter. Doch sie hat eine Narbe auf ihrer Stirn, sie ist verblasst, aber noch da. Und plötzlich wird sie doch zu ihrer Mutter. Nora erkennt sie an der Narbe auf ihrer Stirn.

Ist das notwendig?, fragt Anton, als Nora sich am Flur-Automaten Zigaretten drückt. Sie hatte hinter einem Mann in Bademantel gestanden, dem sie ein Loch in den Kopf starrte, er drückte unter Schmerzen seine Zigarettenmarke, dann ging er, um seinen Hinterkopf verarzten zu lassen.

Ja, sagt Nora und wickelt das Zellophan von der Packung, ihre Finger sind ungeschickt, sie hören nicht auf das Kommando, das sie gibt. Anton hebt das Zellophan vom Boden auf und wirft es in den nächsten Mülleimer.

So stellt Nora sich tot vor, Koma sieht aus wie tot, nur das Beatmungsgerät und die Maschinen mit ihrem Gurgeln und Piepen unterscheiden sich davon.

Was ist passiert?, hatte sie gefragt und der Arzt hatte gesagt: Eine unmenschliche Menge Insulin.

Unmenschlich, ja, das passt zur Mutter.

Freddy sang vom Meer

17

DASS DER POLIZIST ein Tennis-Rivale ihres Mannes war, schien der Mutter außerdem peinlich, das konnte Erika an ihrem Gesicht ablesen, das in ihrem Dekolleté verschwinden wollte. Sie hätte gleich nach Hause gehen sollen, sie hätte nicht schreien sollen, und dann nicht auf die Lindinger hören, nicht mit der Lindinger mit auf die Wache, einfach nach Hause, hinauf in ihr Zimmer, ein Bad nehmen, kein Wort darüber verlieren, es selbst vergessen, als wäre nichts, und als wäre auch gar nichts passiert.

Wir haben die Daten aufgenommen, wir haben die Aussage, aber wir wissen im Grunde nicht, wie der Mann –

Täter, dachte Erika.

– aussah, wir werden sehen.

Danke, Officer Groß, danke für alles.

Groß sah die Mutter erstaunt an, aber der Titel schien ihm zu gefallen, das las Erika von seinem Schnauzbart ab, der ein wenig wackelte, als lächelte die Oberlippe, aus der er herauspross, in Richtung Nase. Der neue Titel machte den kleinen Mann das, was er geheißen wurde, zumindest aber um wenige Zentimeter größer in seinem Bürosessel. Auch er verbrachte seine freien Abende vor dem Fernseher, sah Detektivfilme und wünschte sich insgeheim in interessantere Kriminalfälle hinein, als dieser hier einer war für ihn, vermutete Erika.

Wir dürfen nicht vergessen, der Mann –

Täter!

– hat ja im Grunde gar nichts gemacht, wahrscheinlich übermütig, zu viel Energie, aber im Grunde harmlos.

Sehr wohl, Officer Groß, sagte die Mutter zu dem kleinen Mann, der, obwohl er gewachsen war seit seiner Beförderung durch die Mutter, in seinem Bürosessel saß wie ein Kind auf einem Thron.

Erika hätte ihrer Mutter gerne ins Schienbein getreten, das unter dem Tisch, auf dem Groß das Protokoll aus der Schreibmaschine drehte, vibrierte, doch sie würde Mutters Schienbein noch zum Autofahren brauchen, sie war zu müde, sehr müde, um zu Fuß zu gehen.

Es tut mir leid, dass wir Sie so spät belästigt haben.

Aber selbstverständlich, sagte Groß.

Die Mutter stieß Erika in die Seite: Und jetzt komm.

Vielen Dank, sagte Erika zu Groß und dachte, für gar nichts.

Pass auf dich auf, Erika, sagte Groß.

Ja, Herr Groß, sagte Erika und dachte, es wäre deine Aufgabe aufzupassen.

Keine dunklen Straßen so spät und –

Er gab ihr den Gitarrenkoffer in die Hand, die Mutter klopfte Erikas Mantel ab, der staubig geworden war, als sie auf der Wiese gelegen und kurz keine Luft bekommen hatte, weil der schwere Körper auf ihren Brustkorb drückte.

– vielleicht ziehst du dir besser Hosen an, wenn du abends unterwegs bist.

Die Mutter hörte auf, nervös mit dem Bein zu klopfen und lief puterrot an.

Zu deiner eigenen Sicherheit, fügte er mit gespielt väterlichem Gesicht hinzu.

Ja, Officer Groß, Ja, antwortete die Mutter und watschelte, Erika vor sich herschiebend, aus der Wachstube.

Die Nacht schluckte sämtliche Geräusche, die der Tag gemacht hatte, und Erika war, als läge bereits jetzt ihr Kopf in der Badewanne unter Wasser, dumpfe Stille. Es war das erste Gefühl seitdem, sie wollte festhalten daran. Sie schloss die Augen und lief die nächsten Schritte blind.

Was hast du dir nur dabei gedacht?

Sie öffnete ihre Augen.

Ich –

Du, du, du, zischte die Mutter, die sich aus ihrer geduckten Position, die sie Officer Groß zuliebe eingenommen hatte, in ihre eigentliche Größe auseinanderzufalten begann, du, du, du, es war ein Brüllen, das zu einem Flüstern geschrumpft wurde.

Die Leute reden, das weißt du so gut wie ich, und wenn sie hören, dass du in der Nacht umherstreunst wie eine läufige Hündin, denken sie weiß Gott was.

Sollen sie, sagte Erika und klapperte mit der Schnalle der Autotür, ich habe nichts getan, ich wollte nichts von dem, der hat mich zu Boden geworfen und ist auf mich draufgestiegen, nicht ich auf ihn.

Mit einem Rock geht das ja auch ganz gut.

Den hast du mir gekauft!

Hab ich gewusst, was du vorhast damit?

Erika schwieg.

Und musstest du unbedingt die ganze Stadt aufscheuchen mit deinem Geschrei?

Schwieg.

Aber Hauptsache, die Lindinger hat dich gehört, Hauptsache die Lindinger.

Schwieg.

Jetzt muss ich morgen mit Konfekt zu ihr und sie anflehen, den Mund zu halten.

Schwieg.

Und du weißt genau, dass ich sie nicht ausstehen kann, sagte die Mutter und begann ihre Lippen mit ihrem Mund zu bearbeiten, weil sie ihr Konfekt gerne selber aß.

Erika wollte weiterschweigen, sagte aber: Es tut mir leid.

Das will ich auch hoffen. Und jetzt steig ein, bevor uns jemand sieht.

Die Mutter, die ihre Lippe aß, drehte den Autoschlüssel, der Zapfen schoss aus der Lederverkleidung, sie verschwand im Wagen, lehnte sich auf Erikas Seite, die Autotür sprang auf. Erika wäre nach Gehen gewesen. Einen Schritt nach dem anderen. Doch nicht mehr heute. Angst macht müde, dachte sie, Angst macht verdammt noch mal müde, und Unrecht auch. Das Letzte, was sie sah, bevor ihre Augenlider herunterfielen, waren die braunen Strümpfe der Mutter, die in eine breitbeinige Fahrposition rutschten. Den Rock hatte sie ein wenig hochgezogen, wie sie es immer machte, wenn sie das Auto fahren musste, und die Strumpfhose hatte eine fette Laufmasche. Ihre lackierten Finger drehten den Radioknopf und Freddy sang vom Meer. Die Mutter mochte Freddy, seit er singen konnte, dann wechselte das Radio zu ABBA, Erika mochte ABBA, aber die Mutter drehte bereits weiter, weil ihr Freddy lieber war.

– gibt es vonseiten der Kirche. Dennoch tritt sie ab 1. Jänner in Kraft und stellt einen Abbruch bis in die zwölfte Woche straf –

Die monotone Stimme in Erikas Kopf ging per Knopfdruck in ein warmes Pochen über, das in ihren Körper ausstrahlte wie narkotisierend. Autofahren konnte die Mutter, die Schlaglöcher –

Und deinem Vater wirst du das selber erklären, hörst du?

– waren schläfrige Wellen auf einem schwarzen Meer.

FAST WAR ES SCHADE, dass sie nie mehr in die Kirche gehen würde. Diese hier hätte sie gerne von innen gesehen. Von außen konnte sie bloß die Kirchenglocke hören, verschliffen. Es war eine moderne Kirche. So alt wie sie vielleicht, höchstens, die alte, hat der Koch gesagt, war nach einem Brand abgetragen worden. Von der Fensterreihe aus, neben der Erika die dampfenden Tagesplatten auf ihre Unterarme türmte, sah sie die Spitze. Ein Hütchen, es sah modisch aus, zu modisch für eine katholische Kirche. Hölzerne Plättchen schossen auf zwei Seiten schräg und steil nach unten und bildeten das Dach. Die Seiten waren verkleidet mit Glas. An einem sonnigen Tag, Hochzeit oder Taufe, musste das Innere der Kirche ein Wintergarten sein.

Schnitzel zu Tisch 8! (Herta)

Bin schon unterwegs. (Erika)

Sie bildete sich auf ihre Position etwas zu viel ein, fand Erika, aber sie parierte, wenn Herta ihr was anschaffte, sie wollte arbeiten und mit genug Geld heimkommen, um zu Hause aus- und in der Stadt einzuziehen. Sie war speziell freundlich zu den Gästen, selbst dann, wenn ein Gast speziell unfreundlich war zu ihr. So eine Beleidigung tat beim ersten Mal weh, beim zweiten Mal war es noch immer unangenehm, beim dritten Mal hatte es sie nicht mehr treffen können. Sie sagte sich, dass eine Beleidigung sie nicht treffen könne, sie sagte sich, sie habe Übung darin. Sie gab sich trotzdem alle Mühe, diesen Gästen auszuweichen.

Wird's bald? (Herta)

Entschuldigung, Herta. (Erika)

Sie griff nach dem Schnitzel und türmte die Kinderteller für den Arzttisch auch noch auf ihren Arm, das hatte sie schnell gelernt, doch Herta wollte es partout nicht sehen. Herta blickte in die Wanne mit den Wurstnudeln für die Skilehrer, so gespielt konzentriert, als liefe darin ein spannender Film, von dem sie keine Sekunde verpassen durfte. Diese schmerzhafte Abneigung war doch nicht normal. Sie hätte Herta in die Nudeln stoßen wollen, oder, von ihr aus, mitten in den Film, bloß aus den Augen, aber vor allem aus den Ohren. Muss an Herta liegen, dachte sie und ging rückwärts durch die Schwingtür ins Restaurant.

Ob die Eltern dieser Kinder, die mit ihrer Gabel soeben Buchstaben in den Holztisch ritzten, tatsächlich ein Arzt und dessen Frau waren, wusste sie nicht, aber der Weinkellner sprach den Mann mit Herr Doktor an und das Gesicht seiner Frau sah aus, als hätte sie sich alle Krankheiten, die ihr Mann in seiner Praxis je diagnostiziert hatte, einverleibt.

Ich finde sie reizend, hatte Moni gesagt, aber auch nur, da sie die Stelle als Zimmermädchen bekommen hatte und jeden Morgen, wenn die Familie auf der Piste war, auf dem Nachtkästchen ein paar Münzen für sie bereitlagen, weil Moni ihr Zimmer putzte, Kosmetika nachfüllte und Handtücher austauschte – sie wollten jeden Tag frische, obwohl die vom Vortag noch gut waren. Erika hatte noch nie Trinkgeld von ihnen erhalten, wenn sie ihren Tisch abräumte, nie etwas fallen gelassen hatte dabei, dem Doktor ohne Aufforderung seinen Gute-Nacht-Birnenschnaps servierte und dann noch einen, weil er aussah, als könnte er ihn brauchen, während seine Frau mit der Syphilis um ihre Mundwinkel beschäftigt und ein Kind unter der Sitzbank verloren gegangen war und das andere nach ihm suchte.

Manche warten damit auf den letzten Tag, hatte Norbert gesagt, und dann geben sie mächtig, doch Norbert war erst seit drei Tagen hier, Erika war nicht klar, woher er das wissen wollte. Sie hegte die Vermutung, dass Moni als Zimmermädchen das eine oder andere Geheimnis zu bewahren hatte und für ihr Schweigen bezahlt wurde. Es wussten dennoch alle in der Küche, wie oft Herr und Frau Doktor es miteinander trieben.

Nie, sagte Moni, das Laken ist sauber wie in einem Kloster.

Jeden Tag?

Jeden Tag, bestätigte Moni.

Ein anderes Geheimnis, das Moni auf ihre Art hütete, war das große Handtuch mit dem braunen Streifen auf dem Frottee, der noch gerochen hatte, obwohl er schon hart war.

Wahrscheinlich hatte eines der Kinder Magen-Darm, vermutete Erika.

Das wäre nicht mit einem Streifen getan, sagte Moni.

Was soll es sonst gewesen sein?, sagte Erika, ich meine, ein Doktor.

Das klingt doch bloß, sagte Moni, als wäre er was Besseres. Die Wahrheit ist, er ist es nicht. Und weißt du, warum ich das weiß?

Warum?, fragte Erika, da sie wusste, dass Moni gerne gefragt werden wollte.

Weil ich schon alles gesehen habe, sagte sie, und zwar in den besten Suiten.

In der Alpen-Suite?, fragte Erika.

In der Alpen-Suite, sagte Moni.

In der Edelweiß-Suite?, fragte Erika.

In der Edelweiß, sagte Moni.

Glocknerblick?

Jawohl!

Morgen war der letzte Tag des Skiurlaubs der Familie Doktor. Hilft es nicht, schadet es nicht, sagte sich Erika, das

Geld konnte sie brauchen, also faltete sie im Dunkeln ihre Hände und bewegte die Lippen.

Was sagst du?, fragte Moni.

Nichts, sagte Erika und verlagerte das Gebet von den Lippen in den Kopf.

In der Klosterschule war ihr ausgetrieben worden, an einen Gott zu glauben, doch die Rituale waren hängen geblieben, weil man nichts vergisst, was eingeprügelt worden war. Und die ganze Hauswirtschaft ergab nun wenigstens Sinn.

Geld ist Geld, hatte Norbert gesagt, mehr muss Geld nicht können, aber Erika hatte gesagt: Geld muss Geld sein und dann zu etwas anderem werden, nur dann hat Geld Sinn.

Moni?

Ich will schlafen, raunte es durchs Zimmer.

Wie gefällt dir Norbert?

Moni lachte in ihren Polster hinein, der Polster schluckte es.

Ich glaube, ich –

– ich weiß, was du meinst, unterbrach Moni.

Tust du nicht.

Wetten?, sagte sie schläfrig.

Erika schwieg. Sie wollte das Wort nicht in den Mund nehmen, ihr klopfte das Herz, wenn sie daran dachte, es fühlte sich ungesund an, am Rande seiner Kapazität.

Moni?

Moni schwieg.

Sag was.

Doch Moni schwieg.

Erika drehte sich zur Wand, in sechs Stunden musste sie im Frühstückszimmer sein.

In fünf.

In vier.

Sie drückte sich den Polster aufs Gesicht. Doch der Holzwurm hinter der Vertäfelung kaute ganz einfach lauter, um sie wissen zu lassen, dass auch er nicht schlafen konnte.

19

WENN SIE IHREN BAUCH BLÄHTE, sah sie so aus. Der Spiegel warf ihr ein Bild zurück, in dem sie es sich exakt vorstellen konnte. Es wird ihr stehen, hübsch wird sie aussehen. Sie zog ihn wieder ein. Die Dauerwelle war aus der Form, sie würde sich bald eine neue leisten, das würde Mutter gar nicht gefallen. Und wie sie mit Vater geschrien hatte, als er ihr zum Abschied die Miniplis bezahlt hatte, und er hatte sie nicht bloß bezahlt, sondern sogar hübsch gefunden. Dass es nicht bloß ein Abschied für die Wintersaison war, hatten sie nicht gewusst. Erika wünschte, die Welle wäre noch in Form.

Doch ab morgen würde die Mutter ihr nichts mehr anhaben können. Sie würde hierbleiben, Norbert würde sorgen für sie. Wie ihr Vater für sie gesorgt hatte. Wahrscheinlich war er so plötzlich gestorben, um der Mutter zu entkommen, dachte sie, sie war keine gute Wahl gewesen, da hatte er sich ordentlich vertan, er hätte jede haben können mit seiner Liebenswürdigkeit und hatte sie genommen, der das Unglück aus jeder Pore triefte, Erika war froh, nicht ihre Gene zu besitzen, die Mutter schwitzte wie ein Schwein.

Das sind die Wechseljahre, sagte sie.

Das ist ihre Verbitterung, wusste Erika, Undankbarkeit, dachte Erika, wahrscheinlich wollte sie mehr, immer mehr, einen noch liebenswürdigeren Mann, ein noch größeres Haus, ein noch perfekteres Kind, ein eigenes. Sie würde zufrieden sein, sagte sie sich, und sie würde mehr geben als Essen und Kleidung, sie konnte um so viel mehr geben, als sie bekommen hatte von dieser Frau. Morgen würde sie neunzehn Jahre alt werden und alle Verträge selbst unterzeichnen können, und sie würde bald die Kirche von innen sehen, da war sie sich sicher, er hatte Andeutungen gemacht.

Und waren sie erst verheiratet, konnten sie auch um ein eigenes Zimmer fragen, in dem sie gemeinsam wohnen würden, und wenn ihr Bauch sich zu wölben begänne, würden die Bargäste sie mit Respekt behandeln, und wenn ihr Bauch sich gewölbt hatte, würde sie die Bar verlassen können, und eine Frau, die ein Kind erwartete, war die Frau eines anderen, von der waren die Finger zu lassen, das hatte sie an Herta beobachtet. Aber Herta hatte das ohnehin gemocht, dachte Erika, sie war nie in die Küche gekommen und hatte die Augen verdreht, sie war gern im Restaurant gewesen und in der Bar trieb sie sich sogar außerhalb ihres Dienstes herum.

Jemand muss euch ja auf die Finger schauen, sagte sie, und saß bereits an der Bar, den Blick auf dem Zapfhahn, im Rücken eine fremde Hand.

Erika schloss die Kastentür, der Spiegel nahm sie mit und sperrte sie weg, sie schlüpfte in die Schuhe und der Tag war warm. Weit konnte der Frühling nicht sein, irgendwo um die Ecke nahm er Anlauf. Sie würde ihm entgegengehen und machte sich auf den Weg. Sie hatte getrödelt, sie verspätete sich. Sie hoffte, er wartete, er war ungeduldig und schnell gelangweilt. Es musste immer etwas los sein für ihn, auch sie würde sich öfter neu erfinden müssen, Eintönigkeit war nichts für ihn, aber sich neu erfinden würde ihr selbst gut bekommen.

Er war noch da. Das bewies, dass er sie liebte, aber sie wusste es ohnehin, sie brauchte keinen Beweis, er hatte mit ihr geschlafen und ihr gesagt, dass er sie mag, das ist Liebe, von der Liebe sprechen funktionierte einzig in Verkleinerungsform, weil sie so unbegreiflich groß war.

Er trat mit seinem Schuh in den Stein, auf dem sie sogleich sitzen würden und reden und küssen und –, sie lief schneller.

Ist etwas passiert?

Was denkst du denn?

Was ist passiert?

Er drehte sich um die eigene Achse wie eine Ballerina und begleitete die Drehung mit einem Schrei. Die Ballerina hätte ihm nicht gefallen, dachte sie, die behielt sie besser für sich.

Sie braucht mich nicht mehr.

Was?

Die Chefin hat mich gekündigt, ich kann meine Sachen packen.

Erika ging den letzten Schritt auf ihn zu und breitete ihre Arme aus, als könne sie fliegen, er würde sie nun brauchen, dachte sie, sie würde für ihn da sein. Der Gedanke gefiel ihr.

Was gibt's da zu grinsen?

Nichts, ich –

Er setzte sich auf den Stein und schlug seine Faust darauf, so fest, dass der Stein aufschrie unter dem Schmerz.

Er würde sie brauchen, sagte sie sich, weinte er?

Vielleicht überlegt sie es sich noch mal, du musst mit ihr reden.

Die Sommersaison sei nichts, hat sie gesagt, sie brauche nicht so viele Leute.

Soll ich mit ihr reden?, fragte Erika.

Seine Faust schlug noch einmal zu, doch dieses Mal traf es den Stein nicht unerwartet.

So eine dreckige Schlampe!

Er weinte. Sie trat von einem Fuß auf den anderen.

Das tut mir so leid, sagte sie und musste an den Wintergarten in der Kirche denken. Ihr war auch nach Weinen, doch sie wollte für ihn da sein und nicht mehr an den Wintergarten denken. Ab jetzt. Er hob den Kopf. Seine Augen hatten die Farbe des Steins.

Das tut mir so leid, sagte sie.

Und was hab ich davon?

Trau keiner Revolution, in der Olympe de Gouges nicht vorkommt

DAS IST WIE bei meiner Großmutter, sagt Vera, das war eine Matrone, und als der Krebs sie geholt hat, ist sie auf meine Größe geschrumpft, und als er fertig war mit ihr, war sie ein greises Kind, kleiner als ich.

Der Krebs hat sie von innen aufgefressen, sagt die Füchsin nüchtern, sie ist in sich zusammengefallen.

Ich dachte, deine Großmutter lebt noch, sagt Ruth.

Und Vera sagt: Die brasilianische lebt, die deutsche ist tot.

Manchmal denke ich, alle haben Krebs, sagt Ruth, während sie etwas Grün nachlegt.

Stimmt auch, sagt die Füchsin.

Nimm dir noch Erbsen, Ruth, sagt Vera und kleckert Reis auf Noras Teller.

Kochen kann Vera nicht, aber Nora mag, dass sie es immer aufs Neue versucht.

Kurzes Schweigen. Schmatzen. Nora blickt vom Filet hoch, das ihr trocken in die Augen staubt. Es ist nicht die Katze, die auf dem Sofa schläft, es ist Ruth. Ruth isst gerne mit offenem Mund, obwohl sie es besser könnte. Nora bewundert ihre lässige Art, sie selbst hat sich Tischmanieren auf ihre Stirn geschrieben, auf dass alle sie sehen. Seit der ersten Weihnachtsfeier im Kaufhaus Zappl. Die alte Zappl hatte in die leere Gabel gebissen, als sie Nora dabei beobachtete, alles falsch zu machen, und der alte Zappl hatte gesagt, ihm komme das viele Besteck auch reichlich übertrieben vor, hattte alles in eine Reihe gelegt, durchgezählt, und es war eine absurd hohe Zahl.

Also ich will im Schlaf sterben, sagt Vera, vollkommen friedlich und ruhig.

Das wollen alle, sagt die Füchsin, aber die Chancen stehen schlecht.

Echt?

Behaupte ich, sagt die Füchsin, schiebt sich das letzte Stück des Filets in den Mund und spült es mit Sekt hinunter.

Den anderen schenkt Vera noch ein Achtel ein. Noras Kopf spürt bereits den Wein.

Und du, Nora?

Sobald sie es auch spürt, wird sie gehen.

Weiß nicht, sagt Nora und dreht das Tischkärtchen in ihrer Hand. Von Veras gleichmäßiger, leserlicher Handschrift könnte Ruth noch was lernen. Nach Noras Namen hat Vera ein Kätzchen gezeichnet, eine kleine Halbkugel mit zwei dreieckigen Öhrchen auf einer großen Halbkugel mit kurvigem Schweif.

Wenn ich tot bin, sagt die Füchsin, legt mich auf den Bauch, auf dem Rücken kann ich nicht schlafen.

Und wie wirst du gestorben sein?, fragt Ruth.

Ich stelle mir mich im Meer vor. Ich glaube, ertrinken ist kein schöner Tod, aber der Gedanke im Meer zu treiben, rundherum Schwärme von leuchtenden Fischen, den finde ich schön.

Seltsam ist die Vorliebe der Füchsin für Wasser, denkt Nora, ein Wald stünde ihr besser.

Und du, Ruth?

Keine Ahnung.

Ich weiß es, sagt Vera, sie wird mit dem Auto auf einem Gleis hängenbleiben und ein Zug wird das Auto rammen. Ich meine, so wie Ruth Auto fährt.

Alle lachen, ganz besonders Nora, die bereits auf ihren Tod wartet, und da kommt er auch schon: Und Nora, sagt Vera, wird von einem Fremden in der Nacht erstochen werden und dann zerstückelt. Und ins Meer geworfen, präzisiert die Füchsin, und von den Fischen aufgefressen.

In welches Meer?, will Ruth es genauer wissen.

Dann eben in einen Fluss, schlägt die Füchsin stattdessen vor.

Das muss dann aber der Amazonas sein, wirft Ruth ein.

Danke, ganz lieb, sagt Nora und denkt, ihre Freundinnen kennen sie besser, als es ihr recht ist.

REKELN, ausstrecken, sich länger rekeln. Das Bett ist warm wie ein Nest. Das Zimmer ist schwarz. Augen schärfen. Das Zimmer bleibt schwarz.

Schläfst du?

Sie streichelt sich durch seinen Bart zu seinem Mund vor.

Ja.

Sag, wie würdest du gerne sterben wollen?

Wie meinen?, fragt er wie ein alter Herr, manchmal redet er wie einer, Buchhalter in Schnürlsamtsakko von Beruf. Dabei trägt er gerne Jeans, ist Ende dreißig und hat Haare wie Frank Zappa, Frank Zappa mit Dutt.

Sie schnaubt.

Wie würdest du sterben wollen, wenn du es dir aussuchen könntest?

Gar nicht.

Aber wenn du müsstest.

Nicht bei einem Flugzeugabsturz.

Er dreht sich zu ihr.

Und du?, fragt er in ihre Hand hinein.

Es wird Furchtsaft geben. Wenn sie in die Küche geht, wird Anton am Entsafter stehen und Obst durchdrücken, das ist sein neuer Spleen und sie kann ihn hören. Und dann hört sie noch etwas und sie wünschte, sie wäre taub. Der Polster presst sich auf Noras Kopf und will sie ersticken, aber sich selbst ersticken funktioniert nur mit einem Plastikbeutel und Disziplin. Nora hat beides nicht zur Hand. Sie sieht auf die Uhr, die Uhr sagt, es ist Zeit zum Aufstehen, aber die Uhr täuscht sich, sie dreht sich wieder um und wickelt sich in die Decke.

Bist du schon wach?, flüstert er zur Tür herein, im Badezimmer rinnt der Wasserhahn.

Nora schließt die Augen und simuliert Geräusche mit der Nase. Anton behauptet gern, sie schnarche. Es wird wohl stimmen, denn er glaubt ihr den Schlaf und macht kehrt.

Schnelle leichte Schritte werden von seinen schweren langen eingeholt. Laute Worte, ein Zischen, eine gedämpfte Unterhaltung in der Garderobe, dann die Tür, der Wecker, dann hört Nora die eigene Stimme, und die ruft: Schnauze! Fingerspitzen trommeln ihren Brustkorb wach, eine geschickte Rolle wirft sie aus dem Bett auf ihre nackten Füße, die losgehen und sich zum Fenster stellen. Nora blickt durch die Müdigkeit hindurch auf die Straße hinunter. Charlotte raucht ans Auto gelehnt, das dieselbe Farbe hat wie ihr Kussmund, Nora hat sie noch nie ohne gesehen, es scheint ihr wichtig zu sein auf ihre Lippen zu verweisen, ihre Lippen sind wirklich schön, und sie wären es auch ohne Farbe. Als Maresa sie umarmt, tritt Charlotte die Zigarette aus. Dann der flüchtige Kuss für Anton und Nora geht in die Küche.

Apfel, Karotte – Sellerie?

Er war gekommen vor ein paar Tagen, hatte ein Bein auf den Stuhl gestellt, wie ein Entdecker aus einer früheren Zeit, und geprahlt: Ich habe mir einen Entsafter gekauft und keine Angst, es wird ab heute Furchtsaft geben! Seitdem vergeht kein Morgen ohne frisch gepressten Saft.

Die Oberfläche schäumt, das ist die Karotte. Sie kann es nicht leiden, wenn sie aussehen wie eine Familie. Sie sehen aus wie eine Familie, die Probleme hat, sie aber noch rechtzeitig in den Griff bekommen könnte. Anton hatte wie ein Romancier geantwortet, als sie ihn nach ihr gefragt hatte: Nichts ist kälter als eine kaputte Liebe.

Nora will ihm glauben. Doch dass Charlotte ihn immer auf die Wange küsst, ist ihr noch nicht kalt genug. Sie nimmt das schäumende Saftglas und stellt es auf den geschlossenen Klodeckel im Badezimmer. Aus dem Duschkopf prasselt Wasser, das zu heiß ist, sie schrubbt ihre Haut mit dem Abwaschschwamm, bis es einfärbig in den Abfluss rinnt. Anton sagt immer, er mag sie, aber sie ist zu jung für Altersflecken, sie mag sie nicht. Nach den Hänseleien in der Schule war sie nicht nach Hause gegangen, um sich trösten zu lassen, sie hatte es mit sich selbst ausgemacht.

Lass mich doch deine Sommersprossen mögen, hatte Anton gesagt, auch die Akkumulationen, und Nora hatte gelacht, obwohl Charlotte eine Haut hat aus Porzellan.

Nora lacht oft. Selbst wenn sie es ganz anders meint. Die Kaiserin hatte gesagt, sie werde mit ihr weinen üben. Nora lernt schnell, aber mit ihren Augen sollte sie bald zu einem Arzt. Nora ist der Junge aus dem Märchen, der sich nicht fürchten kann. Nur ohne die Furcht. Sie wartet, bis ihre Schultern zu bluten aufhören, und trinkt den Saft, der eine verwandte Farbe hat. Sie denkt an Charlottes Mund und ihr rotes Cabrio. Dann nimmt sie die Taschentücher von den

Schultern und schlüpft in die Kleidung, die sie aus dem Beutel nimmt. Seit über einem halben Jahr schläft sie bei ihm und sie hat noch keinen Platz in seinem Schrank bekommen. Und er hat sich einen Entsafter gekauft. Sie weiß nicht, was das zu bedeuten hat, aber sie hofft, nur Gutes.

ER SCHLÄGT AUF IHN EIN und alle gaffen, Nora auch, er tut ihr leid. Sie möchte hingehen und ihn bitten, er möge aufhören damit. Das überrascht sie, denn vor Kampfhunden hat sie gelernt Angst zu haben. Sie traut sich aber ohnehin nicht, denn sie hat Angst vor dem Mann, der betrunken wirkt, und nicht vor dem Hund, der bemitleidenswert ist mit diesem Herrchen, dem er trotzdem treu ergeben ist. Die U-Bahn-Aufsicht wird das schon richten, denkt sie, um sich herauszuhalten, und geht weiter. Ein Mädchen, sieben Jahre alt, fährt auf der benachbarten Rolltreppe hoch und wahrscheinlich ins Lycée. Die Altersangabe ist geschätzt, kommt aber hin. Sie trägt die Schminke einer Piratin: Totenköpfe auf frisch gebräunten Wangen. In welchem Weltmeer war die denn unterwegs, mit den Eltern auf den Bahamas in den Semesterferien? Über ihren Wangen leuchten blaue Augen Himmelstern, und U-Bahn-Aufsicht hin oder her, hätte sie längere Nägel, Nora würde ihr das Gesicht zerkratzen. Im Grunde ist der Tag gelaufen. Die Welt ist schlecht und aus Notwehr lebt sie in ihrer eigenen, wenn es sich einrichten lässt. Aber Arbeitsmarktservice, Bewerbungsgespräch, Ruth, dann Abendschule. Eine eigene Welt kann sie sich heute nicht leisten.

Am Nachmittag habe ich bereits mein erstes Gespräch, erklärt sie.

Er gratuliert monoton und sagt: Ich trage Sie als Sekretärin in unser System ein.

Assistentin, korrigiert sie, bei meiner letzten Arbeitsstelle war ich Assistentin, ich hatte einen eigenen Aufgabenbereich und musste nur zur –

Ich schreibe Sekretärin, beharrt er, und wie Sie das dann nennen, schnapsen Sie sich mit dem Arbeitgeber aus.

Ja, sagt Nora und unterschreibt ein Papier, das sich Betreuungsvereinbarung nennt.

Sind Ihre Freunde Akademiker?, war Ruth einmal gefragt worden. Nora hatte ihre Statistik gedrückt, aber vielleicht hatte Ruth sie auch verleugnet, für die Sache. Sie hatte nicht gefragt, sie hatte es nicht wissen wollen, die Stelle hatte Ruth jedenfalls nicht bekommen.

Und Sie meinen, die Schule ließen Sie hin und wieder sausen, so es die Arbeit verlangt?, zählt nicht, denn Nora hatte dem Personalchef mit Ja geantwortet, da es die Wahrheit ist. Wenn sie etwas in diesem Bewerbungsgespräch finden will, das seltsam gewesen sein könnte, dann wären es die Minuten davor:

Möchten Sie etwas trinken?

Gerne.

Da hinten steht ein Automat.

Sie hatte gestutzt. Dann war sie den Flur entlanggegangen und hatte sich eine Cola gedrückt. Der Automat nahm 0,20, 0,50, 1,00 und 2,00 Euro in Münzen. Sie hatte Geld aus der Börse gezählt und während des Gesprächs mehrmals mit der Kohlensäure gekämpft, doch immer gewonnen. Insgesamt hat sie ein gutes Gefühl.

Das hab ich ja noch nie erlebt, lacht Ruth, sie hat dich zum Getränkeautomaten geschickt?

Vielleicht war sie eine Aushilfe, fühlt Nora sich verpflichtet, die Frau in Schutz zu nehmen, doch Ruth lacht immer noch.

Nora greift in der Tasche nach den Zigaretten, die neben einer Packung Traubenzucker stecken, sie klappt die Lasche hoch, runter.

Und wie geht's dir in der Abendschule?, will Ruth wissen, als sie endlich wieder zu Luft kommt.

Französische Revolution, 1789 bis 1799, antwortet Nora, von der Aufklärung sowie Unabhängigkeit Amerikas motiviert, werden Menschenrechte gefordert, Hauptziele sind eine Verfassung und eine Wirtschaftsreform sowie die Anschaffung von Staatskapital, um drohenden Staatsbankrott zu vermeiden.

Sieh an, sieh an, sagt Ruth, und was ist mit Olympe de Gouges?

Was ist damit?

Trau keiner Revolution, in der Olympe de Gouges nicht vorkommt, sagt Ruth.

Nora nickt und Ruth gurgelt mit ihrem Soda. Am Nebentisch rubbelt eine Frau einem kleinen Chinesen mit ihrem Finger übers Kinn, den Finger hat sie zuvor in ihren Mund getaucht, Nora hat es genau gesehen. Neben dem Chinesen, den sie an seinen geschminkten Schlitzaugen erkennen soll, sitzt seine Schwester, die als Prinzessin geht, Nora erkennt es am Krönchen auf ihrem Kopf. Dreht sie den Kopf, glitzert es im Licht des Restaurants. In der Abendschule übernimmt Napoleon.

NORA VERDREHT die Augen, als Anton sich umdreht und im Wohnzimmer verschwindet. In der Wohnung eine helle Stimme.

Hallo, sagt sie in seinen Rücken hinein und meint das Mädchen, das im Wohnzimmer steht. Nora hat noch immer nicht gelernt sie zu mögen, und Mögenwollen verläuft nie nach Plan.

Das Mädchen sitzt auf ihrem Thron. Die Beine, in schwarzen Strumpfhosen und Lackschuhen, übereinandergeschlagen. Muss sie von ihrer Mutter haben, denkt Nora. Ihre Arme auf den Lehnen, nur ein Szepter fehlt, und das Kleid aus Spitze.

Wie hübsch du wieder bist, lobt Nora und weiß, Anton hat wieder einmal klein beigegeben, denn Schuhe in der Wohnung sind verboten.

Maresa mag Komplimente. Maresa mag Komplimente für Mädchen. Seinem Kind näherkommen, denkt sie, und damit Anton näherkommen, wie ein Geschäft. Maresa bedankt sich artig. Viel näher fühlt sie sich dem Mädchen nicht. Antons Hand legt sich auf den Kopf seiner Tochter.

Wir werden sehen, führt er ein Gespräch weiter, dessen Anfang Nora verpasst hat. Doch Anton liebt nur sie, denkt sie, und zum Beweis küsst sie ihn auf seinen Mund, der Kuss schnalzt, Anton lächelt.

Aber ich mag Hamster doch so gern, unterbricht Maresa und meint es als Beteuerung.

Anton seufzt. Nora grinst und trägt ihr Gesicht in die Küche, um es zu verstecken. Auf dem Herd blubbert es und spritzt. Nora möchte ihre Hände über dem Kochtopf reiben und hässlich lachen.

Du weißt ja noch nicht einmal, wo du den Käfig hinstellen würdest, hört sie Anton beim Versuch, es seiner Tochter auszureden.

Kurz ist es still. Das Mädchen denkt nach. Nora kann sie vor sich sehen, wie sie die Unterlippe nach vorne schiebt dabei. Sie nimmt den Löffel und kostet, ein wenig versalzen, das freut sie.

Also, beginnt Maresa, ich brauche einen Platz, wo zwei Türen offen sind.

Es klingt wichtig.

Damit der Hamster viel Spaß hat, fügt sie hinzu.

Es klingt wichtig, aber Nora versteht es nicht. Das ist so bei Kindern. Nora weiß, Maresa ist ein spezielles Kind, Antons Kind. Sie nimmt die Teller, die Anton vorbereitet hat, und trägt sie zum Tisch.

Magst du mir helfen?, fragt sie Maresa, um sie abzulenken, sie kann sehen, wie Anton weichgeklopft wird, und hört bereits den Hamster in den Nächten seine Runden drehen.

Nein, ruft die Königin und rennt zu ihrer Puppe, die zwischen bunten Kleidern auf dem Boden liegt, ein Bein steht unnatürlich vom Plastikkörper ab, wie am Tatort auf einer Abbildung in einer Zeitung, der schwarze Balken über den Augen fehlt.

Maresa!

Nora mag, wenn Anton streng wird.

Schon gut, sagt Nora und versucht sich an einem ehrlichen Lächeln.

Maresa sitzt breitbeinig am Boden und schält die Puppe aus ihrer kleinen Jacke, sie hat Mühe mit den steifen Armen.

Als Anton zu masturbieren begann, hatte er sich aus seiner Kleidung eine Puppe gebaut. Er hatte die Hose ausgestopft und den Pullover und die so entstandene Figur auf sein Bett gelegt und sich daran gerieben. Wenn man so etwas weiß, kennt man diesen Menschen, denkt Nora, im Vorbeigehen küsst sie Antons Hand, die nachdenklich sein Kinn hält.

Wer ist Olympe de Gouges?, fragt sie, während sie den Tisch deckt.

Frühe Frauenrechtlerin, sagt Anton, den Suppentopf in Händen, enthauptet während der Französischen Revolution, weil sie zu viel gefordert hat.

Sie mag ihn dafür, dass er so etwas weiß.

Warum?, fragt er.

Enthaupten klingt so schön, sagt Nora, ohne darauf einzugehen.

Was ist enthaupten?, fragt die Königin, und Anton erklärt es ihr auf eine Art, die nicht wehtut.

Sofort riecht es im Lift nach altem Mensch. Das stört Nora nicht, denn sie mag ihre Nachbarin. Sie trägt Sonnenbrille an einem grauen Tag und das kommt Nora komisch vor, aber seltsam nicht. Ihre Nachbarin hatte vor Kurzem Geburtstag und ihre Enkelkinder hatten ihr einen Kuchen gebacken, da sie an Sonntagen für sie bügelt. An Freitagen trifft sie ihre Freundinnen, doch die werden auch immer weniger, und am Samstag isst sie den Rest vom Fisch, da sie nicht so viel auf einmal essen kann, aber früher hat sie gern gegessen, früher hatte sie noch eine gute Figur. Jetzt, denkt Nora, hat sie ein langes Gesicht.

Wie geht's Ihnen?, fragt sie.

Die Gesichter alter Menschen ziehen sich in die Länge. Je älter, desto länger, sehr alt, sehr lang, das ist die Faustregel, die Nora aus ihren Beobachtungen abgeleitet hat. Die Nachbarin ist zweiundneunzig, sie wirkt jünger, sieht aber schlecht. Hat wahrscheinlich genug gesehen, denkt Nora, hat so viel gesehen, dass ihr Gesicht sich in die Länge ziehen musste, damit der Mund, der in Richtung Füße gefallen war über all dem, was die Augen gesehen hatten, nicht herausfiel aus dem Gesicht.

Ich war beim Arzt, sagt die Nachbarin, jetzt kriege ich Injektionen, und nimmt umständlich die Brille ab.

Was haben Sie gemacht!, ruft Nora aus.

Er hat eine Ader getroffen, hat gesagt, das kann passieren.

Der Hund jault kurz auf, weil so etwas nicht passieren sollte.

Tut's sehr weh?, fragt Nora.

Ihre Nachbarin setzt die Brille auf die Nase zurück und stöhnt: Sehen tu ich halt schlecht.

Nora denkt, sie sieht aus wie Heino, sie könnte sich gut vorstellen, dass ihre Nachbarin an Mittwochabenden im Bezirkschor singt.

Sie wünscht eine gute Besserung und begleitet sie bis zu ihrer Tür. Ihre Schuhe klappern in einer Gangart, die nicht einmal Schritt zu nennen ist. *Sarah Tänzer* wächst hinter roten Tulpen hervor. Das Türschild wird bald wieder zur Jahreszeit passen. Die schwarzen Lettern stehen schief, weil es im Treppenhaus zieht und der Wind sie nach hinten biegt. Noch nie haben sie sich einander vorgestellt, aber sie wissen, wo sie wohnen. Nora geht den Flur entlang zur gegenüberliegenden Tür, sie besitzt kein Schild, sie weiß auch ohne, dass sie hier wohnt.

Die Sonne scheint auf das Bett. Im Sommer ist kein Schlafen in diesem Zimmer, das ihre Wohnung ist. Das Bett steht im Osten, weil sie nicht in der Küche schlafen will. Aber jetzt hat sie Anton und es ist ernst. Als Anton zum ersten Mal mit zu ihr nach Hause gekommen war, hatten sie das Bett noch kleiner gemacht, als es ohnehin war. Dann war er noch ein paar Mal gekommen, dann nicht mehr. Er will sich lieber in einer Wohnung ausstrecken als in einer Schuhschachtel. Von der Schuhschachtel aus sieht sie die Katzen-WG gegenüber. Weiß-getigert mit einem blauen Auge sitzt auf allen Vieren, Getigert sitzt mit den Vorderpfoten aufrecht dick in ihrem Ballkleid, Weiß-getigert mit Seitenscheitel sitzt vorne mit offenem Mund, Weiß-rot in zweiter Reihe mit gesenktem Kopf, Schwarz mit weißer Nase liegt und streckt die Vorderpfoten nach vorne, um möglichst weit zu expandieren, und Schwarz mit weißem Hemdkragen sitzt daneben wie der Bodyguard, weil die, die sämtlichen Platz im Fensterrahmen braucht, die Chefin ist. Wer hat sieben Katzen? Die siebte, Rot, hat sie lange nicht mehr gesehen. Man hat eine Katze, vielleicht noch zwei, drei sind bereits leicht übertrieben, kann aber passieren, doch alles darüber, das müssen Verrückte sein.

Verrückt bist du erst, wenn deine Katze deine Grußkarten unterschreibt, hatte Ruth gesagt.

Nora hatte hinzugefügt: Oder wenn du sie sammelst wie Briefmarken.

Ruth hatte gesagt: Briefmarkensammeln ist per se was für Verrückte oder Sozialphobiker.

Nora hat die, die gegenüber Katzen sammeln, noch nie gesehen, als wohnten die Katzen als Selbstversorgerinnen.

Als Nora die Wäsche in die Maschine stopft, bekommt sie Lust auf Haselnüsse, doch Kühlschrank und Küchenkästen leer. In der Tasche findet sie Traubenzucker. Seit von einem Gericht festgestellt worden war, dass Haushaltsversicherungen einen Wasserschaden auch dann zu bezahlen haben, wenn die Maschine ohne Beaufsichtigung lief, flüchtet Nora aus der Wohnung. Seit festgestellt worden war, dass Nora den Schleudergang nicht ertragen muss, erträgt sie ihn nicht länger.

Doch diese Stille ist auch nicht besser. Sie wünscht sich die bekannte Mutter herbei, die polternde, unberechenbare, deren Stimme sich überschlägt wie ihre Hände. Sie will die

Mutter zurück, die es ihr leicht gemacht hatte zu gehen. Nora zwickt dem Unterarm in die pergamentene Haut. Der Arm ist tot. Nur ein Augenlid flattert wie ein Schmetterlingsflügel und das Gesicht trägt die Farbe des Leintuchs. Leichentuch. Der Brustkorb steht still, der Atem braucht kaum Platz. Sie sieht alt aus, obwohl sie es noch nicht ist. Sechsundfünfzig, rechnet Nora. In Jahrhunderten ist das aber doch wieder ganz schön alt. Nora hatte lange versucht, diesen Geburtstag zu vergessen, doch jedes Jahr war er wiedergekommen und hatte nicht aufgehört, laut zu sein.

Eine Veränderung?, fragt sie die eintretende Krankenschwester, die mit einem Infusionsbeutel zwischen den Händen jongliert und talentiert ist für Akrobatik.

Schätzchen, antwortet R. Kovacs, die so breit ist, dass sie gerade noch durch die Tür passt. Maßgeschneidert, denkt Nora, die Tür oder die Kovacs? Nora entscheidet sich für die Tür.

EINE BLUTLACHE NÄHEN, aus rotem Stoff, sie auf die Straße legen, mich dazu.

Nora sitzt auf der Couch, zwischen den Worten nippt sie am Tee, Marokkanische Minze, hatte die Kaiserin gesagt und in ein Taschentuch geschnäuzt. Yogitee hatte dazu nichts zu sagen, denn die Minze kam nicht aus dem Beutel, sondern direkt vom Blatt. Es liegen Taschentücher auf dem Tischchen zwischen ihnen, auf dem auch die Visitenkartenbox steht, der i-Punkt von Kaiser schließt den Namen ab, er ist auf die Seite gerollt wie enthauptet, doch er blutet nicht.

Geradezu ästhetisch, sagt die Kaiserin.

Nora mag, dass die Kaiserin Humor hat.

Und können Sie etwas anfangen mit diesem Wunsch?, fragt sie.

Nora überlegt. Und verneint.

Wenn mir dieser Traum etwas sagen hätte wollen, dann weiß ich nicht, was der gestrige sollte. Es ging um Anton.

Die Kaiserin greift nach einem neuen Taschentuch und schüttelt es in ein Quadrat.

Ich habe ihm, Nora rutscht kurz auf der Couch hin und her, ich habe ihn oral befriedigt. Und plötzlich fiel mir auf, sein Penis ist riesengroß, wie ein, ich weiß nicht, riesig eben, und eigentlich wollte ich nicht mehr.

Die Kaiserin nickt.

Aber ich habe nichts gesagt und weitergemacht, um es hinter mich zu bringen. Dann fiel mir auf, dass er nicht nur riesengroß ist, sondern auch voller weißer Punkte.

Die Kaiserin nickt und kennt das.

Erst da, sagt Nora, bin ich richtig erschrocken.

Die Kaiserin macht den Elefant.

Hast du das gesehen?, habe ich zu ihm gesagt, und er hat geschaut, was ich meine, und hat es gesehen.

Die Punkte, sagt die Kaiserin.

Ja, dass er riesengroß ist, war kein Thema.

Die Kaiserin nickt.

Ich habe zu ihm gesagt: Du musst sofort ins Krankenhaus. Und in diesem Moment fiel uns auf, dass er ja gar nicht krankenversichert ist.

Die Kaiserin schnäuzt in ihren Rüssel. Es gibt Menschen, die sind laut, wenn sie erkältet sind, und dann gibt es die, die einfach bloß tropfen. Die Kaiserin bringt Wände zum Einstürzen.

Aber Anton ist krankenversichert, jedenfalls im echten Leben, sagt Nora etwas lauter in das Trompeten hinein.

Und Sie?, fragt die Kaiserin.

Auch wieder, sagt Nora, es war ganz leicht. Wie Sie gesagt haben.

Und was denken Sie über seinen Penis?

Ich weiß nicht, denkt Nora, ist der wichtig?

DAS EWIGE JAMMERN am Telefon, wenn sie die Mahnungen bei der *Energie* versendet hatte und die Anrufe begannen. *Energie für Sie,* Mahnabteilung, was kann ich für Sie tun? Sie hätte die Uhr danach richten können, und es waren immer dieselben Bitten und Beteuerungen von denselben, die ihre Rechnungen nicht bezahlen konnten. Nora hatte es ohnehin sattgehabt. Und manche waren sich nicht zu schade gewesen, persönlich vorzusprechen. Fast immer Frauen, und die meisten schoben ihre Kinder vor sich her, um Nora leidzutun und die Zahlungsfrist ein weiteres Mal aufgeschoben zu bekommen. Mitleid hatte sie sich nicht leisten können, sie war professionell gewesen, sie hatte den Fall nach der dritten Mahnung an das Inkassobüro gegeben. Und es hatte nichts mit ihr zu tun gehabt, das hatte er mehrmals wiederholt. Mit einem Joghurt war er an ihr vorbeigegangen in sein Büro. Sein Bauch nicht mehr so ausladend seit der Personal Trainerin, aber sein Mund härter.

Viel los heute?, hatte er zuerst gesagt.

Ja, hatte sie ihm bestätigt, ihre Tasche neben die Tastatur gelegt und das Faxgerät kontrolliert. Nichts, wie immer, Faxen war aus der Mode gekommen. Der Computer hatte geklingelt beim Hochfahren.

Kommen Sie kurz in mein Büro?, hatte er dann gesagt.

Das Zeugnis wird sie prüfen lassen, sobald sie es hat, aber es würde exzellent sein, da ist sie sich sicher, er war immer fair gewesen. Abbauen. Das war für Nora etwas, das im Berg passierte und aus dem Stein heraus. Und dann, an einem Dreißigsten, war sie der Stein gewesen, der hinausgefahren wurde auf der Draisine. Aber da sie ein Stein war, hat ihr das nichts ausgemacht.

Der Computer hatte geklingelt beim Herunterfahren. Sie hatte Druckerpapier nachgelegt, dann Kopierpapier, das Fax würde noch genug für Wochen haben. Und der Werksbus hatte gewartet. Nora war zu Fuß gegangen. Arbeitete man unter Tag, brauchte man jeden Sonnenstrahl. Und mit Sonne ist die Einbildung groß, alles wäre leichter. Erst in der Nacht, als sie nicht schlafen konnte, hat sie gemerkt, dass es nicht leicht war. Erst im Nachhinein hat sie gemerkt, dass es ohnehin ein schmutziger Job gewesen war. Als sie noch die Ware bei den Zappls ausgepackt hatte, was darf ich für Sie tun, der Herr?, kann ich Ihnen helfen, gnädige Frau?, ein edles Service für eine Hochzeit, haben Sie gesagt?, hatte sie nie so schmutzige Hände gehabt. Sie ist optimistisch. Sie kann man machen lassen, hatte der alte Zappl immer gesagt. Und sie hat Erfahrung.

Dass es nicht mehr absurder werden könnte, hätte Nora bereits nach der Wursttheke gewettet. Und das war direkt nach der Passantenbefragung durch zwei ältere, eigentümlich frisierte Frauen gewesen.

Haben Sie Katzen?, die eine.

Oder essen Sie ab und zu Pralinen?, die andere.

Sie hatten Nora diverse Folder in die Hand drücken wollen, doch Nora wollte deren Katzen nicht, auch nicht mit Schokolade, und war weitergegangen.

Dann hatte der alte Herr zur Verkäuferin hinter der Wurst gesagt, ob sie bitte seinen Hund probieren lassen könnte, welcher Schinken ihm am besten schmeckt. Den besten hatten sie genommen, dann waren sie gegangen und hatten denselben Schritt gehabt, beide hinkten rechts. Die Verkäuferin hatte die Augen verdreht und Nora hatte bitte eine Käsesemmel bestellt, weil ihr eine Schinkensemmel mit Gurke plötzlich ein Pulverfass schien. Ihre Katze Schinken probieren zu lassen, das hätte Vera ähnlich gesehen, doch die rief bloß: Das Ohrloch zunähen?

Vera greift sich an die Ohrläppchen und knetet sie zwischen Zeigefinger und Mittelfinger, mit Daumen täte sie sich leichter.

Aber wie kann man das zunähen?

Arzt oder Ärztin klappt die Hautfalten zueinander und näht sie aneinander, das Loch, das durch die Tunnelohrringe entstanden ist, muss jedenfalls weg, erklärt Ruth.

Und genau das ist der Berührungspunkt, erkennt Nora den Zusammenhang zum nachmittäglichen Feinschmecker und erklärt: Das ist für die Bewerbungsgespräche. Mit einem auf zwei Zentimeter gedehnten Loch nimmt die doch niemand, und studieren können die auch nicht ein Leben lang.

Erscheint mir logisch, wiederholt Ruth.

Punks, ist alles, was die Füchsin dazu zu sagen hat, und der Ton lässt keinen Aufschluss darüber zu, ob es abwertet oder einfach bloß erklärt.

Aber so ein Ohrläppchen wird doch ein Riesenlappen, gibt Vera zu bedenken.

Berührungspunkt Nummer zwei zum heutigen Tag, ein leichtes Spiel durch die Größenangabe.

Und was hat sie zu deiner Lippe gesagt?, kommt Nora wieder auf die Füchsin zu sprechen.

The same shit as every year, würde meiner sagen, sagt Ruth, denn die Füchsin ist bloß der Typ dafür, hat aber nie eine, und Ruth hat ständig eine geschwollene Lippe, mindestens aber einmal im Jahr.

Du hast recht, sagt die Füchsin, ich hab eine.

Bei Fieberblasen kenn ich mich aus, ist Ruth stolz, damit sie zumindest etwas davon hat.

Und da war sie, die Nummer drei, denkt Nora, erhebt sich und sagt: Gute Nacht, John-Boy, doch Ruth ist die Einzige, die lacht.

Am Bahnsteig steht eine Frau, die ihre Nase eingepackt und mit Klebstreifen am Gesicht befestigt hat. Eine Verpackung aus Verband, groß und eckig, Cyrano de Bergerac. Ein Mann im Wartehäuschen zieht hinauf, was aus seiner Nase hinunter will. Es ist kalt, seine Nase voll. Dann hält er sich mit einem Finger ein Nasenloch zu und bläst durch das andere auf den Boden. Rotz ist gesund, denkt Nora, sagen zumindest die, die ihn essen und dazu stehen. Woher sie das hat, weiß sie nicht, vielleicht hat sie es auch erfunden. Nora stellt sich weit weg von ihm, weil seine Haut dunkel ist. Einmal hatte einer, als Nora freundlich gewesen war, ein Foto aus der Jackentasche genommen und es vor ihr Gesicht gehalten.

Brother, hatte er undeutlich geflüstert, den Kopf geschüttelt und mehrmals ungläubig auf das Foto geklopft. Eine Reihe Menschen hingestreckt auf heißem Sand, oben die Augen verdreht, verzerrte Münder, und unten – es hatten die Füße gefehlt.

Seitdem sagt sie sich, dass es ihr in jedem Fall gut geht, sie wiederholt es, sagt es sich immer wieder. Aber sie kann es nicht fühlen. Nora weiß, dass Anton sie verlassen wird, sie weiß es, da es in ihrem Brustkorb nervös geworden war und ängstlicher wird mit jedem Tag. Verlassen werden – Krieg, verlassen werden – Krieg. Das eigene Unglück ist immer das größte.

Der Zug fährt ein. Cyrano bückt sich nach ihrem Koffer, mit den Gedichten für die Nacht. Und eine Frau trägt einen krummen Rücken eilig die Stufen hoch. Sie beschimpft die Wartenden und die Wartenden lassen sich beschimpfen, weil die Frau nicht nur einen Buckel hat, sondern fettige Haare und einen irren Blick auch.

Fotoromanza, säuselt Ruth und wirft mit spitzer Lippe einen lustigen Pfiff hinterher, Nora denkt an Jolly Jumper, unübersehbar ist die Ähnlichkeit, Ruth vielleicht ein wenig dicker als das dünne Pferd, aber das macht nichts, denn Ruth ist das egal.

Amen, sagt sie und bekreuzigt sich, und Nora tut es ihr gleich, Stirn, Kinn, in der Kuhle zwischen den Schlüsselbeinen.

Und während die Füchsin gesund isst, Vera wenig und Nora einmal viel und dann wieder nichts, ist Ruth immer gleich dick. Ruth ist nicht füllig oder mollig oder weiblich, Ruth ist dick. Essen sieht sie nicht als ihren Feind und dick nicht als Charaktereigenschaft. Dicken wird unterstellt, willensschwach zu sein, doch das stimmt nicht, Ruth weiß genau, was sie will, und sie sorgt dafür, dass sie es bekommt. Bring mir was mit, sagt sie und Nora nickt.

Papst-Devotionalien, denn Ruths Toilette ist ein Schrein. Von der Klobrille aus winkt ein alter Papst, der von einem 3D-Poster aus den Nassraum segnet. Wie grenzen sie sich von weltlicher Macht ab? Selbstwertgefühl von Päpsten muss gestärkt werden. Der Kaiser gibt der Kirche Land, um in den Himmel zu kommen, die Kirche wird mächtiger, Investiturstreit, Ende des Streits 1122 durch das Wormser Konkordat, die Kirche hat zusätzliche Macht gewonnen, dann die Kreuzzüge, die Inquisition und –

Was studierst du?, hatte Nora gefragt, als sie im Führerscheinkurs über der Erste-Hilfe-Puppe knieten und sie wiederzubeleben versuchten.

Religion, hatte Ruth, schwer atmend und rhythmisch auf den Plastikbrustkorb pumpend, geantwortet.

Wie schön, etwas Friedliches, hatte Nora erwidert, Ruth hatte gelacht.

Seitdem hatte Nora Boris kennengelernt und bis Anton mit etlichen anderen geschlafen, und Ruth Oskar und Dmitri und Tamás, dann Ekaterina und Gudrun und Alime und Alex, der oder die irgendwie beides war, und alle anderen waren zu wenig lange an ihrer Seite, um erinnert werden zu können, außerdem besitzt Ruth ein Talent für ästhetische Trennungen, weswegen auch keine Szenen im Gedächtnis zurückbleiben.

Wer hätte das gedacht, sagt Ruth, dass aus euch ein richtiges Paar wird, mit Urlauben und –

Kindern?, fragt Nora. Maresa reicht, wenn du mich fragst. Mehr sagt sie nicht, denn Ruth mag Kinder, Ruth ist Lehrerin, sie muss Kinder mögen, das steht in ihrem Vertrag. Dass Anton Kinder mag, hatte Nora gehofft, dass er eines hat, hatte sie nicht gewusst. Sie hatte die Teepackung in die Tasse gesteckt, Zellophan herumgewickelt, das Zellophan oben überstehen lassen und mit einem Bindfaden abgewickelt, und das Ergebnis war in etwa so etwas wie eine Ananas. Irgendwie sah das wild aus, irgendwie auch hübsch. Vera trinkt gerne Schwarztee und hat Zähne, weiß wie Schnee. Nora glaubt nicht an diese Farbe, Nora glaubt an Mundhygiene. Auch glaubt Nora nicht an Veras Nase, aber das würde sie ihr nie sagen, denn mit ihrer Nase lenkt sie wahrscheinlich ab von ihrer Hand. Ihr eigenes Gesicht teilt sich in über und unter einem Höcker, es ist die Nase ihres Vaters, denn die der Mutter ist es nicht. Nora mag ihre Nase. Der Höcker ist klein und die Sonnenbrille hält gut, wenn sie schwitzt. Sie hatte sich im Spiegel zugezwinkert, das Zwinkern war nicht zu sehen gewesen in der gespiegelten Brille, sie hatte die Ananas genommen und war gefahren.

Und Dachterrassen, auch so eine Sache, die ihr nicht echt vorkommt, aber Veras Terrasse ist es, echt, groß und begrünt, Vera mag Blumen, sie hat einen grünen Daumen oder was auch immer, sie braucht keinen Gärtner, obwohl sie sich auch den der Eltern ausborgen könnte.

Später hatte Nora gedacht, sie hätte ihr eine Palme besorgen sollen. Statt einer Palme, einer echten, hatte sie die Ananas, die immer hässlicher wurde je länger das Fest, auf den Gabentisch gestellt, Unmengen kleiner Pakete. In der Hand der Füchsin eine kleine Schatulle, sie hatte sie neben Noras Tee und Tasse, die als Ananas verkleidet gingen, gelegt und war in Richtung Badezimmer verschwunden.

Frisch machen. Bei Vera wird in Metaphern gesprochen, wenn Veras Eltern anwesend sind. Veras Familie ist ein Sektimperium und Veras Kühlschrank voll mit Flaschen mit dem eigenen Namen darauf, der Name war adelig gewesen, als der Adel noch erlaubt gewesen war, und jetzt klang er immer noch gut. Vera hatte ein Cocktailkleid getragen, das pompös ausgesehen und Nora übertrieben gefunden hatte, auf ihrem Kopf hatte ein Hütchen schief im Haar gesteckt und Federn waren in die Luft gestanden, ein bunter Papagei zwischen all dem Grün auf der Dachterrasse.

Ein Cent für Ihre Gedanken, hatte eine männliche Stimme hinter ihr gesagt und Nora hatte ihn dumm gefunden. Leinenhose, weißes Hemd, die Haare lang und am Hinterkopf zu einem Drei-Tage-Dutt hochgebunden, hinter dem Bart, der älter als drei Tage war, ein Gesicht, das lächelte.

46

Papageien, hatte Nora gesagt.

Er hatte den Vogel auf Veras Kopf gesehen und verstanden, und Nora hatte den Dutt auf seinem gesehen und gedacht, selber Nest auf dem Kopf.

Sie lachen wunderbar, hatte er gesagt.

Danke, und laut, hatte Nora erwidert und die Sonnenbrille aus dem Gesicht genommen, damit er auch ihre Augen sehen konnte, denn die waren auch nicht schlecht.

Großartig, sagte er und hatte ihr ein Glas in die Hand gedrückt, es war mehr ein Pling als ein Kling gewesen, sie lachte, weil das Sekt mit ihr macht, und zog ihr Lachen zu einem Lächeln ein wie ein Segel, das sich am Bug versteckt. Dann hatte Vera ihre Rede begonnen. Dreißig Mal Danke für dreißig Jahre Tochter des Imperiums. Ihre Arme hatte sie im Rücken verschränkt und Veras Mutter hatte zufrieden ausgesehen. Nora war Veras Eltern erfolgreich aus dem Weg gegangen. Sie beginnt unter den Armen zu schwitzen, wenn sie versucht alles richtig zu machen, und dann beginnt es unter den Armen zu müffeln, weil sie merkt, dass sie nicht alles richtig macht, Schuhe, Besteck, Oliven, Aperitif, Gräten, Höflichkeitsformeln, Veras Eltern tragen Nora die Fettnäpfchen hinterher, die Fettnäpfchen sind exklusiv für sie.

Nora hatte sich auf die Rede konzentrieren wollen, aber kein Wort verstanden, und als Vera fertig war, war der Mann weg und sie unsichtbar, denn wenn sie es nicht möchte, kann sie das gut. Sie hatte die Sonnenbrille von den Augen genommen, um wieder gesehen zu werden, doch nur Veras halb blinde Katze hatte sie bemerkt und ein Gespräch begonnen, indem sie ihren Kopf in Noras Schienbein drückte und drückte und nochmals, vielleicht hatte Juri auch bloß vorbeigewollt und nicht gesehen, dass sie im Weg stand.

Der Mann, der ihr einen Cent schuldig geblieben war, bildete ein idyllisches Grüppchen mit Veras Vater und ihrer Schwester. Larissa hatte sich bei ihm eingehängt, damit er nicht davonlief, und Veras Vater hatte nach den Häppchen auf den Tabletts geschnappt, die auf Schulterhöhe durch die Luft flogen wie ganz von selbst. Auch die Leute vom Catering hatten gelernt, unsichtbar zu sein. Nora war der Sekt zu Kopf gestiegen und Juri davongelaufen, denn es frustriert, wenn man etwas zu sagen versucht, einander aber nicht versteht.

Alles in Ordnung?

Sie hatte von ihren Schuhen aufgeblickt, Falten im Leder, und dem Mann in die Augen gesehen, gute Augen, hatte Nora gedacht, mehr war ihr nicht eingefallen, doch das war schon sehr viel. Den restlichen Nachmittag hatte er sie mit diesen Augen verfolgt, sie hatte seinen Blick in ihrem Nacken gespürt, an dem die Blumen auf ihrem Kleid den Rücken hinuntergewachsen waren über ihre Leiste und kitzelnd Wurzeln geschlagen hatten in ihren Kniekehlen. Manchmal war die Füchsin an seinem Arm gegangen, weil sie zu viel getrunken hatte, weil sie nie etwas trank, außer den Sekt bei Vera, dann wieder hatten Ruth und Alex sie in die Mitte genommen, während Ruth glamourös den Blicken von Veras Mutter trotzte, die mit dem Umgang ihrer Tochter unzufrieden war.

Hoppala, hatte er gesagt und ihr mit der Serviette unbeholfen auf ihr Kleid getupft, die Füchsin war vorübergestolpert, weil sie beim Buffet Fleisch gerochen hatte, das war keine Absicht, tut mir leid.

Tut es ihm leid, dass es keine Absicht gewesen war, hatte Nora sich gefragt und gesagt: Die Blumen hatten ohnehin Durst.

Wie meinen?

Nora hatte ihn verdutzt angesehen, er sprach wie ein alter Herr, hatte sie gedacht, wie ein Buchhalter in Schnürlsamtsakko von Beruf. Und er begann vor sich die Wiese zu sehen, Nora konnte sie in seinen Augen erkennen:

Rufen Sie mich, wenn Sie den Kopf hängen lassen. Oder: Rufen Sie mich, wenn sie den Kopf hängen lassen, und da hatte die Füchsin bereits ihre Schnauze auf die Wiese auf Noras Schultern gelegt: Alles klar?

Klar.

Nora hatte versucht deutlich zu sprechen, im Gegensatz zur Füchsin, die es sich auch anders erlauben konnte, niemand sollte denken, sie trinke zu viel, sollte denken, das sei typisch für eine wie sie.

Veras Mutter hatte im Wohnzimmer mit einer Dessertgabel an einem Sektglas geklingelt, sie war neben dem Gabentisch gestanden mit ihrer hohen Frisur und hatte die Karten verlesen, dann hatte sie Vera das dazugehörige Geschenk überreicht und Schenkerin oder Schenker zugenickt. Im Hintergrund hatte sich ein Ringelspiel gedreht und Ringelspiele eignen sich super für Super-8, hatte Nora gedacht, und die Leinwand hatte die Projektion in den Raum geworfen. Die Sitze des Ringelspiels waren besetzt bis auf einen und hinter diesem saß Veras erschrockenes Gesicht, ihre Füße baumelten in der Luft wie leblos und das Gesicht war kurz vom Weinen, die Augen groß und voller Angst, das Ringelspiel könnte ihren Sitz verlieren. Im Grunde war diese Kindheitserinnerung ein Albtraum, aber das schien Veras Mutter, die den Projektor aufgestellt hatte, nicht zu sehen. Nora war heiß geworden. Sie war ins Badezimmer geschlichen und hatte die Arme unter dem Wasserhahn gekühlt, die Wangen, die Stirn, ihr Gesicht hatte geglüht wie das Haar der Füchsin. Die Frisur von Veras Mutter hätte in diesem Spiegel keinen Platz, hatte sie denken müssen. Dann hatte sie den Klodeckel hinuntergeklappt und sich gesetzt. Kurz. Zur Ruhe kommen. Einatmen. Aus. Das Fenster war offen gestanden und hatte die Spitze des Doms präsentiert. Noras Toilette hat kein Fenster und die Lüftung schimmelt, der Vater der Füchsin hat zig Toiletten und Ruth hat den Papst.

Wie außergewöhnlich, hatte Veras Mutter in die Hände geklatscht, mit dem Turm auf ihrem Kopf gewackelt und Vera die silberne Kette mit dem Delfin um den Hals gelegt, die Augen des Delfins hatten schelmisch gefunkelt, weil sie das Teuerste am ganzen Tier waren und es das wusste.

Die hat sie in einem Schaufenster gesehen, hatte die Füchsin der seufzenden Geburtstagsgesellschaft erklärt und abgewunken, nicht der Rede wert. Vera hatte der Füchsin eine Kusshand zugeworfen. Und Nora hatte an ihre Haustiere denken müssen. Blutegel schwimmen so schön, wie Delfine, hatte Nora gedacht, als sie sie zum ersten Mal nach der Knieverletzung gesehen hatte. Dann ein Paket mit einer Kristallkatze. Nora weiß, dass Vera Katzen nicht mag, außer die eigene, aber alle schenken ihr immerzu Katzen, weil alle denken, sie sei nach Katzen verrückt. Ist sie nicht.

Doch dieser Prozess ist schwer zu stoppen, hatte Vera einmal erklärt, und es stimmte. Und dann die Ananas.

Veras Mutter hatte die Karte gelesen und das Zellophanungetüm in ihrer Hand gedreht, Nora hatte sich wieder die Sonnenbrille aufgesetzt und war hinter den Gläsern verschwunden.

Eleonore?, hatte Veras Mutter nachgefragt und noch nicht einmal gewusst, wer Nora war.

Nur Nora, hatte Nora geantwortet.

Eine Tasse, wie hübsch.

Das ist meine, die kriegst du nicht, hatte Vera gelacht, falsch, aber nett, und Tasse und Tee entgegengenommen. Nora hatte Vera in diesem Moment sehr gemocht. Das ist nicht immer der Fall. Auf der Leinwand hinter Veras Mutter hatte es gezuckert. Ringelspiele eignen sich für Super-8 besser als Schnee, aber Veras Gesicht war nun zu einem schönen Traum geworden. Für ein Kind, das in Rio aufgewachsen war, konnte der erste europäische Schnee nur Zucker sein, der vom Himmel gestreut wird. Erst mit jedem weiteren Schneien wurde dem Schnee nach und nach die Echtheit bestätigt.

Ist Ihnen heiß?

Warum siezt er sie ständig, hatte sie denken müssen, und sie so altmodisch zurück? Der Buchhalter in Schnürlsamtsakko hatte weder zu seiner Art zu sprechen noch zu seiner Frisur gepasst.

Anton.

Seine Hand war warm gewesen, es passt zu den Augen, hatte sie denken müssen, als sie im Bett gelegen war, von Blumen bedeckt.

Aber nun zu dir, sagt Nora.

O. Leander nervt, schnaubt Ruth, er hat Angst, sein Sperma sei nicht gut genug, dabei war sein Sperma immer ausgezeichnet.

Woher willst du das wissen, will Nora wissen, warst du damals etwa doch von ihm schwanger?

Nein, aber es hat mir immer geschmeckt, sagt Ruth und bekreuzigt sich.

Nora mag, dass Ruth Religion unterrichtet, sie sagt: Du weißt ja, wozu die Füchsin dir rät.

Lass mich in Frieden mit Fruchtbarkeitsyoga!, ruft Ruth.

EIN FUSSGÄNGER WILL über die Straße bei Rot, es kommt ihm eine Straßenbahn zuvor, die das darf, weil sie Grün hat. Er winkt die Straßenbahn vorbei, zuerst großzügig, dann ungeduldig. Dieses Kräftemessen hätte Nora gerne gesehen, leider hat er den Schwanz eingezogen. Sie hat es nicht eilig, sie muss nicht ins Büro und im Krankenhaus wartet niemand, sie trödelt.

Wenn Nora sie so daliegen sieht, friedlich, ist gar nichts passiert. Sie greift in sich hinein, tastet in der Bauchhöhle umher und greift nach dem Hass, der noch in ihr ist. Hass ist größer als Wut. Diesen Hass, den sie in sich drin hat seit dieser Nacht, die ihr viel zu undeutlich in Erinnerung geblieben ist, wird sie nicht los, selbst wenn er sich an manchen Tagen gut versteckt. Er hatte kein Klo gehabt. Sie hatte es sich verkneifen wollen, bis sie beinahe zerrissen wäre. Sie hatte nicht zerreißen wollen. Er hatte einen Eimer hervorgeholt von unter dem Waschbecken, es war bloß ein Raum gewesen, über einem anderen, in dem Hunde bellten, immerzu, als witterten sie eine Gefahr. Sie hatte über dem Eimer gegrätscht und das Bellen in ihren Fußsohlen gespürt. Der Hund bei der Tür, der viel zu groß war, um freundlich zu sein, hatte sich nicht interessiert für sie, hatte über barbusige Frauen am Strand gewacht, die baden gewesen waren im Meer und sich lufttrocknen ließen. Diese Frauen haben mit ihr zu tun, hatte sie gedacht, aber mit dem Gedanken nichts anfangen können. Das weiß sie noch. Mehr weiß sie nicht mehr von dieser Nacht. Auch weiß sie nicht, warum die Mutter sie weggebracht hatte für diese Nacht und warum sie nicht endlich stirbt dafür. Nora ist bereit.

Manchmal flüstert sie das der Mutter ins Ohr, doch die Kovacs sagt, nichts deute darauf hin, dass sie hört: Aber sie kann wieder zu sich kommen, sagen die Ärzte, aber wann –

War ohnehin immer krank, will Nora dann erwidern.

Denken Sie nicht, es wäre gut, wenn sie erwacht, hatte die Kaiserin gefragt, damit Sie alles fragen können, was Sie wissen wollen von ihr?

Wenn sie erwacht und ein Pflegefall wäre, bettlägerig, auf Hilfe angewiesen, die Windeln gewechselt werden müssten, würde es die Mutter demütigen. Auch würde sie alle paar Stunden umgebettet werden müssen, um sich nicht wund zu liegen und zu verwachsen mit dem – Leintuch.

Die Wangen der Mutter zucken nervös. Manchmal zuckt nur eine, als zwinkere die Mutter Nora frech zu. Doch dafür war die Mutter nicht fröhlich genug gewesen. Nora nimmt ihre Tasche und geht, um zu vergessen, dass die Mutter eine traurige Frau gewesen war. Sie muss ohnehin gehen, sie muss gehen, sie muss packen. In Griechenland oder Spanien oder Portugal würde die Mutter eingespart werden, in Griechenland oder Spanien oder Portugal würden sie keine Woche warten, ob die Mutter wieder zu sich käme, in Griechenland oder Spanien oder Portugal wäre die Mutter bereits tot. Mutter, sagt Nora leise in sich hinein, aber sie hätte genauso gut Stahlträger sagen können.

Der Hund ihrer Nachbarin trägt eine Manschette, hat etwas am Ohr, Nora hört nicht hin, Nora beobachtet das Gesicht ihrer Nachbarin im Spiegel. Bei starkem Wind korrigiert sie ihre Frisur im Spiegel im Lift. Nora ist fasziniert. Auf dem langen Gesicht sitzt nach etwas Fingerspitzen durch die Haare eine reparierte Frisur. Ihre Nachbarin lacht, über sich, sagt: Man muss nach was gleichschauen.

Noras Augen sind gerührt, ihre Nachbarin macht, dass sie sentimental wird, aber die Manschette knallt an die Liftwand, als sie aussteigen, und Nora lacht.

Er ist ein Tollpatsch, erklärt die Nachbarin stolz.

20

EINEM SOHN HÄTTE ER wohl seinen Namen gegeben, schoss
es ihr durch den Kopf, als sie den Namen eintragen ließ.

Erika.

Wie bitte?

Schreiben Sie Erika.

Wie Sie wünschen, sagte die Krankenschwester. Das ist
unüblich, wissen Sie.

Eben.

Wie Sie wünschen, wiederholte die Krankenschwester und
notierte den Namen der Tochter, der jener der Mutter war.

Erika und Erika, dachte sie, als sie auf den gequetschten
Kopf blickte, der kleiner war als ein Fußball. Ein perfek-
ter kleiner Kopf, sagte sie sich, er würde sich glattwachsen,
und die Fingerchen, und die Füßlein, und die Äuglein, die
irgendwann aufgehen würden, damit sie in sie hineinsehen
konnte und wusste, wer sie war.

Erika & Erika. Sie sollten gemeinsam Musik machen
irgendwann, die kleine Erika könnte ein Instrument lernen
und sie würde singen. Ihre Gitarre verstaubte am Dachboden
ihres Elternhauses. Mutterhauses. Es war bloß noch ein Mut-
terhaus und sie hatte nichts mehr mit ihm zu tun.

Als ihr die kleine Erika an die Brust gelegt wurde zum
ersten Stillen, lachte sie. Es war natürlich die falsche Reaktion,
die Krankenschwester, die ihr behilflich war, hätte sichtlich
eine andere, sanftere, erwartet, Verzauberung vielleicht, doch
es sah so lustig aus, wie ihr das kleine Bündel angedockt
wurde und sie zum Milchwagen geworden war. Das Baby

interessierte sich nur fürs Futter, für sie, die Mutter, keinen Deut.

Wahnsinn!, Wahnsinn, dachte sie, eine Mutter! Während der Mund der Krankenschwester lautlos auf- und zuklappte und winzige Lippen, kaum größer als ihr Fingernagel, ihre Brustwarze suchten.

Und wann kommt der stolze Vater?, fragte die Krankenschwester.

Bald, sagte Erika.

Der wird eine Freude haben, sagte sie.

Meinen Sie?, fragte Erika.

Aber ja, sagte die Krankenschwester, wenn er es erst sieht, ist es ihm ganz gleichgültig, dass es nur ein Mädchen ist.

Nur ein Mädchen.

Glauben Sie mir, er wird seine Tochter sofort ins Herz schließen, beharrte die Krankenschwester auf ihrer Lüge, wir sind hier schließlich nicht in Arabien.

Sie verließ den Raum. Erika blieb mit dem Baby allein. Erika blieb mit ihrem Baby allein. Ihres. Sie sagte es sich vor: Meines. Du bist meines. Wie ein Mantra. Meine Erika. Du bist meine kleine Erika. Wer bist du? Sie konnte gar nicht aufhören, so sehr gefiel es ihr. Sie würde essen können und pinkeln können und sie würde ihr Kleidchen anziehen. Sie sollte der Mutter schreiben.

~~Liebe Mutter!~~
Liebe Henriette!
Ich habe jetzt auch ein Kind und ich verstehe nicht, was daran so schwer sein soll.
Deine Tochter Erika

Oder:

Liebe Henriette!

Aber mit Liebe hatte das nichts zu tun.

Henriette!
Ich habe nun auch ein Kind und sie ist genauso wunderbar, wie ich es war, aber ich kann es sehen.
Erika

Und wenn sie bereits das Briefpapier zur Hand hätte, könnte sie sogleich weitermachen. Aber ohne Adresse und Namen würde der Brief wohl schwerlich zugestellt werden.

Liebe Mutter!
Ich bin die Tochter, die du nie hattest. Und du hast mich einer Frau gegeben, die mich nie haben wollte. Mein Kind wird es einmal besser haben.
~~*Unbekannterweise, Erika*~~
~~*Mit unbekannten Grüßen, Erika*~~
~~*Gruß, Erika, du weißt schon*~~
Erika

Und dass Norbert noch nicht gekommen war. Sie blickte auf ihr Handgelenk. Er wird noch schlafen, sagte Erika zu Erika, doch er kommt.
Bald.
Bestimmt. Die Uhr meinte, er müsste längst hier sein. Und die Geburtsurkunde, fiel ihr ein, er würde ihr bei der Stempelmarke aushelfen müssen. Ich bin so stark, dachte

Erika und roch an diesem winzigen Köpfchen, ich habe einen Baum im Rücken, ich falle nicht so leicht um.

21

DAS HAST DU von deiner Mutter, hatte Henriette gesagt, die hat geworfen wie eine Katze, hatte sie gesagt, wenn du dir Mühe gibst, schaffst du auch so viele, hatte sie gesagt, ich habe da keine Bedenken. Als sie genug Wasser angesammelt hatte in den Augen, war sie gegangen, um nicht auf Henriettes Teppich zu weinen, beim Teppich war sie heikel. Es war eine dumme Idee gewesen. Was hatte sie sich bloß dabei gedacht? Henriette hatte schon kein Kind haben wollen, weshalb sollte sich das bei einem Enkelkind ändern? Das Kätzchen lag nun auf der Couch und schrie. Sie wartete darauf, dass Norbert nach Hause kam. Manchmal kam er. Manchmal blieb er im Hotel. Sie brauchte ihn heute Nacht, er würde sie verstehen, er hatte Henriette auf Anhieb nicht gemocht, da hatte Erika sie noch verteidigt, sie unglücklich genannt, doch er hatte seine zukünftige Schwiegermutter nicht wiedersehen wollen. Erika hatte nichts dagegen zu sagen gewusst, er hatte ja recht. Henriette war keine Familie, selbst wenn das auf dem Papier vereinbart war, ab sofort hatte Erika keine Familie. Und Norberts Eltern wohnten weit weg. Erika hatte keine Familie mehr außer die eigene.

Die kleine Erika hatte zu Mittag zu quengeln begonnen, da hatte sie ihr einen Schnuller in den Mund gesteckt, und der Schnuller war ausreichend gewesen. Dann hatte sie geschrien und Erika hatte ihr die Brust gegeben und die Brust war ausreichend gewesen. Mittlerweile schrie sie ohne Unterbrechung, sie wollte keinen Schnuller, keine Brust,

Erika hatte schon alles versucht, es blieb dabei, sie schrie und wollte nicht sagen warum. Vorhin war Erika die Hand ausgerutscht. Es war keine Absicht gewesen, ihr war einfach die Hand ausgerutscht, sie hatte sich zur kleinen Erika gebeugt, um sie hochzunehmen, doch sie hatte das schreiende Bündel nicht nehmen können, sie hatte Schwung geholt und in ihr Gesicht geschlagen. Es war wie ein Reflex gewesen, es war ein Reflex gewesen, ein Reflex ist schwer zu kontrollieren, totaler Kontrollverlust, ein Reflex ist eine Reaktion ohne Zeit zum Nachdenken. Falls Norbert etwas ahnte, würde sie es ihm genau so erklären. Und es stimmte, es war nicht gelogen. Manchmal war er streng, nur mit der Kleinen nicht, die vergötterte er, wenn er da war. Dann spürte sie etwas in sich, keine Eifersucht, sie musste noch den richtigen Namen finden für das Gefühl.

Eifersucht ist eine Leidenschaft, die mit Eifer sucht, was Leiden schafft, hatte Moni gesagt. Das war gewesen, als sie etwas zwischen Norbert und Herta vermutet hatte, aber Fehlalarm. Moni hatte gesagt, sie solle es nicht tun, aber sie hatte Herta darauf angesprochen. Herta hatte gelacht, doch das war Erika egal gewesen. Als sie nicht aufhörte mit Lachen, war sie beinahe böse geworden, dass es Herta so absurd schien, Norbert war ein toller Mann, er war vielleicht ein wenig kühl nach außen, aber innen war er weich, er konnte es bloß nicht zeigen. Herta hätte wissen sollen, dass einer wie Norbert viel zu schade war für eine wie Herta, Herta war längst über das Heiratsalter hinaus, sie sah verzweifelt aus, und die Männer sahen das sofort, vielleicht konnten sie das auch riechen, Verzweiflung drang bestimmt durch die Poren.

Und das mit der Hand, es würde nie wieder vorkommen, sie versprach es, sie ging in die Hocke und flüsterte es der Kleinen ins Ohr, sie roch so gut, nach Creme und Puder und

ihr selbst. Dass Babys so gut riechen konnten. Sie riecht so gut, sie riecht so gut, sie riecht so gut. Wenn sie es hundert Mal sagte, konnte sie das Geschrei womöglich neutralisieren. Sie riecht so gut.
Nein. Das Geschrei dröhnt in ihrem Kopf, als schlage direkt hinter dem Trommelfell ein Gong. Vielleicht hatte sie sich

auch verzählt. Ihr Trommelfell würde platzen, bestimmt war es bald so weit. Sie riecht so gut. Sie riecht so gut. Sie riecht so gut. Womöglich funktionierte es bei zwei Mal hundert und dazu auf einem Bein stehen und nach jedem Mal in die Hände klatschen, irgendeine verrückte Formel, die sie hier heute Nacht zu finden auserwählt war. Sie riecht so gut. Sie riecht wirklich ganz wundervoll, doch das half ihr nicht, denn das wütende Gesicht war so rot wie dieser Polster und dieser Polster könnte das Schreien etwas dämmen, nein, sie geht jetzt auf die Toilette, sie muss mal.

In der Toilette, Lüftung an, Tür zu, war es angenehm ruhig. In der geschlossenen Toilette war es beinahe ruhig, nur das Summen der Lüftung unter der Decke und ihr eigener Herzschlag. Sie schrie los. Erika schreit jetzt auch mal los, ja, Erika kann das auch. Sie schrie. Es war ein Fehler gewesen, ihrer Tochter den eigenen Namen zu geben. Sie schrie. Seitdem ihr Kind ihren Namen hatte, hatte sie selber keinen Anspruch mehr darauf. Sie schrie. Norbert sagte den Namen ihrer Tochter anders als den ihren, obwohl es derselbe war. Sie schrie. Sie wollte ihren Namen für sich haben. Sie schrie, so laut sie konnte. Bis ihr Herz aus dem Brustkorb zu galoppieren begann. Sie drückte ihre Faust darauf, es galoppierte ihren abgewinkelten Fingern entgegen, die Finger drückten es zurück, es drückte dagegen, die Finger auch, dann bremste es ab.

Erika ging zurück ins Wohnzimmer. Sie riecht so gut. Erika nahm sie und trug sie zur Toilette. Sie legte sie auf den WC-Vorleger. Sie ließ die Lüftung an und schloss die Tür. Das Schreien wurde von der Toilette gedämpft. Erika steckte den Wohnungsschlüssel bis zum Anschlag ins Schloss, damit Norbert klingeln musste, wenn er kam. Sie legte sich ins Bett. Sie versuchte zu schlafen. Sie wusste schon gar nicht mehr, wie Schlafen ging. Als es dämmerte, schlief sie ein.

Stayin' alive

EIN BETT WIE EIN SARG, aber Särge möchten ihr gemütlicher erscheinen, weil man darin keine Ansprüche mehr hat. Nora liegt auf dem Bauch und blickt aus dem Fenster. Ihr schläft der Arm ein, sie möchte ihn nach oben ziehen, doch Anton, im unteren Bett liegend, hält ihn fest. Eine Fotoromanze sieht anders aus, denkt sie, in einer Fotoromanze würde sie bei ihm liegen, alles ein wenig eng zwar, aber immerhin die Richtige. Nora überlegt, sich schlafend zu stellen, sanft Antons Hand auszulassen, ihren Arm ein wenig zu schütteln, als kämpfe sie mit einem schlechten Traum, ihn dann zu sich zu ziehen und die Nacht vor dem Fenster zu beobachten, ihren Kopf auf ihre Arme gestützt, denn sie scheint nicht müde zu werden vor Wut.

Nora?

Tarvisio. Männer in leuchtendem Overall stapfen über die Gleise, auf den Gleisen liegt Müll, der Müll ist alt, die Dosen und Flaschen leuchten nicht mehr, die Zigarettenstummel haben nie.

Ja?

Der Zug rumpelt kurz in die eine, dann in die andere Richtung.

Es ist so ruhig bei dir.

Was sollte sie auch sagen.

Es tut mir wirklich, wirklich leid, sagt er.

Schon gut, sagt sie, löst ihre Hand aus seiner und stützt ihren Kopf auf die Arme.

Ich hätte schwören können, dass ich sie erst nächstes Wochenende habe, sagt er.

Nora hört seine Entschuldigung, doch den Atem des schlafenden Mädchens hört sie auch.

Der Zug gleitet in einen Tunnel, im Tunnel Bahnsteige, ein alter Bahnhof in einem Berg, Bagni S. Caterina. Valente, denkt Nora, und *Coco kauft sich, bitte sehr, eines Tages Schießgewehr, so entsteht ganz nebenbei schöne Schießerei.* Nora möchte niemanden erschießen müssen, aber manchmal ist ihr danach, das Mädchen mit der hellen Stimme weinen zu sehen, warum auch immer, danebenzustehen, sie weinen zu sehen und sie auszulachen dafür. Ein Wochenende zu zweit in Rom hätte es werden sollen, ein Ostergeschenk, und nun fühlt es sich an wie eine Bestrafung. Anton hat einen Fehler, denkt Nora, und der liegt, sieben Jahre alt, auf seinem Bauch.

Schlaf gut, spricht Anton in Caterina Valentes Gesang hinein.

Nora rührt sich nicht. Nora macht, dass sie schläft. Der Zug fährt aus dem Bahnhof hinaus, aus dem Tunnel, aus dem Berg, vor dem Fenster steht eine beleuchtete Stadt und will von den Reisenden gesehen werden. Auf einer Anhöhe ein neonfarben elektrifiziertes Kreuz. Und in Udine beginnt Italien. Das erste Haus mit Spitzfenstern, venezianisch, dann die erste Palme im Schein einer Straßenlampe, und fast möchte sie sich doch darüber freuen.

Anton beginnt leise zu schnarchen.

Spresiano. Hausboote. Stausee. Leere Straßen. Leere Straßen. Ein Wilder Westen bei Nacht. Treviso. Backstein. Ein Fußballplatz, beleuchtet und bespielt. Ein Friedhof. Und über allem der Mond. Ferrara. Mülltonnen und Katzen, die sich laut Pelz gefürchtet zu haben scheinen, erschrocken steht er von ihnen ab. Dann Bologna, Firenze, Bäume, Nora möchte gerne Botanik können. Hohe, spitze Bäume, wie Raketen, die in den Himmel schießen und andere Planeten suchen. Mestre. Und über dem Wasser Santa Lucia. Stiege sie nun aus, wonach ihr sehr wäre, um mit dem nächsten

Zug zurückzufahren, röche sie das Meer. Das Meer hatte sie zum ersten Mal mit Boris gesehen. Sie war ausgestiegen und hatte gewusst, dass dieser Geruch in ihrer Nase ein Meer sein musste. Nora hatte eine Einheimische gespielt, sie war keine Touristin, sie hatte sich gefallen in der Rolle, hatte getan, als fahre sie mit dem Vaporetto ins Büro, als wäre sie Venezianerin, indem sie, wenn sie mit dem Vaporetto fuhr, den Canale Grande uninteressant fand. Fremde Kinder hatten die Gondeln gemocht, die am Ufer schaukelten, und Boris die Kinder, immerzu hatte er sich nach ihnen umgesehen und Nora hatte gedacht, er sei bereit. Wenig später hatte sie in seiner Sporttasche Bilder gefunden. Und da war ihr aufgefallen, umgedreht hatte er sich ausschließlich nach den Mädchen, nach denen, die noch lange keine Frauen waren. Nora weiß, man kennt jemanden auch dann nicht wirklich, wenn man weiß, dass er Puppen baute, um sich an ihnen zu reiben.

Orvieto. Kleine Städte in der Ferne, Lichter, und Lichter, an denen gespart wird, und die Schatten von Raketen, Raketen über Raketen auf dunklen Wiesen. Den Rest verschläft sie dann doch.

Ich muss mal!

Sie reibt sich die Augen. Maresa steht im Abteil, sieht zu Noras Bett hoch, zwickt ihre Beine zusammen und versucht, das Gleichgewicht zu halten im Rattern des Zugs. In der Sporttasche hatte sie gewühlt, weil Boris so oft weg gewesen war.

Der Papa schläft, flüstert Maresa.

Nora kann Antons Atem hören. Vor dem Fenster beginnt ein kaputter Morgen. Die Uhr beharrt darauf, dass es noch zu früh ist, um bereits aufzustehen, doch das kann Maresa nicht wissen. Entlang der Gleise blüht Klatschmohn, entlang der Gleise liegt Blut auf dem Gras. Nora klettert die Leiter hinunter, Maresa gibt ihr eine feuchte, kleine Hand.

Einmal war auf dem Vaporetto ein Mädchen gefahren, zehn Jahre alt, oder elf. Sie war sich so dermaßen ihrer selbst sicher gewesen, dass Nora wütend geworden war. Diese Mädchen würden alles kriegen, was sie wollten, selbst Boris hätte sie haben können, aber Nora, nach dem mit der Sporttasche, nicht mehr.

Passt du auf?, fragt Maresa und lehnt die Toilettentür an. Auf dem Zugflur sollten Ohrenschützer zur freien Entnahme hängen, es ist laut wie auf einer Baustelle. Nora lehnt ihre Stirn an die verschlossene Zugtür, sie ist kalt. Sie fühlt sich dreckig, sie ist es auch, sie kratzt die schwarzen Sicheln unter den Fingernägeln hervor und will sie zurück in den Himmel hängen, wo sie wieder zu leuchten begännen.

Fertig, verkündet Maresa, die im Fensterglas steht wie ein freundlicher Geist. Und in Noras Hand schiebt sich die kleine Hand von Antons Tochter.

DIESE TIERE LEBEN nicht zum Spaß und dennoch sehen sie nicht unglücklich aus dabei. Ameisen mag Nora. So eine Gelassenheit möchte sie entwickeln irgendwann. Wie A-Würmchen und B-Würmchen, sich ganz einfach selbst genügen. Wie viele Ameisen gibt es auf der Welt? Und sind Ameisen neidisch auf all jene, die den ganzen Tag nichts tun? Zum Beispiel Elstern? Es gibt Ameisen, die so winzig sind, dass man nicht merkt, wenn sie über die Haut laufen, denn laufen, das tun sie, Ameisen haben es immer eilig, müssen immer irgendwo hin, selbst wenn sie manchmal selber nicht wissen wohin, und unentschlossen, zick, zack, vor, zurück, über die Steinplatten laufen. Die Platten sind kühl. Aber Rom ist auch im Frühling heiß, wenn Rom es so will. Die Palmen spenden Schatten. Der Innenhof des Hotels erinnert Nora an Veras Dachterrasse. Durch den Innenhof sind lachend ineinander eingehakte Frauen unterwegs, die sich schön gemacht haben für die Stadt. Nora möchte ihnen das Make-up mit einem Messer vom Gesicht abtragen. Die Ameisen kämen angelaufen, würden es gemeinsam hochheben und die Maske liefe über die Steinplatten davon. Die Frauen verschwinden durch eine vergitterte Tür in der Wand. Die Vorübergehenden werden zerschnitten von der Sonne und den Gitterstäben.

Anton steht vor einem lockigen Jungen, der pinkelt, er winkt Nora zu. Maresa spielt mit dem Wasser, das im Brunnen plätschert. Nora hört das Plätschern nicht, kann es aber sehen. Sie winkt zurück. Er zieht die Aufmerksamkeit wieder ab von ihr und schenkt sie seiner Tochter, die beschlossen hat, noch spielen zu wollen im Hof, weil sie ein Kind ist und Kinder das tun.

Eidechse auf zwölf Uhr. Dann eine zweite. Eidechsen sind dermaßen flink, quasi unfangbar, wieseln kerzengerade die Hauswand hoch und schlängeln sich um Türbögen, als wäre Gravitation eine überschätzte Erfindung. Manchmal spaziert eine Spinne vorbei, und auch das ist nicht weiter verwunderlich. Die Eidechsen spielen Fangen. Nora kann es selbst kaum glauben, doch es ist wahr. Eine hebt ihr Gesicht über die Stufe und sieht nach, ob die andere sie endlich gefunden hat, wie Kinder. Nora wünscht sich, Maresa hätte eine Freundin dabei, dann würde sie Anton ihr überlassen. Die zweite Eidechse hat die erste entdeckt, sie freut sich, glaubt Nora an ihrem breit grinsenden Mund zu erkennen, und gemeinsam laufen sie über die Steine davon und verschwinden im Garten. Wer gewonnen hat, kann Nora nicht mehr sehen.

Sie legt ihren Kopf auf die Knie und studiert ihre Zehen. Zehn an der Zahl. An den Spitzen rot wie der Klatschmohn entlang der Gleise am Morgen im Zug. Ein Muttermal auf der linken Zeigezehe. Er würde sie also jederzeit sofort erkennen, hatte Anton gesagt, wenn er zwischen Hunderten Füßen die ihren finden müsste, er würde sie erkennen.

Zum Beispiel in welcher Situation?, hatte Nora wissen wollen.

Weiß nicht, aber wenn, dann erkenne ich dich sofort, hatte er geantwortet.

In der Pathologie, hatte Nora denken müssen. Zerstückelt. Und nur ein Fuß, der mit dem Muttermal auf der Zehe, war ans Ufer gespült worden. Vielleicht hätte sie ihre Beine gegen eine Meerjungfrauenflosse getauscht, hatte sie die Todesarten zu verscheuchen versucht, grün glitzernd im blauen Wasser dahingleitend. Dann fliegt brummend eine Hummel heran und lenkt Nora vom Sterben ab, das Brummen wird kräftiger, je näher sie fliegt, und Hummeln sind gar nicht so klein, fällt ihr auf, als sie sich mit einem pelzigen Hintern auf einer Blüte niederlässt und die Blüte kurz zu kippen droht. Hummeln könnten sich nie anschleichen, denkt sie, und so hat jede etwas, womit sie leben muss. Ihr fällt Hannes ein. Nora lacht laut auf. Bei den Tischen sitzt ein Mann, der Zwillinge austrägt. Schnitte man ihm Beine, Arme, Kopf vom Körper weg, es bliebe eine Kugel übrig. Der Mann blickt Nora streng an, weil sie ihm zu laut war. Hannes mit seinem S-Fehler, tragisch natürlich bei seinem Namen, aber ein wenig sagt er seinen Namen, wie eine Hummel die Blüte anbrummt. Sie mag, dass die Füchsin Hannes trotzdem mag. Lispeln ist ein wenig wie ein hinkendes Kind, und sein Hinken reißt Hannes heraus. Vielleicht ist das das Problem, Maresa ist ein perfektes Kind. Von Noras Platz sieht es aus, als pinkele der steinerne Junge Maresa auf den Kopf. Das gefällt ihr. Im Garten Geräusche unter den Büschen, raufende Eidechsen. Nora steht auf und geht durch das Restaurant, in dem die Tische abgeräumt werden und das übrige Frühstücksbuffet auf Servierwagen gestapelt wird. Soll er sie doch suchen. Soll er sich doch Sorgen machen. Wie lange er wohl braucht, bis er ihr Fehlen bemerkt?

Es riecht nach Essen und Nora schlägt sofort darauf an. Da hat sich wohl jemand den Zimmerservice kommen lassen. Da liegt wohl noch jemand im Bett und genießt den Urlaub und hat sich den Zimmerservice kommen lassen. Da liegt wohl noch jemand im Bett und genießt den Urlaub und Zweisamkeit und hat sich den Zimmerservice kommen lassen. Nora hat einen Schokoriegel in der Tasche und eine Schale Obst steht auf dem Nachtkästchen des Zimmers.

An den Wänden des Hotelflurs Landschaftsbilder. Wie entlang der Zuggleise starten auch auf ihnen spitze Bäume wie Raketen in den Himmel. Nora wird Anton fragen, wie dieser Baum heißt. Die Bilder erzeugen eine wohlige Stimmung, eine harmlose, denn wer Landschaften malt, will nicht anecken. Ein rosa Zimmermädchen fährt einen Wagen vorbei, in dem sich rosa Handtücher stapeln und ihre Farbe verloren haben. Zimmermädchen werden nie erwachsen, denkt Nora, ihr Name weiß das zu verhindern.

ORANGENBÄUME inmitten der Stadt, Palmen inmitten der Stadt, Wäscheleinen in kleinen Gassen, kleine Gassen, das ist der Süden, denkt Nora, sie ist gut zu Fuß und genießt den leichten Schritt. Ein guter Schritt, den muss sie sich merken. Bei ihrem zweiten Treffen waren sie tanzen gegangen. Es war zufällig passiert, sie waren etwas trinken gegangen und dann waren sie tanzen gegangen. Anton tanzt gut, Nora gern. Ein Abend, wie er sich nicht wiederholen lässt. Nora hofft auf viele Wiederholungen. Nach dem Tanzen, er hatte die Tanzschritte gekonnt wie ein Profi, waren sie zu ihr gegangen und hatten das Bett zu klein gemacht. Dann quengelt Maresa, weil sie mal muss, und eigentlich ist sie zu alt dafür. Anton fügt sich dennoch, weil seine Tochter das Kommando hat. Für kleine Mädchen! Das hat sie bestimmt von Charlotte, vermutet Nora und tritt mit dem Schuh gegen das Haus. Das Haus rührt sich kaum, aber der Schuh tut weh, er schreit kurz auf, doch sie hört es nicht, denn Rom ist laut, und auf den Straßen fährt Ruth, tausendfach Ruth, Nora hat Angst, von ihr überfahren zu werden.

Dabei hatte Ruth ausgesehen wie eine, die fahren kann, hatte Nora sich gedacht, als sie sie im Kursraum sitzen sah. Lange her, denkt Nora, es war die Zeit, als alle Frauen sich einen Gladiator gewünscht hatten. Alle heterosexuellen Frauen, bessert Nora aus, Ruth nicht, und eigentlich auch nicht alle, sondern nur einige, verbessert Nora weiter, nicht einmal viele. Sie selbst hatte bloß Ekel empfunden beim Anblick des schwitzenden Schauspielers mit Mannsbildcharisma. Vielleicht erinnerte er sie an jemanden, vielleicht konnte er aber auch gar nichts dafür. Sie hatte keine Luft bekommen. Sie hatte es nicht zugeben wollen, sie hatte Ruth und die anderen erst seit wenigen Tagen gekannt, sie hatte sie also nicht gekannt, aber sie hatte plötzlich keine Luft mehr bekommen, die Hände auf die Ohren gepresst und die Augen geschlossen. Sie hatte versucht durchzuhalten, bis der Film vorbei war, Hände auf die Ohren, Augen schließen, weg sein, weit weg sein, nicht hier, doch es war nicht vorbeigegangen und sie war nach draußen gerannt, an den vielen Füßen, die ihr im Dunkeln im Weg waren, vorbei an die frische Luft. Sie war vor dem Kino am Boden gesessen und hatte nach Luft geschnappt wie Fische an Land. Ruth war ihr nachgekommen. Und ihre Freundin geworden. Die Messer der Gladiatoren im Film waren größer gewesen als das Buttermesser des Mannes, als sie ein Kind gewesen war. Sie hatte es der Mutter gesagt: Dieser Mann, ein Messer in seiner Hand, er hat mich angesehen, er hat so gemacht. Den Bruder hatte er nicht angesehen, dem Bruder hatte er nicht gedeutet, ihm das Messer zwischen die Beine zu stecken, der Bruder hatte konzentriert seinen Turm gebaut, nur sie hatte aufgehört zu bauen. Sie hatte es der Mutter gesagt, als der Mann gegangen war, aber die Mutter hatte gelacht und Nora hatte alles falsch verstanden.

Wir gehen jetzt Kaffee trinken, sagt Anton.

Und Kuchen, Maresa.

In diesem Tiramisu möchte Nora rückenschwimmen, doch mit dem Bauch nach oben schwimmen nur tote Fische, sie löffelt die süße Creme, Amaretto in ihrer Nase.

Im Forum Romanum zählt Nora die Säulen und hat viel zu tun damit. Anton wirft Geschichtsunterricht ein, Maresa gibt die Fährtenleserin.

Das sind die Fußspuren von einem Nilpferd.

Aber ein Nilpferd hat doch riesige Füße.

Ein Babynilpferd.

Anton lässt ihr das Nilpferd, weil es ihr wichtig ist und ihm nicht.

Nilpferde sind große Tiere, sagt Maresa, so groß wie Gorillas.

Gorillas sind riesig, bejaht Nora zwischen den Säulen.

Gorillas sind meine Lieblingstiere, verkündet Maresa, die machen so, und sie trommelt kleine Fäuste auf ihre schmächtige Brust.

So?, fragt Anton.

So, hört Maresa nicht auf zu trommeln.

So so, fasst Nora zusammen, verzählt sich und stampft auf römischen Boden, der noch gut intakt ist.

Noras Lieblingstier ist die Robbe. Die Robbe ist ihr Lieblingstier seit sie Maresa kennengelernt hat, das war an dem Tag, an dem sie im Tierpark gewesen waren. Die Familie besitzt eine Jahreskarte und sie war als Charlotte gegangen, kein Foto hatte das Flunkern ermöglicht.

Dein erstes Mal?, war Maresa überrascht gewesen, und es hatte sich unanständig angehört.

Gleich zu Beginn waren sie beim Streichelzoo steckengeblieben. Ziegen, Kaninchen, haarige Schweine, Mäuse, Lämmchen, ein lachendes Pferd. Anton hatte Maresa losreißen müssen, sie war auf einem Pony gesessen und hatte sich an dessen Haaren festgehalten, die Mähne genannt werden, so Nora, aber Maresa kannte die Mähne längst und war von ihr genervt. Kinder sind ehrlich, Kinder sagen das. Das ist ein Grund, weshalb Kinder Nora nervös machen. Nach dem Pony waren Fischschwärme durchs Aquarium geschwommen wie eine gefürchtete Gang. Scharfe Zähne, glasiger Blick, als hätten sie zu viel getrunken. Ein Rochen hatte sich im Sand versteckt und ausgesehen wie paniert. Im Maul der Piranhas steckten faule Zähne. Ein Atompilz schwamm in einem mit Wasser gefüllten Glaskubus nach oben.

Quallen empfinden keinen Schmerz, hatte Nora Maresa erklärt.

Wieso?, hatte Maresa gefragt und einen Nasenabdruck an den Kubus gemacht.

Sie haben kein zentrales Nervensystem, hatte Nora gesagt, das hatte sie von Boris und sie hoffte, dass es stimmte, doch Anton hatte den schwimmenden Pilz angestarrt und sie nicht verbessert oder auffliegen lassen. Kroatische Küste, all-inclusive. Eine alte Frau hatte glasige Schwämme in einem Sandkasteneimer an Land getragen, auf die Steine geschüttet und im Wasser nach einem neuen Schwamm gefischt. Eine Gruppe Kinder hatte die Arbeit an Land übernommen, indem sie Steine auf die Quallen schlug, bis sie verendeten.

Vertrocknet, hatte Boris gesagt. Und Nora: Wie grausam! Sie hatte die Kinder gemeint, die lachten, während sie töteten.

Die spüren nichts, hatte Boris erklärt.

Nach den Aquarien hatten Blattschneiderameisen gehäckseltes Grün in ihren Bau getragen. Und die Schnecken waren froh gewesen über ihre Langsamkeit, durch die ihnen weniger auffiel, wie klein es bei ihnen war. Flamingos hatten ein absurdes Gestell und dieselbe Farbe, die Nilpferde geschwollene Augenlider. Der Mondschein im Regenwald war simuliert gewesen und Nora wollte keinem Himmel mehr vertrauen. Ein Vater hatte der Tochter den Nasenbären erklärt. Ein anderer hatte unter der Weste ihren Rücken gestreichelt. Ein Junge hatte seinen Vater geküsst und ein anderer die Mutter mit Butterkeksen gefüttert. Beim Raubtiergehege erinnerte ein goldenes Schild an eine Tierpflegerin, die den Namen der Füchsin hatte und womöglich hier aufgefressen worden war. Und ein Panther war nicht bloß schwarz in der Sonne gelegen, sondern schwarz mit noch schwärzeren runden Flecken im Fell, und das war Nora neu gewesen und diese Neuigkeit hatte sie gemocht.

Leoparden ohne Gold, hatte Maresa erklärt, und ein paar Gehege weiter hatte Nora gesagt: Wenn alle Pinguine gleichzeitig ins Wasser gehen, sieht es aus wie Schwimmkurs. Das wiederum hatte Maresa gefallen, das hatte Nora an ihrem Lachen gemerkt. Und die Robben hatten Verkehr

wie zur Stoßzeit, doch Karambolagen gab es keine, es waren
geschickte Schwimmer, Fahrtenschwimmer. Nora war vor
dem Wasser gestanden und hatte sie von oben gesehen und
gesehen, und gesehen, während sie ihre Runden drehten,
eine nach der anderen und immer wieder, als Maresa längst
bei den Erdmännchen in der Wüste war. Nach Hause waren
sie mit der U-Bahn gefahren und es waren welche einge-
stiegen und hatten zu musizieren begonnen und zu singen.
Anton hatte Maresa eine Münze gegeben und Maresa hatte
sie in die schmutzige Hand eines Jungen gelegt, der, wäre er
nicht so dreckig gewesen, mit ihr hätte in die Schule gehen
können. Die U-Bahn in Rom heißt Metro und Nora ist kurz
verwirrt und mit den Gedanken in Paris. Das U-Bahn-Netz
der eigenen Stadt ist größer, obwohl sie kleiner ist. Anton
sagt, wegen der Ausgrabungen aus der Römerzeit. Maresa
sagt, sie will ein Eis.

LA PENA DI MORTE liest Nora nach der Tintenfischaktion
auf dem Gemäuer des beleuchteten Kolosseums. Sie waren
essen gegangen und auf dem Weg zurück ins Hotel, weil ein
Kind ins Bett muss. Sie schlendern über einen Platz, auf dem
Tauben eine Versammlung haben und gurrend etwas bespre-
chen, sie sind laut, mit einem Schlachtruf stürzt Maresa sich
mitten hinein in die Demonstration, die Tauben fliegen
hoch, Nora duckt sich, Maresa fürchtet sich auch. Tintenfisch mit Blase, es hatte authentisch geklungen, auf einem
weißen Teller war er serviert worden und gut gerochen hatte
er, mariniert. Sie hatte das Messer angesetzt und geschnitten, in seinen Kopf hinein, der sie ungläubig angesehen hatte
und – schwarz, tiefblau bis schwarz, war es über die genopp-
ten Arme hinweg und an den Tellerrand geflossen, der

Tintenfisch war unter seiner Tinte verschwunden, und das war auch die Idee des Tiers, doch bei jenem auf dem Teller zu spät. Nora hatte einen Bissen gekostet, er war schwarz, sie hatte einen zweiten versuchen wollen, er blieb schwarz, beim dritten würgte es sie im Hals und das Würgen war ein unschöner Ton, und dasselbe hatte sich auch der Nebentisch gedacht und quittierte es mit Blicken. Hätte Nora sich nicht bereits wegen der Familie, die unter der Brücke auf einer Matratze wohnte, erbrochen, sie es hätte es nun getan.

Du weißt ja gar nicht, was gut ist, hatte Anton gesagt, und wenn das gut war, wollte sie es gar nicht wissen. Maresa hatte den Tintenfisch unter die Lupe genommen und Anton hatte ihn gegessen und ihr seinen Teller über den Tisch geschoben, Pasta ai Gamberetti.

La pena di morte, Todesstrafe, erklärt Anton, wenn sie irgendwo auf dieser Welt abgeschafft wird oder eine Exekution ausgesetzt, wird das Kolosseum beleuchtet.

Sollte es nicht eher beleuchtet werden, wenn sie vollzogen wird?, fragt Nora.

Dann würde Rom nie zur Ruhe kommen, sagt Anton, diese Welt ist keine gute.

Nora nickt, das weiß sie längst und viel besser als er.

Maresa liegt auf dem Zusatzbett und spricht ins Dunkel: Es gibt Familien, die wohnen auf der Straße oder in einem Karton, oder?

Ja, leider, sagt Anton, sagt es wie ein Naturgesetz.

Aber wenn die Müllabfuhr kommt, nehmen sie sie mit, sagt Maresa.

Ja, das ist gefährlich, da müssen sie aufpassen, sagt Anton.

Nein, die hilft ihnen, sagt Maresa, und wenn sie bei den Häusern klingeln, wird ihnen geöffnet und die Menschen gehen hinunter und helfen ihnen.

Das wäre schön, sagt Anton, wer hat dir das erzählt?

Maresa sagt: Das stimmt, weil das hab ich erfunden.

Mit ihrer Wahrheit, die eine gute ist, nickt Maresa schließlich weg. Dann beginnt sie doch noch von einer Gefahr zu träumen, sie wälzt sich hin und her und schwitzt, das kann Nora riechen. Kinder schwitzen stinkend. Jedenfalls Maresa. Sie ist das einzige Kind, das Nora näher kennt, eigentlich schade, dass sie sie nicht mag.

Nora flüstert. Das Zischen des Flüsterns erscheint Nora lauter als Sprechen, doch Maresa ist ohnehin mehr müde als hellhörig, oder bereits verloren gegangen in ihrem Traum. Und morgen steht sie auf, denkt Nora, und Anton noch da, seine Tochter nicht. Sie fasst unter die Decke und fährt den Haarstreifen von seinem Bauchnabel nach und beginnt ihn zu massieren.

Bitte Nora, sagt er, nicht, er lacht leise.

Warum, sagt Nora und hört nicht auf.

Du weißt es genau, sagt er.

Ich weiß, sagt Nora.

Nora muss vor dem Einschlafen mit ihm schlafen, damit er sie nicht verlässt.

Wir sind –

Haben sie keinen Sex, wird sie verlassen werden von ihm.

– ganz leise.

Sie ist sich sicher. Sie kann es fühlen. Es ist, als wüchsen ihr woanders als im Gesicht Augen. Sie kann sehen, was sie fühlt, sie ist eine Hellseherin.

Anton beugt seinen Oberkörper vor und nimmt Noras Kopf zwischen seine Hände.

Es ist gut, sagt er und küsst ihre Stirn, lass uns heute einfach schlafen.

Als Kind hatte niemand ihre Stirn geküsst, niemand ihren Mund oder ihre Wange und sie hatte es nicht vermisst. Sie hatte keine Ahnung gehabt, dass andere auf die Stirn, auf den Mund oder die Wange geküsst wurden, und als sie eine Ahnung davon bekam, hatte sie das traurig gefunden, aber nur allgemein, denn mehr als Ohrfeigen konnte sie sich nicht vorstellen, ja ekelte sie sogar.

Vielleicht ist ihr Ekel als allergische Reaktion zu verstehen, Ekel ist ja auch eine Distanz, auf die man geht, hatte die Kaiserin gesagt, und das leuchtet Nora ein, da hatte die Kaiserin womöglich recht.

IHREN ERSTEN EKEL hatte sie für Manuel gehabt. Manuel war ihr erstes Mal und eine kurze Zeit schön gewesen, dann hatte sie eine lange Zeit gebraucht, um ihn loszuwerden, und zwar nicht wegen ihm. Ihren zweiten Ekel hatte sie für Bruno empfunden, er war eine Affäre gewesen, in die sie sich verliebt hatte, und mit ihm hatte das Problem begonnen, wobei es erst bei Paulus zum Problem geworden war, denn in den Nächten in Brunos Straße auf und ab gehen, Sturm läuten, eingelassen werden, ihn auf das Verzweifeltste verführen, obwohl er sie nicht mehr hatte haben wollen, war kein Problem gewesen für sie. Bruno war abgeklatscht worden von Stefano, und Stefano hatte sie mit Geschlechtskrankheiten vertraut gemacht und seit dieser Erfahrung hatte sie ein Stückchen Schamlippe weniger wie zum Beweis, doch es war nie jemandem aufgefallen, Schamlippen sind selten gleich groß. Dann Boris, und Boris mochte Kinderpuppen, doch das hatte Nora nicht gewusst, und als Boris sie verlassen hatte wegen einer Schülerin, hatte sie Boris aufgelauert, ihn belagert, ihn angefleht und auch geschlagen, weil er sie nicht zurücknehmen hatte wollen. Da hatte sie das mit den Kinderpuppen bereits gewusst und sich Sorgen um die Tochter seines Bruders gemacht, doch die Sorgen waren wieder verflogen mit Paulus. Bis Paulus zum Problem geworden war. Und Gott schütze die Kaiserin, denn die Kaiserin hatte gesagt: Jetzt sind Sie erwachsen und können sich um sich selbst kümmern. Und mittlerweile glaubt Nora es nicht nur, sie kann es auch fühlen und geht keine Straßen mehr in zu langen Nächten ab. Sie kann es fühlen und handelt meist auch danach und geht keine Straßen mehr in zu langen Nächten ab und läutet Sturm, wenn es nicht unbedingt sein muss.

Vielleicht ist der Ekel eine Möglichkeit zur Distanz, wie eine allergische Reaktion, der Ekel ist die Distanz, auf die sie geht, um sich zu entfernen, sie findet das einleuchtend, sie findet, da hat die Kaiserin recht.

Bitte Nora, sagt er, nicht, er lacht leise.

Warum, sagt Nora und hört nicht auf.

Du weißt es genau.

Ich weiß, sagt Nora, wir sind ganz leise.

Anton beugt seinen Oberkörper nach vor und nimmt Noras Kopf zwischen seine Hände.

Es ist gut, sagt er und küsst ihre Stirn, lass uns heute einfach schlafen.

Sie kriecht unter die Decke, unter der Decke ist es stickig und warm.

Nora.

Sie sagt nichts, sie hat den Mund voll.

Nora, wir müssen doch nicht auf Biegen und Brechen heute.

Aber Nora kann nicht gut verlassen werden.

Sie sagt: Wir müssen nicht, wir könnten aber, sagt es in einem singenden Ton.

Verdammt!, zischt er und reißt ihren Kopf an den Haaren hoch. Er lüftet die Decke, er steht auf und zieht sie am Arm hinter sich her, sie dreht ihren Körper dem verbogenen Arm hinterher, er schließt die Tür zum Badezimmer und stellt sie vor sich, er drückt ihren Kopf nach unten und bewegt sich schnell, sie hält sich am Waschbecken fest, das Waschbecken hängt tief in der Verankerung, auf dem Waschbecken ein Seifenspender und vakuumierte Wattestäbchen und Wattepads und neben den Wattepads ein Fläschchen Hair & Body und daneben eine Bodylotion und Hygienesäcke in einer Vorrichtung hinter der WC-Schüssel. In die WC-Schüssel tropft weißer Schleim. Sie drückt den Rest hinaus und geht zurück ins Schlafzimmer.

Maresa schläft ruhig und träumt nicht mehr. Anton liegt mit geschlossenen Augen im Schein der Nachttischlampe. Auf seinen Armen treten Adern hervor wie Gebirgsketten. Über das Gebirge fliegt ein Adler und surrt wie eine Stubenfliege. Die Fliege setzt sich auf das Gemälde über dem Bett und kriecht unter das blaue Kopftuch der traurigen Madonna mit Kind, die noch nicht bereit gewesen war, sich um eins zu kümmern. Ihr tut das Herz weh. In letzter Zeit tut ihr immer öfter das Herz weh. Sie wird es schlafen legen. Morgen Frühstücksbuffet.

Und Gott schütze die Kaiserin, denn nach den Kinderpuppen hatte die erste Therapeutin das Problem desjenigen ausgeplaudert, der nach Nora Stunde hatte. Und nach der ersten Therapeutin war der zweite Therapeut gekommen und er hatte gesagt: Hier reden nicht nur Sie, hier geht es auch um Ihre soziale Kompetenz und die Interaktion zwischen Ihnen und mir.

Und als sein Gips weg war, hatte Nora gefragt: Wie geht es Ihrem Fuß?

Und als sie sagte, ich bin nicht verliebt in ihn und er geht und ich halte es nicht aus und in mir tut es, als wäre ich verliebt, hatte er gesagt: Geben Sie einfach zu, dass Sie verliebt sind.

Und als sie es Ruth erzählte, hatte Ruth gesagt: Stopp!, und sie zur Kaiserin empfohlen und die Kaiserin hatte einen Kassenplatz für sie gehabt, was ein Zufall gewesen war, und als Zufall ein Zeichen, denn Kaiserinnen fallen nicht einfach vom Himmel, wenn man sie braucht, und Kassenplätze auch nicht.

Und die Kaiserin hatte gesagt: Sie können nicht verlassen und nicht verlassen werden, aber daran können wir arbeiten, fangen wir ganz vorne, bei Ihrer Kindheit, an.

Und Nora hatte gesagt: Immer soll eine verdammte Kindheit schuld sein daran.

Und die Kaiserin hatte gefragt: Warum lachen Sie?

Und Nora war nicht aufgefallen, dass sie gelacht hatte, und als es ihr aufgefallen war, hatte es sich angefühlt, als säße jemand drin in ihr und lachte aus ihr heraus.

HA HA HA HA *stayin' alive, stayin' alive,* bei der Herzmassage kann man nichts falsch machen, wenn man sich an den richtigen Rhythmus hält, *ha ha ha ha stayin' alive,* das weiß Nora von Anton, der als Zivildiener zu einer Frau gerufen wurde, die nicht mehr am Leben war und weiterhin treu von ihrem Hund beschützt wurde und, *stayin' alihihive,* obwohl sie nicht mehr am Leben war, mittels Herzmassage wiederbelebt werden musste, bis die Ärztin den Tod feststellen kam. Falls ihr das klopfende Herz versagt heute Nacht, würde Anton wissen, was zu tun wäre, das beruhigt sie, aber schlafen kann sie deshalb noch lange nicht. Rom ist die ganze Nacht auf den Beinen und wer in der Nacht auf den Beinen ist, macht unnötig Lärm. Sie zählt Schäfchen dagegen an. Mit jeder weiteren Nummer bekommen sie Gesichter und Namen und Geschichten dazu. Nach Boris war Paulus gekommen. Paulus hatte immerzu Sex und zwar mit jeder und war genau der Richtige dafür, nach Boris, den Nora längst hatte verlassen wollen, noch vor den Kinderpuppen, aber es nicht über sich gebracht hatte, weil sie weder verlassen werden noch verlassen kann. Paulus war genau der Richtige dafür gewesen, sich wieder an Sex zu gewöhnen, und der Sex mit ihm war so gut wie nie. Den hatte sie dann zu Micha mitgenommen und Micha hatte gesagt, so guten Sex wie mit ihr hatte er noch nie, und hatte ein Kind von ihr gewollt nach einem Monat und nach zwei hatte er für die Idee eine andere gesucht. Und die Zattls hatten Personalkosten sparen müssen und Nora war das Personal und hatte mit Jochen geschlafen, um es zu vergessen. Jochen war Doktorand und hatte bei ihr eine Ausnahme gemacht, da er für gewöhnlich nur Frauen mit Hochschulabschluss in seinem Bett haben wollte. Und die Füchsin hatte gesagt: Das Loch auf deinem Konto stopfst du mit Schwänzen aus. Und dann war Max gekommen und so einen hatte sie noch nie gesehen und sie wollte wissen, wie sich der ausmacht in ihr, aber sie konnte ihn nicht riechen und hat ihn auf ein andermal verschoben. Und Ruth hatte Nora verstanden. Und das Andermal wurde verschoben, weil Janus dazwischengekommen war. Und Janus hatte Nora gebraucht und Nora war für ihn dagewesen. Stundenlange Monologe seinerseits nach fünf Minuten Sex, und sagte Nora etwas, war es nicht der Rede wert, da Janus gar nicht Nora gebraucht hatte, sondern bloß jemanden. Und Nora war längst in der Mahnabteilung von *Energie für Sie* tätig und hatte wieder Geld auf dem Konto und hatte Matze gefragt, ob er mit ihr schlafen wolle, weil er so schön war und sie noch nie einen Mann gesehen hatte, der so schön war wie er und so lustig lachte, und sie im Kino gehört hatte, dass kein Tag vergehen solle, ohne sich etwas getraut zu haben, vor dem man sich ängstigte. Und in diesem Film, in dem sie das gesehen hatte, war sie gewesen mit Hans. Und sie hatte Hans überredet, mit ihr auf die Toilette zu gehen, und auf der Toilette war niemand sonst gewesen, und dann war doch eine gekommen und hatte in der Kabine nebenan gepinkelt, und sie hatten ihre Füße eingezogen und innegehalten und sich das Lachen verkniffen. Und bis auf den Tipp mit der Angst war der Film schade ums Geld gewesen. Und dann war Anton gekommen und Nora hatte mit ihm einschlafen wollen und ihn küssen in der Früh noch vor dem Zähneputzen.

Roms Sonnenaufgänge leuchten orange, weil in den Straßen Orangenbäume stehen, doch die Farbe verliert sich im Morgen und zieht sich für den Tag in die Baumkronen zurück. Vor dem Fenster ist es laut, ein Moped, verfolgt von einem nächsten, fährt vor dem Hotel vorbei und Anton sagt: Hier sind es Vespas, Maresa, oder Vespen, ich weiß nicht, eine Vespa statt einem Moped jedenfalls.

Und Maresa fragt: Können die fliegen auch?

Anton lacht, seine offenen Haare wehen ihm um den Bart, das ist der römische Wind, der im Zimmer eine Runde dreht, bevor er aus dem Fenster verschwindet. Anton streicht die Haare mit der Hand nach hinten und hoch und zwirbelt ein Gummiband darum. Dann erzählt er von Insekten. Er ist fröhlich, er ist ein wandelndes Lexikon. Er ist groß geworden in einer Bibliothek, sein Vater war Professor, Nora hat vergessen wofür. Sie wird ihn ohnehin nie kennenlernen, nie Konversation führen mit ihm oder seiner Frau, die seine

Assistentin gewesen war, bevor sie mit Anton zu Hause blieb. Chemie, es ist Chemie gewesen.

Ich mag Hummeln lieber, sagt Maresa, Wespen trinken immer meinen Saft.

Nimm sie, ich schenke sie dir, denkt Nora und ist blind, ihre Augen wollen nicht aufgehen, sie kann die Vespen nur hören, sehen noch nicht. Sie dreht sich vom offenen Fenster ins Zimmer, Maresa ist ein unscharfer pinker Ballon, der sprechend ins Badezimmer rollt, Anton geht ihr hinterher, sie machen ihre Frisur. Nora hört sie über die Höhe des Schwanzes auf dem Kopf diskutieren, sie versucht den Schwanz aus dem Kopf zu bekommen, doch –

Das ist doch viel zu hoch, das sieht komisch aus, sagt Anton, schau mal, wo meiner ist.

Kurz ist es ruhig, dann ist Maresas Einspruch zu hören: Das gehört aber so, ich will das so.

– als Maresa zurück ins Zimmer kommt, wächst ihr statt eines Schwanzes eine Palme aus dem Kopf. Und Nora kann wieder sehen, der Schlaf ist aus ihren Augen verschwunden. Der Ballon ist ein Kleid und hat zwei Beine, die in weißen Turnschuhen stecken, die Socken zu den Knöcheln gerollt.

Frühstück?, fragt Anton seine Tochter, und seine Tochter freut sich auf Kakao.

Nora sagt: Ich komme nach.

Sie hat Muskelkater im Mund.

Anton sagt: Lass dir Zeit.

Nora geht duschen, ihre Schultern leuchten rosa im Spiegel unter dem Kunstlicht, sie trägt Wundsalbe auf, sie zieht ein Kleid an, sie legt einen Schal um die Schultern, sie mag Frühstücksbuffet, aber Hunger hat sie eigentlich nicht, Charlotte hat eine Haut aus Porzellan, ihr fällt die gedeckte Tasse vom Tisch, Maresa sagt: Hoppala.

Eine Kellnerin in Sakko sagt einer Kellnerin in Bluse etwas, das Nora nicht versteht, weil es Italienisch ist, Anton sagt: Sie sagt, sie kommt gleich.

Alle verstehen irgendetwas in anderen Ländern und leiten aus Sprachen, die sie sprechen, zu anderen Sprachen über, nur Nora nie. Die Kellnerin in Bluse kommt und sammelt die Scherben auf. Es ist schön, wenn man die Scherben nicht selbst aufsammeln muss, Sie sind erwachsen und können sich nun um sich selbst kümmern, an manchen Tagen will Nora aber nicht, an manchen Tagen ist ihr nicht danach. Die Kellnerin in Bluse lächelt die Familie an, es ist eine geduldige Kellnerin, und Nora hat plötzlich eine Familie, aber die Familie das falsche Kind. Nora weiß, Maresa war vor ihr da, und sie weiß, Maresa ist ein Kind und Kinder können nie etwas dafür.

Anton sagt: Grazie.

Grazie kann Nora auch. Die Kellnerin macht einen Knicks und der Knicks kommt Nora etwas altbacken vor, Maresa gefällt er, aber sie wird ohnehin nie eine Kellnerin werden, Maresa wird Architektin, wie ihr Vater, oder wie ihre Mutter Managerin von irgendwas, oder etwas vollkommen anderes in derselben Größenordnung. Maresa holt einen Apfel vom Buffet und wirft ihn ihrem Vater, der ihn lässig fängt, zu.

Wir gehen Legionäre im Kolosseum schauen, sagt Anton und Nora wird übel, das muss das Essen sein.

Maresa sagt: Au ja.

Und Nora sagt, ihr ist übel, das muss das Essen sein.

Und Anton sagt: Leg dich noch mal hin.

EINE EIDECHSE SCHLÄFT in der Sonne auf den Steinplatten im Innenhof des Hotels. Nora beobachtet sie und findet sie schön, immer schöner, sie mag keine Reptilien, keine Kriechtiere, doch die Eidechse ist ein schönes Tier, und man braucht keine Angst zu haben vor ihr, die tut nichts, die will nur spielen. Im Moment sonnt sie sich auf den Steinplatten, ihre Freundin klemmt nahe der Terrassentür an der Hauswand. Nora bekommt auch Lust auf Strand und geht in die Stadt und weit am Kolosseum vorbei. Sie sieht seit Langem wieder ein Kind an der Leine, und was eine Leine mit einer Psyche macht, will sie nicht wissen. Sie sieht Vogelfüßchen auf dem heißen Asphalt, da hat sich einer die Füße verbrannt. Sie sieht, die Vogelfüßchen sind aus der anderen Richtung gesehen bloß Pfeile aus Kreide, schade. Sie sieht ein Gesicht in einem Schaufenster, die Mundwinkel des Gesichts fallen ins Kinn. Sie sieht traurig aus, doch das ist ihre Physiognomie, wenn sie nicht lacht. Sie lächelt. Sieht schon besser aus. Sie sieht einen Mann mit einem Ring, der weit von seinem Finger absteht, es muss ein Schlagring sein, was sonst. Sie sieht ein Mädchen mit einem Sonnenschirm vor der Brust, der Sonnenschirm gilt ihrer Puppe, die Puppe hat langes Haar, blond. Sie sieht, das Mädchen kümmert sich so aufopfernd um ihre Puppe wie um ein eigenes Kind. Sie sieht, dass so kleine Kinder wie diese Puppe nie schon so lange Haare hätten. Sie sieht eine alte Frau in einer Hausmülltonne wühlen und denkt, was tut die da, das darf die nicht. Sie sieht, dass dieser Gedanke blödsinnig ist und erlernt, und wirft ihn weit weg, Ruth rast heran und fährt ihn zu Schrott. Sie sieht ein Mädchen mit einem blau gefärbten Haarkranz um ihr Gesicht, die restlichen Haare sind pink gefärbt, und sie bedauert, nie Zeit gehabt zu haben für eine Pubertät. Sie sieht Ohrstecker, die aussehen wie Leberflecken. Sie sieht einen Friseurladen und überlegt. Sie überlegt es sich aber doch wieder anders. Sie sieht einen Tausendfüßler, der Tausendfüßler ist eine Gruppe Kinder in leuchtenden Westen, ein jedes hält sich fest an einem langen Band, das sie in Zweierreihe miteinander verbindet, eine Hirtin vorne und eine hinten geben Zeichen, und die Herde geht über die Straße und ist in Sicherheit. Sie sieht einen Park und im Park Polizei, die spazieren reitet. Sie sieht ein Plakat und auf dem Plakat einen Pierrot neben einer Kamera stehen, die so groß ist wie er, weil sie auf einem Stativ steht, er trägt eine schwarze anliegende Mütze und ein weiß getünchtes Gesicht. Sie sieht, der Pierrot ist eine Kunstausstellung, und betritt das Museum hinter einem Vater, der seine Tochter um die Hüfte hält wie eine Geliebte, die Mutter kommt mit der anderen Tochter hinterher und schwitzt in Noras Nacken, denn Rom ist auch im Frühling heiß und das Museum verspricht Abkühlung.

IN DER MITTE DES RAUMS ein Stuhl, verstellbar durch eine Drehkurbel, eine Halterung für den Hinterkopf, zwei rote Samtbacken, in die der Kopf eingepasst wird, um still zu sitzen für die Länge einer Fotoaufnahme. Die ersten fünfzig Jahre der Fotografie sind lange her.

Mittelscheitel, streng, steht eine Frau hinter einer anderen, dieselbe Frisur, die hintere umfasst die vordere mit der einen Hand an ihrem Oberarm, mit der anderen an der gegenüberliegenden Schulter, die vordere könnte vom Wind oder von jemandem umgeworfen werden, sie würde von der hinteren aufgefangen.

Feuer – Feuer 1853 in Oswego. Nora setzt sich auf die Bank vor dem Bild mit dem weißen Feuer vor der schwarzen Stadt 1853 in Oswego, das Leder knarzt, als sie sich setzt, die Frau,

die neben ihr steht, sieht sie an, Nora rutscht auf dem Leder
hin und her, es knarzt nicht mehr, die Frau sieht wieder weg
und ins Feuer hinein, Nora ihr nach, auf einem Farbfoto
hätte das Feuer das Haar der Füchsin. Es ist heiß, sie spürt es
in ihren Augen brennen, sengende Hitze, Rauch kann man
spüren, das Flackern der Flammen hören, Nora erhebt sich
von der Bank, sie knarzt, sie geht zum nächsten Bild, es ist
angenehm kühl, sie bleibt stehen und wischt die Schweiß-
perlen von ihrer Stirn.

Mrs. J. J. Hawes and Alice zeigt ein Kind mit Flaum auf
dem Kopf, Pausbacken, überraschter Mund, die Augen zwei
dunkle Knöpfe, es wird von einer Frau, Mittelscheitel, eine
Haarsträhne aus der Frisur hat sich auf die Wange verloren,
in den Vordergrund des Bildes gehalten, die Mutter, die im
Krankenhaus liegt und tot spielt, hat sehr kleine Hände, die
Hände von Mrs. J. J. Hawes sind Pranken, sie halten Alice
fest und Alice hängt entspannt in ihrem Griff, sie hat kurze,
fette Ärmchen wie pralle Würste. Alice ist seit ewiger Zeit
tot. Und Mittelscheitel sind auch nicht mehr in Mode.

Fünf Kinder, vier Jungen mit Mützen, ein Mädchen mit
langen Haaren, das sie offen trägt, stehen um ein umgedreh-
tes Boot herum, sauber ist keines, einer ist ohne Schuhe, das
Glück, aus Imperien zu kommen, hatten diese Kinder nicht,
und Nora wäre eines davon, das Mädchen mit dem befleck-
ten karierten Kleid, und die Jungen ihre Brüder.

Tableaux vivants, eine Serie, vier Fotos, vier Mal beschützt
eine Frau unter ihren Armen wie gespannte Flügel zwei
Kinder, auf jedem Bild eine unsichtbare Gefahr, einen Hund,
der Alarm schlägt, gibt es nicht.

Auf einer Terrasse auf einer Chaiselongue Sarah Bernhardt
in Schminke und Haarschmuck einer Kleopatra, Nora muss
an Liz Taylor denken, die mit einem Bauarbeiter verheiratet

war, und das war noch, bevor sie bei den Zattls gelernt hatte, über Sarah Bernhardt weiß Nora nichts und über Kleopatra bloß, dass sie in Milch badete.

Auch über Comtesse de Castiglione, 1856, weiß sie nichts, neben der Fotografie steht, dass sie die schönste Frau ihrer Zeit gewesen ist, sie zeigt propere nackte Waden, nichts Verhungertes, wie die Füchsin, eher Ruth, die Waden der Comtesse gehen in schmale Füße über, schmale Füße in lange Zehen, das kann aber auch die Perspektive sein, und der Stoff des Kleides, wahrscheinlich Satin, hochgeschlagen über die Knie, flirrt in der Fotografie, ein Finger der Comtesse tippt an ihre Oberlippe.

Vor dem nächsten Foto tummelt sich eine Traube Menschen, es ist eine Stimmung kurz vor Schubsen, es ist der Pierrot. Er steht neben einer Schachtelkamera, die Kamera klemmt auf einem Stativ, das Stativ endet auf Höhe seines Kopfes, er steht neben der Kamera wie neben einem Freund, leichter Schritt nach vor, schwarz anliegende Mütze, Schwimmmütze, weiß getünchtes, schmales Gesicht, halb geschlossene Augen, zarter Blick, halb geöffneter heimlich grinsender Mund, weites weißes Gewand, Bluse, Bommel, Hose, es würden drei hineinpassen, zwei, wäre eine davon Ruth, Schuhe, weiß, die bloß Schuhspitzen, und die Spitzen abgerundet, sehen lassen. Er steht vor einer Wand aus dunklem Stoff, sein weites Gewand wirft einen schmalen Schatten, die Streben des Stativs vermehren sich auch. Der Pierrot gefällt sich in seiner Rolle, er füllt sie aus, er fühlt sich wohl darin, Nora spürt Bewunderung und freundlichen Neid.

An den Fotografien von Leichen geht sie vorüber, ohne sie anzusehen, bleibt erst in einem Kaffeehaus wieder stehen, das Kaffeehaus stellt sich als Veteranenheim vor, sie verlässt es laufend durch die Hintertür, an den Bällen eines Jongleurs vorbei, ohne seine Fingerfertigkeit zu stören, unter einem galoppierenden Pferd hindurch, ohne einen Hufschlag abzubekommen, eine Gletscherexpedition, Schneeschuhe, Nora friert und läuft weiter durch die Rue Royale, damit ihr wieder warm wird, die Laterne hat noch keine Ahnung von Elektrizität, ein Mädchen löst sich vor einer Treppe einer Arbeitersiedlung in Unschärfe auf, sie erhält noch nicht einmal Augen, um aus der Siedlung hinausschauen zu können, eine Frau küsst ihr Spiegelbild, weil sie sieht, dass es schön ist, ein Mann raucht eine Zigarette, so klein wie ein Kinderfinger, breite Wellen, die an Land krachen und der Himmel darüber in Wolken, durch die es bald donnern wird, ein Harem, viele Frauen nackt und eine Handvoll Männer, in deren offenes Hemd Frauen kriechen, um sich zu verstecken darin, ein Stillleben mit toten Tieren, das Fell eines Fuchses fließt weich zu Boden, aber die Füchsin ist es zum Glück nicht, eine Alte sitzt am Bordstein mit einem Kind im Arm, das vor Hunger nur aus einem Köpfchen besteht, vier Samurai, koloriert, der geriffelte Griff des Schwerts, einer hält ein Messer mit schmaler Klinge in der Hand, das Foto an dieser Stelle rot, Pferdekutschen, Männer in Hut, Kinder an der Hand von Müttern oder Kindermädchen, auch Kindermädchen dürfen nicht erwachsen werden, dann eine Absperrung, ein Altershinweis, eine Frau mit müden Kindern wartet davor, Nora darf hinein, drinnen fährt die Fotokamera Frauen unter den Rock, Unterwäsche tragen die Frauen nicht, die Männer davor machen Witze, Nora geht vor die Tür lachen.

Vor der Tür ist Rom noch immer heiß, sie setzt sich auf die Stufen und wartet, bis es abkühlt, zwei setzen sich neben sie und küssen sich, weil sie einander gern haben und das ausreicht, aber die Stadt der Liebe ist immer noch Paris.

In Paris haben Frauen im Alter meiner Mutter alle dieselbe Nase, hatte Vera gesagt, in den Achtzigern gab es bloß ein Modell und dieses haben heute alle im Gesicht.

Nora hatte gesagt: Alle, die Geld für neue Nasen übrig hatten.

Ruth hatte gesagt: Die schönste Nase von uns hat sowieso Vera.

Vera hatte gegrinst wie ein Schelm.

Und die Füchsin hatte gesagt: Stimmt.

Dann geht Nora Enten schauen im Park, der vor dem Museum liegt samt Teich und griechischem Tempel und Familien aller Hautfarben und Stimmungen.

ER MUSSTE SEHR, sehr groß sein, dass er dazu durfte, sagt Maresa, wie groß?

Ein Meter und fünfundsiebzig Zentimeter mindestens, sagt Anton.

Wie groß ist das?, will sie es genauer wissen.

Kleiner als ich, sagt Anton und legt seine Fingerspitze an seine Stirn wie eine Pistole, beinahe ist der Schuss zu hören, aber die Straßen Roms sind zu laut.

Kann ich ein Legionär werden?, fragt Maresa.

Legionärin, hört Nora die Füchsin sagen, die sich über Ruth lustig macht.

Und Nora hört Ruth sagen: Legionär ist schon richtig, weil rate mal – Frauen waren verboten.

Und Vera: Ich will sowieso nicht zum Militär.

Und Ruth: Beim Militär machen sie aus Menschen Männer und die kommen heim und zeigen den anderen Menschen, dass sie Frauen sind und von ihnen beschützt werden müssen.

Und die Füchsin: Seit wann ist Beschützen etwas Schlechtes?

Du musst noch ein wenig wachsen, sagt Anton, als stünde Legionär in der Liste von Maresas möglicher Berufswahl als realistische Variante ansonsten ziemlich weit oben.

Und sie hatten so lustige Hüte, fährt Maresa mit ihrer Begeisterung fort, mit so einer Bürste auf dem Kopf und –

– sie ist dem Legionär auf den Fuß getreten, sagt Anton, Maresa lacht.

Er hatte Sandalen an, sagt Maresa und Anton lacht, aber das war ein Versehen, wirklich.

Und was hat er gesagt?, fragt Maresa.

Bambina stupida, sagt Anton zu Nora, zu Maresa sagt er: Du hast ihm die Zehe gebrochen, hat er gesagt.

Ich habe ihm die Zehe gebrochen, lacht Maresa und wirft übermütig ihren Kopf in den Nacken.

Die beiden sind nicht nur durch Zufall verwandt, die mögen sich wirklich, denkt Nora beim Anblick der Gesichter, die einander am meisten ähneln, wenn sie Spaß haben.

Und was hat der Legionär dann getan?, fragt Nora.

Der hat so gemacht mit dem Schwert, sagt Maresa und findet es lustig und Nora schluckt, weil sie die Geste an ihrem Hals spüren kann.

Anton kippt die zweite Hälfte des Espressos in den Mund, mit einem Quietschen schiebt Nora ihren Stuhl nach hinten und fädelt Beine und Tasche unter dem Tisch hervor. Im Inneren der Bar läuft Technomusik, sie verschwindet auf der Toilette, die Musik wird von einem Lautsprecher übertragen. Sie sperrt die Tür zu, sie geht eine Stufe hoch, sie schließt die zweite Tür und legt die Brille mit Papier aus. Sie setzt sich und greift in die Tasche auf ihrem Schoß. Die Schwimmmütze, das getünchte Gesicht, der Blick, das heimliche Grinsen, und wie er sich gefällt, wie er die Rolle, die er spielt, fühlt, die eine Hand hält die Klappe der Kamera hoch, die Finger auseinandergefächert wie eine sich öffnende Blüte, die andere Hand zeigt von der Seite zum Objektiv, der Daumen verschwindet in der Drehung hinter der Hand. Nora stellt sich Vera mit Schwimmmütze vor und weiß bemaltem Gesicht, wie eine Geisha ohne rote Lippen, dafür könnte sie Pantomime und würde mit ihren Fingern in weißen Handschuhen ein Fenster darstellen, das Fenster öffnen und hinausblicken, der fünfte Daumen des Handschuhs wäre abgenäht, es würde kaum auffallen, sie würde das Fenster wieder schließen und eine Tür darstellen, durch die Tür würde sie hindurchgehen in einem Raum einnehmenden Schritt. Nora packt den Pierrot wieder ein und zieht an der Spülung, sie greift zum Türknauf, doch der Knauf fehlt.

Scheiße!

Sie klopft an die Tür. Wer macht eine Tür ohne Griff, sie klopft, aber die werden sie nicht hören können, die äußere Tür ist versperrt, und dann die nervöse Musik, sie klopft mit der Faust. Nichts.

Help!, ruft sie, es hört sich lächerlich an, hello?

Sie klopft mit der Faust. Sie versucht hinauszuhören, hört aber nur die Bummsmusik in der Box über ihr.

Help!

Mamma mia!, hört sie eine Frauenstimme in der Bar rufen.

Ein Klopfen antwortet Nora an der Außentür, dann etwas auf Italienisch.

The door will not open, ruft sie hinaus, wenn die nun aufbrechen müssen, wird das teuer, sie kann sich das jetzt nicht leisten, doch nicht jetzt.

Donna intelligente!, ruft die Frauenstimme.

Nora?

Anton!

Die Tür lässt sich nicht öffnen, ruft sie, verzweifelt, sie hofft, sich locker angehört zu haben, höchstens den Umständen entsprechend ernst.

Du sollst auf Höhe des Türgriffs ins Holz schlagen, ruft Anton.

Die Tür hat keinen Griff!

Nora kann kaum mehr denken, der Raum ist so eng, die Musik aus der Box drückt herab.

In der Höhe des Griffs, ruft Anton und Nora schlägt wütend in die Tür, die Tür springt auf.

Anton lächelt, als Nora aus der Toilette kommt.

Sorry, sagt Nora und wiederholt es in die Richtung der Kellnerin, die hat keinen Blick für sie übrig, Anton zählt Geld aus der Hosentasche, legt es wortlos vor sie hin und nimmt Nora bei der einen Hand und Maresa, die als Schattenriss im Sonnenlicht im Türrahmen steht, bei der anderen.

Was hat die Frau gesagt?, fragt Maresa.

Dass sie Hilfe holt, sagt Anton.

Doch Nora erinnert sich an etwas anderes.

Geht es dir wieder gut, Nora?, fragt Maresa, sie hat Nora gesagt.

Anton legt seinen Rucksack auf die Turnschuhe seiner Tochter, streichelt Nora über den Kopf und geht Richtung Gelati.

Hinter Nora holt der Wind das Wasser aus dem Brunnen und nieselt es sanft in ihren Rücken. Sie greift in die Tasche und zündet sich eine Zigarette an.

Das darfst du nicht, sagt Maresa, das ist schlecht für dich.

Nora fühlt sich lächerlich, donna intelligente, sie hatte bloß sichergehen wollen, wer baut schon Türen ohne Griff, sie muss husten.

Siehst du, sagt Maresa, ich habe es dir gesagt.

Nora öffnet den Mund und bläst ihr den Rauch ins Gesicht, Maresa erschrickt, kneift die Augen zusammen und schnappt empört nach Luft.

Was ist hier los?

Mit drei Eiswaffeln in den Händen steht Anton vor ihnen, doch dieses Gesicht kennt Nora noch nicht.

NIMM DICH VERDAMMT noch mal nicht so wichtig!

Maresa verschwindet im Zimmer, Anton hält Nora an der Hand zurück und wartet, bis sich die Tür schließt.

Maresa kann nichts dafür, sagt er, Nora sieht die Raketen auf den Bildern an den Wänden, sie wird nicht mehr nach dem Namen fragen.

Ich verlange gar nicht, dass du sie wie eine Tochter behandelst, aber sie ist nett zu dir und du könntest es auch zu ihr sein, aber du kannst das nicht, weil niemand zu dir nett war, du rennst lieber ins Krankenhaus und siehst mal schnell nach, ob deine Mutter endlich tot ist.

Nora drückt die Fingernägel in ihre Handfläche, es tut nicht weh.

Weißt du was?, fragt er.

Nora sagt nichts, weil sie nicht weiß, was er weiß.

Ich würde ein Bein darum geben, hätte ich noch eine!

Ich wäre gerne eine gute Tochter gewesen, will Nora ihm in sein selbstgerechtes Gesicht schreien, aber sie hat mich nicht gelassen. Und sie hätte auch gerne ihre Mutter abstürzen lassen, um seine Eltern damit zu retten, sie braucht sie nicht mehr, und er könnte sein Bein behalten.

In jeder Familie gibt es Opfer, sagt er, komm drüber hinweg, dann humpelt er davon, die Tür fällt hinter ihm zu.

Die Raketen stehen in Startposition und lassen den Himmel noch ein wenig auf sich warten, weil der Himmel noch lange steht.

Im Zimmer Stimmen. Wasserrauschen.

Im Radio hatte ein Kinderpsychiater in einer Sendung Fragen beantwortet, Nora hatte nicht weggeschaltet, sie war dabeigeblieben, weil der Beruf sie überzeugt hatte. Eine Frau hatte angerufen und gefragt, ob man dem eigenen Kind böse sein dürfe. Und der Kinderpsychiater hatte geantwortet: Sicher, aber nicht länger als zwei Minuten.

Im Zimmer Stimmen, die Nora nicht kennt. Sie zappen durchs italienische Fernsehen. Nora wartet zwei Minuten, dann klopft sie an die Tür, wie ein Gast, und tritt ein.

Maresa liegt auf Antons Brust, ihre Augen flattern auf und fallen wieder zu.

Ich liebe kuscheln, hat sie gesagt, flüstert Anton.

Das mit den zwei Minuten stimmt.

Kuscheln ist für Kinder wie eine Droge, sagt er und lächelt verliebt.

Nora sagt: Ich brauche dich nicht, weißt du, ich brauch dich nicht, zum Glück.

Es müsste eine Farbe geben, die so heißt, die Blätter sind nicht grüner als gestern, sie sind frischer und riechen neu. Nora schließt die Augen und spürt die unbenamte Farbe in ihrer Nase. Aus dem Frühstücksraum Maresas Stimme. Anton kann Nora nicht hören. Bis er hinter ihr steht. Sie kann ihn nicht hören und sie spürt ihn auch nicht. Würde sie nun ihre Hand nach ihm ausstrecken, sie griffe durch ihn hindurch.

Noch ein paar Stunden, sagt eine Stimme, die aber nicht seine ist, Nora sieht bloß einen dunklen Bart, einen Mund sieht sie nicht.

Zu Maresa sagt er: Huckepack?

Maresa kichert. Ein Kichern, denkt Nora, das einen anderen Namen verdient hätte, giggeln vielleicht. Sie weiß nicht, ob es das Wort gibt, doch sie fände es berechtigt.

Papa, ich bin schon groß, entrüstet sie sich.

Wie groß?, fragt er und Maresa wirft ihren kurzen Arm in die Höhe, der Arm zeigt über sie hinaus, ihr Vater lacht, Nora fröstelt es.

Ich bin ein Legionär, sagt Maresa.

So groß?, Anton lacht.

Noch nie hatte Nora einen kleinen Mann gehabt, kleine Männer mag Nora nicht, bei kleinen Männer bekommt sie etwas, das sich anfühlt wie Angst, Nora mag Männer groß.

Das ist so etwas wie ein positives Trauma, hatte sie gesagt und zu lachen versucht.

Und die Kaiserin hatte geantwortet: Ich würde sagen, Trauma.

Es wird wehtun, hatte sie gedacht, es wird so wehtun, es wird wehtun, immer wieder, bis ich tot bin, und mitten in den Schmerz hinein, von einem Moment auf den anderen, war der Riese vor ihnen gestanden und hatte sie weggebracht.

Gänsehaut auf Noras Arm. Und eine winzige rote Spinne, die über ihre Haut schwebt. Sie kickt sie mit einem Finger von ihrem Arm, doch die Spinne löst sich in eine dünne Blutspur auf. Ein Tier, das bloß von Haut zusammengehalten wird, dünnhäutig. Eidechsen sind keine zu sehen, bei Schlechtwetter bleiben Eidechsen zu Hause. Eidechsen werfen ihren Schwanz ab bei Gefahr. Kein zentrales Nervensystem, eine Sollbruchstelle, oder aus der Blase Tinte schießen, sodass man dahinter verschwindet. Sie blickt in den Himmel. Der Himmel hängt niedrig wie die Decke einer Neubauwohnung.

24

ER HATTE DIE SÄGE ANGESETZT und der Baum war stehengeblieben. Dann hatte er ihr in die Leiste geschnitten. Seit der
Schwangerschaft trug sie Stützstrumpfhosen, die Krampf-
adern wollten ihre Beine sprengen. Mit den Stützstrumpfhosen würde es wohl kein Rock werden heute, aber die Hose
machte ihren Bauch größer, als er noch war. Sie schlüpfte
trotzdem in das Kleid, das sie von Manuela bekommen
hatte, drehte sich nach links, nach rechts. Die Hose darunter
machte es frech und das Kleid darüber machte den Bauch,
der ihr noch geblieben war, dünner. Sie toupierte die Haare
am Hinterkopf hoch und fixierte sie mit Spray.

Im Zimmer der Kinder war es ruhig. Auf Zehenspitzen
schlich sie hinein. Lauschte ins Halbdunkel. Rika schnarchte.
Norbert und Niklas pfiffen durch ihre erkälteten Nasen. Sie
waren gemeinsam gekommen, also wurden sie auch gemeinsam krank. Die Kinder würden nicht aufwachen, bis sie
zurück wäre. Manuela würde nichts hören und sich nicht
unnötig Sorgen machen. Sie hatte höher dosiert.

Jörn, sagte er.

Björn?

Jörn, wie Josef, sagte er.

Josef?

Björn ohne Boris.

Also Boris heißt du?

Du bist witzig, sagte er und vergaß zu lachen.

Sie war sich nicht sicher, sie war schon lange nicht mehr
witzig gewesen. Wie soll ich sicher sein, dass die von mir

sind, war im Brief gestanden. Daneben der Schlüssel und ein paar Scheine, für einen Monat, eineinhalb.

Sie hatte keinen Grund gesehen, witzig zu sein, aber der hier gefiel ihr, das könnte was werden, dachte sie und warf ihren Kopf nach hinten vor Übermut.

Wie ist es als Busfahrer, musst du da nicht stundenlang durchfahren können? Stell ich mir anstrengend vor, sagte sie.

Gewöhnungssache, sagte er, aber nicht dass du denkst, ich schlaf nicht gern.

Er sah sie an, er sah sie seltsam an, vielleicht hätte es Leidenschaft sein sollen, aber dann hatte er sich vertan.

Ich schlafe nämlich sehr gern, sagte er, noch immer mit der misslungenen Miene in seinem Gesicht.

Sein rechtes Auge schielte ein wenig, wenn er trank, sie mochte das. Erika glaubte nicht an perfekt. Deswegen hatte es mit Norbert auch nicht funktioniert, Norbert wollte alles immer eins a.

Das ist ein Eins-a-Auto, hatte er gesagt, bevor er den Kaufvertrag unterschrieben und bezahlt hatte mit dem Geld aus ihrer Kaffeedose. Sommersaison 78. Es war ein gutes Auto, da hatte er recht gehabt, aber es war auch das Geld aus ihrer Kaffeedose. Das ist ein Eins-a-Spiel, rief er dem Fernseher zu, als hätte der es gespielt, während sie ihm das zweite Bier brachte, zwei, nicht mehr, das ist ein Eins-a-Spiel, bringst du mir noch eins? Fußball war belanglos, doch er fand Fußball eins a, jedenfalls wenn er gut gespielt war, sagte er immer, auch wenn sie bereits weghören wollte, in ihre eigenen Gedanken hinein. Und was für ein Eins-a-Wetter, sagte er, wenn keine Wolke am Himmel stand und er sein Hemd aufknöpfte, bis das Weiß seines Unterhemdes zu sehen war, Eins-a-Wetter, und die paar Brusthaare, die er besaß und auf die er stolz war wie ein Italiener.

Jörn schielte also und schlief gern. Eine gute Kombination. Sie bezahlten. Er gab der Kellnerin gutes Trinkgeld, das gefiel ihr. Und er glotzte nicht auf ihren Busen, der sehr schön war. Sie hätte gerne selber hingelangt, eine Brust, die nicht zum Füttern da war.

Die Kinder schliefen. Erika lauschte ins Zimmer hinein.

Leise, lachte sie, bitte sei leise, doch Jörn hatte bereits Wein getrunken und Wein machte ihn schielen und laut. Ich möchte so sehr zusammen sein mit dir, sagte er.

Sie wand sich aus seiner Umarmung und ging ins Bad. Sie strich die Stützstrümpfe von den Beinen. Zusammensein. Ob es eine Umschreibung war für schlafen mit ihr oder er hier und heute eine Beziehung eingehen wollte mit ihr, Hals über Kopf, obwohl er sie noch kaum kannte, aber vielleicht ahnte, dass sie zusammenpassen würden, vielleicht ahnte er es bereits und sie bräuchte noch ein paar Tage. Sie tastete sich vor. Sie begann mit dem Schlafen, das war einfacher.

Und als sie erwachte, war er weg.

Und als sie Rika ein Brot schmierte und den Instantkakao rührte, musste sie an seine Lippen denken, die auf den Polster speichelten, wenn er schlief, und als sie Norbert und Niklas stillte, musste sie an seine Augen denken, von denen das eine schielte, wenn er trank.

Und als sie Manuela die Kinder brachte, konnte sie ihr gar nicht erzählen, wie es war, weil sie es nicht über die Lippen brachte, so wie es war, es war leidenschaftlich gewesen.

Und als sie beim Hotel vorbeischaute, waren die Gäste weg und der Bus war verschwunden.

Und schau, dass du weiterkommst, hatte er gesagt, schau,

dass du weiterkommst, hatte der Portier gesagt.

Und wahrscheinlich hatte er sie verwechselt.

25

VIELLEICHT LAG es an ihr, dass niemand blieb, selbst ihre Mutter hatte sie nicht haben wollen, aber wenn es an ihr lag, wusste sie nicht, woran es lag, sie versuchte alles richtig zu machen. Sie hatte sich vorgenommen, eine gute Mutter zu sein, doch sie war zu traurig dafür, dann hatte sie sich vorgenommen, es sich nicht anmerken zu lassen, und meist klappte das auch, sie hatte zu lächeln gelernt, wenn sie sich nicht danach fühlte. Das hatte mit den Mundwinkeln zu tun, es kostete kaum Kraftanstrengung, ein Lächeln zu simulieren, sie stellte ihre Mundwinkel nach oben und lächelte wie von selbst. Vielleicht täuschte sie sich, aber wenn, dann war es eine angenehme Täuschung, ein wenig wirkte die Simulation auch nach innen. Das Lächeln hatte sie erlernt, als ihr der erste Zahn oben seitlich aus dem Mund gebrochen war. Er war gebrochen und hatte sich in drei Teilen von dem Rest, der im Zahnfleisch zurückblieb, abgetrennt. Er war im Zahnpastaschaum gelegen, grau, fast schwarz, es hatte gar nicht wehgetan. Dann war der daneben gekommen und dann auf der gegenüberliegenden Seite der gleiche. Sie hatte heimlich ein neues Lachen geübt, Norbert hatte sie nichts gesagt, es war ihm nicht einmal aufgefallen. Als hätte sie immer schon so verschlossen gelacht. Vielleicht hatte sie es gar nicht so gut in einem einstudierten Lachen versteckt und sie waren von ihren Zähnen abgestoßen, Zähne wie eine alte Frau, sie würde es verstehen, es war ein abscheulicher Mund, es grauste ihr vor ihr selbst, wenn sie ehrlich war, vielleicht sollte sie öfter ehrlich zu sich sein.

Dass Albrecht sie nicht liebte, hätte sie wissen müssen, als er mit ihr in die Stadt gefahren war, es hätte ein Ausflug werden sollen, ein verstauchter Fuß war es geworden. Es war Albrechts Idee gewesen, aus der fahrenden Straßenbahn zu springen, sie hatte gesagt, sie trage die falschen Schuhe, aber sie waren gesprungen und sie war umgeknickt. Sie hatte sofort gespürt, dass etwas mit ihrem Knöchel war. Das Bein war unter ihr weggefallen, es war keine Kraft mehr darin, nur noch dieser stechende Schmerz, bei jedem Schritt, sie hatte nicht mehr auftreten können. Albrecht hatte gesagt, sie solle sich nicht so anstellen. Eine Frau war stehengeblieben, sie hatte es eilig, sie hatte auf die Uhr gesehen, doch sie war stehengeblieben und hatte ihr aufgeholfen und sie zum Wartehäuschen gebracht. Dann hatte sie eine Telefonzelle gesucht, um eine Rettung zu rufen und gesagt: Warten Sie hier. Albrecht hatte die Frau machen lassen, er hatte gelacht und gesagt, Erika solle sich nicht so anstellen, sie simuliere doch nur, doch beim Knöchel hatte Erika nicht simuliert, den haben sie im Krankenhaus dann bandagiert zum Beweis. Da hatte er dann einen Gang zurückgeschaltet. Das konnte aber auch wegen der Frau gewesen sein, die ihn beschimpfte. Es war Erika unangenehm gewesen, dass sie so harsch war zu ihm, sie hätte auch besser auf sich aufpassen können, sie war tollpatschig abgesprungen, noch während des Sprungs hatte sie gedacht, das könnte ins Auge gehen, und dann war sie an der Kante aufgekommen und umgeknickt, es war ihr Fehler gewesen, nicht seiner. Und die Frau hatte gesagt: Suchen Sie sich einen besseren Mann. Und Albrecht hatte das gehört und ihr große Worte hinterhergeschrien, als die Rettungsmänner Erika in das Auto schoben.

Als sie hochgehumpelt war, um die Kinder zu holen, hatte Manuela gemeint, da wäre was dran. Aber wie sollte sie die

Richtigen von den Falschen unterscheiden, sie wirkten alle richtig. Erika hatte die Kinder genommen, sie waren vor ihr her in den unteren Stock gesprungen, zwei, drei Stufen auf einmal, als könnten sie fliegen, und hatten ihre Bandage bewundert, sie hatte einen Unfall gehabt, so etwas imponierte Kindern.

Dann hatte sie den Kaktus ins Fenster gestellt, das war Manuelas Idee gewesen. Ein Kaktus im Fenster halte Böses fern. Sie hatte den Kaktus vom Regal genommen und ins Fenster gestellt, er machte sich gut im Fenster, seine Farbe änderte sich im Licht und er hatte bereits einen Trieb bekommen. Und sie glaubte ein zweites Köpfchen ausmachen zu können. Das Licht tat dem Kaktus gut.

25

ALS DIE PALME BLAU in den schwarzen Himmel spritzte, hätte sie viel darum gegeben, unter einer echten zu liegen. Angeblich wurden mehr Menschen von einer Kokosnuss erschlagen, als auf der Straße starben. Geschah ihnen recht, wer viel Geld hat, lebt viel gefährlicher, dachte sie. Die Kokosnuss konnte ihr nicht passieren. Aber sie hätte die Gefahr auf sich genommen. Das Feuerwerk war in den Himmel hinauf gespritzt und in verschiedenste Figuren auseinander. Und als sie gekommen waren, um sie zu suchen, war sie bereits in der Bar gewesen, ein Stück Ananas klemmte süß auf ihrem Glas.

Rutgert oder Hubert? Rutbert hatte ihr den Cocktail spendiert, er hat sie gefragt, sie hat Ja gesagt, es hat gar nicht wehgetan. Sie zündete sich eine Zigarette an.

Rutbert kam schon seit dreiundzwanzig Jahren hierher über Silvester. Rutbert war schon als Kind mit seinen Eltern über Silvester hierhergekommen. Rutberts Vater war bei Ford gewesen, in der Führungsebene, Ford hatte das Fließband erfunden, ob sie das wusste. Nein, das wusste sie nicht.

Rutbert fuhr gerne Ski und eine Zeit lang war er richtig gut gewesen. Rutbert hatte dann aber einen Autounfall gehabt und sich das Knie eingeklemmt, seitdem hinkte er, aber nicht sehr. Rutbert stand auf und ging ein paar Schritte durchs Lokal.

Rutbert hatte ein Mal geheiratet, das sei nichts für ihn, er wollte sich nicht mehr von einer Frau ausnehmen lassen bis auf die Knochen. Und Kinder, die nur Geld kosteten und undankbar waren. Rutbert wollte sie am liebsten gar nicht mehr sehen, aber alle zwei Wochen habe er sie. Rutbert brauchte erwachsene Gespräche, Kinder redeten wie Kinder, das trieb Rutbert in den Wahnsinn. Rutbert hatte ihr den Cocktail spendiert, es hat gar nicht wehgetan.

Rutbert wurde wahnsinnig, wenn er daran dachte, wie viel Geld es jetzt verschlinge, dass seine Ex ihn so verhext habe. Rutbert hatte keine Ahnung, wo die Frau das viele Geld durchbringe. Erika konnte ihm auch nicht helfen.

Rutbert war so enttäuscht. Rutbert hasste Frauen nicht, aber er verachtete sie. Doch sie war bestimmt nicht so eine. Rutbert hatte eine Ferienwohnung gekauft, er fühlte sich gern wie zu Hause, wenn er unterwegs war. Rutbert wünschte sich, dass sie sich auch wie zu Hause fühlen könnte bei ihm, ob sie sich nicht wie zu Hause fühle bei ihm, viele fühlten sich bei ihm gut aufgehoben, wollten Kinder mit ihm, aber die hatte er ja schon. Und wenn er mit siebzig noch welche wollte, würde er mit siebzig noch welche machen. Rutbert fand es gut, dass die Uhr der Frauen ablief, da konnten sie weniger anrichten. Rutbert fand, das war ja das Gute an Männern, Männer wurden reifer, Frauen alt. Rutbert lachte.

Rutbert wildere in jeder Altersgruppe bis Mitte dreißig und wie alt wohl die Sandra war?

Erika.

Wie alt wohl die Erika war, sie sehe noch jung aus, aber sie lache nicht, sie solle doch mal lachen, für ihn, sie sehe so traurig aus, Rutbert könnte sie trösten, wenn sie wollte, bei ihm fühlten sich viele wie zu Hause. Und Rutbert spürte da so eine Verbundenheit zwischen ihm und ihr. Denn Rutbert sei von der Liebe enttäuscht. Und Rutbert hatte ihr den Cocktail spendiert. Aber Rutbert wäre bereit, weiterhin an die Liebe zu glauben, ob Erika mit ihm gemeinsam daran glauben wolle, heute Nacht? Rutbert fand, man müsse auf sein Herz hören. Rutbert hatte ein großes Herz. Rutberts Herz war so groß wie ganz Deutschland, und Deutschland war kein kleines Land, und wie groß war Erikas?

Erika drückte die Zigarette in den Aschenbecher und ging Richtung Toilette.

Entschuldigung.

Nix passiert. Schau auf dem Nachhauseweg wieder vorbei bei uns, wir haben einen Hocker frei.

Oder einen Schoß.

Gelächter.

Das war nicht dasselbe wie Lachen, dachte Erika, schon gar nicht wie gemeinsames.

Als die Polizisten die Bar betreten hatten, hatte sie sich noch eine angezündet und in das Muster des Klopapiers gestarrt. Punkte reihten sich um eine Blume. Punkte. Blume. Punkte. Blume. Punkte – sie klopfte die Asche vom Zigarettenkopf. Sie mochte die Bewegung, sie hatte etwas Abgebrühtes, abgebrüht war gut.

Rutbert fand, Rauchen sei etwas für Nervenschwache, doch Rutbert könne ihr helfen aufzuhören, er sei stark genug für sie beide. Punkte. Blume. Punkte. Blume. Rutberts Mutter hatte einen eisernen Willen gehabt. Sie hatte die Söhne nach dem Tod des Vaters ganz alleine durchgebracht. Rutberts Mutter war putzen gegangen in der Nacht, um am Tag für die Söhne da zu sein. Krebs, sagte Rutbert, das war damals seltener, heute hatten das ja alle. Rutbert hatte noch zwei Brüder, beide ohne Frau, der eine war nie verheiratet, der andere nicht mehr. Rutberts Mutter sei keine Frau gewesen, Rutberts Mutter war eine Göttin. Aber Rutberts Ex. Blume. Blume. Der Boden war kalt und weich. Blume. Blume. Sie setzte sich auf, hielt sich an der Klobrille fest, lachte sich im Spiegel an, das Gebiss saß gut, es fiel nicht auf. Sie verschloss den Mund und ging an die Bar zurück.

An der Bar standen Polizisten. Sie sahen Erika von der Toilette kommen. Rutbert sagte, er warte hier auf sie, die ganze Nacht. Erika musste an Henriette denken. Und wie sie kurz davor gewesen war, gut zu werden auf der Gitarre. Sie hatte den Koffer nicht mehr anschauen können danach. Sie war auf keiner Polizeiwache mehr gewesen danach. Sie waren moderner geworden. In der Ecke drückte ein Fernkopierer ein Blatt aus seinem Inneren.

Der Schornstein des Hauses hatte schon länger geraucht. Sie sagte, sie hatte sich nie was gedacht dabei, sie kenne sich nicht aus mit Schornsteinen, es sei ein altes Haus und ein alter Schornstein. Ja, sagte er und schrieb es in das Protokoll. Sie wurden bereits untersucht, sie haben nichts, hatte der Polizist am Ende des Protokolls gesagt, keine Rauchgasvergiftung, ein kleiner Schreck.

Der Orangensaft hat ihnen geschmeckt, sagte die Polizistin, auf deren Schoß Niklas und Norbert saßen, als sie den Raum betrat, in dem ihre Kinder waren, und Niklas ein weiteres Glas zwischen beiden Händen hielt und ansetzte und dann Erika sah und trank.

Rika vergrub sich im Anorak eines Mannes, ein Holländer, hatte der Polizist gesagt, er war in sein Hotel unterwegs gewesen, hatte es gesehen, er war ins Haus gelaufen, er habe die Tür eingetreten, die Kinder wären an der Wand aufgereiht gestanden, er habe die Buben gepackt und das Mädchen an der Hand genommen und sei mit ihnen aus den Flammen gelaufen, die sich im Flur bereits aufgetürmt hatten. Rika vergrub sich in den Holländer, und Erika erkannte nicht sie, sondern bloß ihren Schlafanzug, pastellgelb, über der Schulter Streifen in Weiß-Blau. Norbert und Niklas steckten in den Strumpfhosen, die sie ihnen noch übergezogen hatte, als sie sie schlafengelegt hatte. Rikas Beine waren in eine Decke gewickelt. Die Wache roch rußig und süß, als räucherte die Polizei über den Schreibtischen Speck für die Mittagspause.

26

DAS HANDTUCH hing über dem Griff des Kinderwagens. Tropfte es ihr über die Augen auf den flimmernden Boden, nahm sie es und wischte über ihre Stirn. Norbert und Niklas machte es ebenso zu schaffen, sie hingen schlaff im Wagen, geschlossene Lider, offenstehender Mund, Niklas' Wange an Norberts Schulter. Erika zog das Tuch über das Kinderwagendach zurück, damit die Sonne sie nicht weckte, sah sich um und wischte. Das Handtuch war nass und warm.

Dreckswetter!

Erika sah die alte Dame neben ihr verblüfft an.

Na wenn's doch wahr ist, beharrte die Dame auf ihrem schmutzigen Ton und stieß mit ihrem Gehstock in die Wand des Wartehäuschens, der Papagei auf ihrer Bluse nickte zur Bestätigung. Erika lächelte. Die Dame gefiel ihr. Doch die Brosche erinnerte sie an Henriette, sie zog das Lächeln zurück, ihr wurde schummrig.

- ~~Schulranzen~~, kein Rucksack! (Oberkante schließt mit Schulterhöhe des Kindes)
- Radiergummi
- ~~Bleistiftspitzer~~
- ~~Bleistifte~~
- Buntstifte
- Etui, kein Beuteletui! (Abbruchgefahr)
- Wachsmalkreiden
- Wasserfarbenkasten und Pinsel, verschiedene Stärken
- ~~Bastelschere~~ (Achtung auf Rechts- und Linkshänder)
- Klebstoff
- Turnbeutel + ~~Turnkleidung~~
- Gymnastikschuhe
- Schulhefte werden besorgt, Geldbetrag wird bekanntgegeben

Hallo?
Hallo, Sie?
Erikas Schultern schüttelten sich.
Das ist dieses Dreckswetter, sagte eine erboste Stimme.
Ihr Gesicht platzte auf, kühl klatschte etwas an ihre Wangen, es riss ihr die Augen auf. Über ihr Menschen, die sie noch nie gesehen hatte, und die Dame mit der Brosche.
Was ist passiert?, sie griff sich an den Mund, die Zähne waren in Ordnung, es war nichts passiert.
Sagen Sie es uns, antwortete eine Stimme leichthin, ein Mann, über ihr, fröhlich, zu fröhlich für diese Hitze, alles in Ordnung, sagte er, Sie waren für eine Minute weg.

Erika versuchte sich zu erheben. Ein Kiesel bohrte sich in ihre Handfläche. Der Mann stützte sie. Ihre Handfläche schmerzte. Niklas und Norbert lagen im Wagen, die nackten Beine zu sehen, ein Vierfüßler, der sich unter einem Tuch versteckte, weil er Sonne schlecht vertrug. Sie lüftete das Tuch, sie schliefen, Speichel troff aus Norberts Mund, beide schwitzten, die Bäuche bewegten sich synchron.

Geht's?, fragte die Dame, das ist dieses Wetter, sagte sie, dieses Wetter, sage ich.

Darf ich Sie wohin mitnehmen?, fragte der Mann, der nun Schnurrbart trug und endlich auch ein Gesicht bekam zu seiner Stimme.

Erika blickte seinem Zeigefinger nach. Auf einen Parkplatz hinter dem Wartehäuschen hatte jemand Autos gemalt, unscharf, ungenau, aber je länger sie das Bild ansah, desto realistischer wurde es. Für das gesparte Geld konnte sie Buntstifte kaufen, und der Radiergummi ginge sich auch noch aus. Gern, sagte Erika und folgte dem Mann, der den Wagen schob, in das Bild hinein.

Die Ventilatoren im Kaufhaus waren gut frequentiert. Sobald ein Platz frei wurde, wäre sie dran, sagte sie sich, und Norbert und Niklas. Bis dahin schlängelte sie um die Schulangebote, doch die wurden auch nach der dritten Runde nicht billiger, ganz im Gegenteil. Wer A sagt, muss auch B sagen, das hatte eine ganz neue Bedeutung bekommen, seitdem Norbert sich nicht mehr blicken ließ. Wer Alimente sagt, muss auch Bis jetzt nicht sagen.

Bis jetzt nicht, hatte ihr Herr Bundschuh bereits bei der Tür zugerufen, gestern war es noch ein Nein, leider, bis jetzt nicht, hatte er Niklas und Norbert in den Wagen hinein zugerufen, die sie vor sich hergeschoben hatte, als sie die Tür zur Bank aufhielt und versuchte, sich und den Wagen daran vorbeizubekommen. Und auch die Sozialhilfe war noch nicht da, immerhin eine Nachzahlung.

Henriette war bloß auf die Bank gelaufen, um zu sparen, sie hatte das Haushaltsgeld aus Vaters Lohntüte genommen, ihm einen Betrag herausgezählt und den Rest zur Bank getragen, sie war eine gern gesehene Kundin gewesen, Erika hatte gewusst, dass ihre Mutter eine wichtige Frau war.

Danke, hatte Erika zurückgerufen und kehrtgemacht. Es hatte unbekümmert geklungen, aber vor dem Gebäude hatte sie ihr Gesicht unter den Brunnen gehalten, sie wollte nicht geweint haben.

Der taugt nichts, hatte Moni gesagt. Sie war froh, sie aus den Augen verloren zu haben. Sie heirate, sie freue sich, wenn sie dabei sein könnte, war im letzten Brief gestanden. Das war vor einem Jahr gewesen, als ihr keine Antwort darauf eingefallen war, und sehr viel später dann eine verlogene. Norbert hatte sie nicht erwähnt.

Erika nahm Buntstifte, Radiergummi, Klebstoff

- ~~Wachsmalkreiden~~
- ~~Wasserfarbenkasten~~

und drehte noch eine Runde um die Regale mit den Schulangeboten. Sie stellte sich vor den Ventilator. Die Luft auf ihrer nassen Haut. Sie hob die Arme und drehte sich um die eigene Achse. Die Luft auf ihrem nassen Rücken. Sie räumte den Platz für einen Alten, der unschön rasselte, wenn er atmete. Rasseln beim Luftholen war immer unschön, dachte sie, Rasseln sollte mit Luftholen nichts zu tun haben. Sie legte

- ~~Radiergummi~~

- ~~Buntstifte~~
- ~~Klebstoff~~

auf das Förderband. Die Verkäuferin fuhr das Förderband zu sich heran. Müde blickte sie über das Band zum Vierfüßler, mit dem Erika einkaufen war. So ein Tier hatte sie noch nie gesehen, aber es war zu heiß, um nach der Spezies zu fragen. Erika bezahlte und ging. Sie ging zu Fuß zur Schule, vor der Rika auf sie wartete, auf ihren Fersen sitzend, den Kopf ihres Monchichis mit den Fingern kämmend. Sie gingen zu Fuß nach Hause, das würde ihnen guttun.

Aber ich muss aufs Klo, protestierte Rika, und es ist so heiß.

Das Monchichi trägt sogar Pelz, dachte Erika, dann verhalt es dir, sagte sie, das Monchichi trägt sogar Pelz.

Der Anus einer Katze stinkt auch

DIE FÜCHSIN LEHNT am Springbrunnen und wartet. Ihre Haare lodern auf dem Kopf, obwohl das Wasser sie zu löschen versucht.

Ich bin kurz vor Schnupfen, sagt sie, dreht sich von Nora weg, wenn du mich fragst, ist es zu spät dafür, und niest halbherzig, im Winter von mir aus, aber jetzt ist es echt zu spät.

Spaziergang zum Kanal, die Füchsin will am Fluss essen. Durch die Glasfront sieht Nora einen Schwan, der in der Dämmerung glitzert. Im Winter war einer an eine Eisscholle angefroren, die Feuerwehr war ausgerückt und hatte ihn herausgeschnitten. Später hat sie ihn vom Eis geföhnt, vermutet Nora, die keinen Hunger hat.

Aber du musst was essen, such dir was aus, drängt die Füchsin in Spendierhosen.

Und es waren Vögel tot vom Baum gefallen. Der Winter hatte zu lange gedauert, sie hatten nichts zu fressen gefunden.

Wirklich, ich hab keinen.

Vielleicht ist es der Schwan, der im Sommer in das Tretboot verliebt war, der immerzu neben dem Boot herschwamm und als es im Herbst im Hafen vertäut wurde, im Wasser neben ihm sitzen blieb, worüber es schließlich Winter geworden war. Der Schwan fliegt seinem Hals nach, er geht ein paar Schritte über das Wasser und fliegt seinem Hals nach. Nora rührt im Tee. Er sagt: Deine Größe liegt in deiner Begabung, nicht in deinem Besitz. Nora hat keine Ahnung, was Yogitee damit schon wieder meint. Bei Zattls verkaufen, kopieren, telefonieren, dann jahrelang Mahnungen, erste, zweite, dritte, das kann sie gut, mehr kann sie aber eigentlich nicht.

Richtig ist, du weißt noch nicht, was du alles kannst, hatte Ruth gesagt.

Wie geht's mit Anton?, fragt die Füchsin und Nora lügt. Pause. Und deiner Mutter?, fragt die Füchsin später im Kino trotzdem.

Aber der Film ist zu laut und die Frage leise genug, um überhört zu werden.

In Ewigkeit, Amen, sagt Nora, als das Licht angeht, ein Kino ohne Liebe gibt es nicht.

Sie fädeln sich aus der Reihe, ihre Schuhe zertreten Popcorn.

Wie im Babykino, sagt die Füchsin und meint die Erwachsenen.

Es war ein Du-hast-die-schönsten-Brüste-die-ich-kenne-Ich-liebe-dich-Heirate-mich-Film, Heiraten und Brüste werden überbewertet, findet Nora. Sie hätte lieber die der Füchsin, die Füchsin ist ein dünner strahlender Junge, und so einer wäre sie gern.

Die Luft ist kalt und der Himmel eine helle Nacht. Die Füchsin hängt sich bei Nora ein, weil sie das schick findet oder weil sie Nora mag. Am Ende der Straße schießt ein Haus aus dem Boden, Flutlichter beleuchten sein Skelett.

Könnte von Anton sein, mutmaßt die Füchsin, der gefällt, wenn Männer hohe Häuser planen, dann durch die Straßen gehen und sagen: Das habe ich gebaut, und das, und das.

Nora denkt an die Arbeiter, die die Bauten auf ihren Rücken in die Höhe ziehen, und ob die dasselbe sagen dürfen.

Winni hatte ja einen Doktor, kommt die Füchsin wieder auf Hannes zu sprechen, das war schon attraktiver.

Ein Winfried wird auch mit Doktor nicht attraktiv, denkt Nora und sagt: Dein Hannes hat Muskeln, die Winni nie haben wird, und ich habe keine Muskeln und keinen Job.

Du hast jetzt Anton, sagt die Füchsin und lacht, weil es ein Spaß war.

Am Morgen bleibt Nora lange liegen.

Ich habe jetzt Anton.

Sie streckt die Beine aus, dreht sich auf den Rücken, Blick zur Decke, Spinnweben. Sie steht auf. Cremt ihr Dekolleté glatt. Nora sitzt mit einer Tasse in der Hand am Küchenfenster, vor dem Küchenfenster der Lichthof, der lügt. Sie geht ins Wohnzimmer, Schlafzimmer, und stellt sich gegenüber den Selbstversorgerinnen ans Fenster. Die mit dem blauen Auge wälzt sich auf dem Rücken und genießt die Sonne. In der Tasse treibt aufgeblasen der Teebeutel. Sie schüttet den Tee in den Ausguss. Greift nach einem Glas. Trinkt, schnelle Schlucke, kaltes Wasser. Das Glas liegt glatt an ihrem Mund.

Sieh es als Zeichen der Versöhnung, hatte die Füchsin gesagt.

Du musst dich nicht kümmern um sie, hatte Ruth gesagt.

Als die Polizei angerufen und den Namen genannt, Nora nachgefragt hatte, der Name wiederholt worden und derselbe geblieben war, war ihr das Telefon aus der Hand gefallen, weil sie den Namen der Mutter gut kannte von früher. Sie wollte sich nicht interessieren für die Mutter, die Mutter soll in ihrem Koma schmoren, hatte sie gedacht, so lange sie will. Und Antons Arme waren auseinandergegangen wie bei einem Gottvater, Nora war darin verschwunden wie in einem Karton. Er hatte den Karton fest verschlossen oben, ihre Füße hatten an die Pappwände gestoßen, bis er wieder öffnete. Dann war sie davongerannt.

Und wiedergekommen.

Glaubst du, dass es so gut werden kann mit uns?

Nora hatte geschwiegen.

Glaubst du das?

Anton angesehen.

Ich tu das nicht, weil ich was Böses will.

Antons Gesicht straff.

Aber du tust es.

Warnung eins. Sie hatte nicht gehört darauf. Warnung zwei. Sie hatte es so gemeint. Dass sie ihn nicht brauche, ihn ja gar nicht brauche, zum Glück. Und er hatte gesagt, ein Vorwurf in jedem Wort, sie wolle das auch nicht gesagt bekommen. Sie hatte bloß Hm gemacht, dann Pause, ein zweites Mal, dann große Augen. Sie hatte gehofft, dass es ihn treffen würde, und war überrascht gewesen, als es das tat.

Sie füllt das Wasserglas auf. Sie trinkt. Das Glas klappert an den Zähnen. Zerbeißen. Die Scherben schlucken. Einmal hat das eine gemacht. Wie im Film. Es war in der Zeitung gestanden. Und einer nähte seiner Frau den Mund zu, weil er sie nicht mehr reden hören konnte. Einer entführte Frauen, um sie lebendig in den Backofen zu schieben. Einer warf eine brennende Zigarette in einen Kinderwagen. Eine wollte sich und ihr Kind töten und wurde gerettet, das Kind war bereits tot. Eine wollte nicht verlassen werden und rammte ein Messer in die Tür, hinter der der Mann sich mit der Tochter verschanzt hatte. Und einer kidnappte die von ihm Angebetete, weil sie ihn nicht erhören wollte. Nora hört den Nachbarn auf seinen Polster klopfen. Manchmal hört sie ihn durch die Pappwand in einen Schrank hineinsteigen und wieder heraus. Seltsames Hobby. Auf dem Nachttisch liegen Ohropax, sie pfropft die Ohren damit zu und wartet auf den Schlaf und

DIE KOLLEGIN aus der Mahnabteilung rettet eine weiße Maus aus einem Brunnen, die Maus heißt Rudi, besteht aber darauf, Herr Rudi genannt zu werden. Als Nora erwacht, das Zimmer schwarz, nur ein Lichtkegel über der Küchenzeile, durchströmt sie ein höfliches, zuvorkommendes Gefühl. Nur deswegen wird sie nicht wütend, als ein Polizeiwagen unter ihrem Fenster vorbeifährt und die ganze Straße weckt, mit seinem auf und ab und auf heulenden Geschrei. Sie drückt ihren Kopf tiefer in den Polster. Wahrscheinlich Hannes, der einen Polizeieinsatz vortäuscht, um seiner Füchsin zu imponieren. Neben ihm, auf dem Fahrersitz, Herr Rudi, er sitzt auf dicken Telefonbüchern, die ihn auf Höhe des Lenkrads heben, damit er auf die Straße sieht. Er hält das Lenkrad mit Zügeln. Ein Megafon spricht mit der Stimme der Füchsin: Achtung, Achtung! Hannes ist kein Polizist! Hannes ist bei der Sondereinheit! Doch die Füchsin hat nicht die Stimme der Füchsin. Sie sieht auch nicht aus wie eine. Nora dreht mit den Beinen ihre Decke um, die Außenseite kommt kühl auf ihr zu liegen. Sie will schlafen, ihr Kopf schiebt sich unter den Polster. Aber Herr Rudi rammt eine Tür. Sie will zu ihm rennen, um ihn davon abzuhalten, aber ihre Beine kommen nicht vom Fleck. Sie will schlafen. Aber die Maus ist zu klein, um das Gewehr zu tragen.

WÜNSCHT MIR GLÜCK, geht es Nora durch den Kopf, als sie die Selbstversorgerinnen in der gegenüberliegenden Wohnung bei ihrer Morgentoilette beobachtet. Die Rote fehlt. Vielleicht sind es nur noch sechs. Weiß-getigert mit Seitenscheitel blickt zu Nora und nickt. Unheimlich. Vielleicht wünscht sie ihr auch bloß Glück für das Gespräch. Nora nickt zurück, Weiß-getigert macht beim Bein weiter, sie streckt das Bein ab wie einen haarigen Hühnerflügel.

Wir können Ihnen ein Praktikum anbieten.

Aber ich suche eine Vollzeitstelle, sagt Nora und denkt: Aber, ganz schlecht.

Sie sind doch jung, schaltet sich nun der alte graue Anzug ein, der bisher die Personalchefin hatte reden lassen und sich mit Nicken begnügte, Sie brauchen doch nicht so viel, der Alte löst die verschränkten Arme hinter seinem Kopf und legt sie vor sich auf den gläsernen Tisch.

Nora reißt die Augen auf.

Der Anzugträger sagt: Oder planen Sie Kinder?

Noras Augen werden noch größer: Wie bitte?

Die Personalchefin lenkt die Aufmerksamkeit mit einem Räuspern auf sich: Sie müssen verstehen, wir haben soeben nach nicht einmal einem Jahr jemanden in die Karenz verabschiedet, das war nicht so geplant, wenn wir uns für Sie entscheiden, würden wir Ihnen gerne vertrauen können.

Diese gerougeten Wangen, sich schminken wie eine Kleopatra, die Lippen der Personalchefin sind dünn, die Farbe ist kaum zu sehen. Für Lippenstift braucht man Lippen, hört Nora Ruth sagen.

Wie sehen denn Ihre Zukunftspläne aus, will die Personalchefin wissen, leben Sie in einer Beziehung?

Nora verneint. Die Pause vor dem Nein könnte zu lang gewesen sein.

Kinderwünsche für die Zukunft?

Nein, schießt Nora der Frage hinterher.

Der Anzugträger macht eine seltsame Bewegung mit dem Mund, vielleicht ist sein Gebiss verrutscht, doch der kann sich bestimmt ein festes leisten, Nora sagt: Ich mag Kinder, doch ich habe mich gegen Kinder entschieden.

Das ist gut, sagt die Personalchefin, also überlegen Sie es sich, unser Angebot steht, lassen Sie es uns bis Montag wissen.

Und der Anzug sagt: Sie erfüllen zwar nicht alle Voraussetzungen, aber die Schulreife machen Sie mit Erfahrung wett. Nach dem Praktikum kann das schon etwas werden mit uns.

Nora spürt ein Kratzen im Hals. Die Personalchefin erhebt sich militärisch aus dem Stuhl. Der Alte versucht seinen satten Körper zwischen den Armlehnen herauszuschütteln.

Das dürfen die gar nicht, Ruth wird laut, das ist so was von verboten.

Was hätte ich tun sollen, sagt Nora, sie ist müde, Ruth zu laut.

Aufstehen und gehen, ruft Ruth, und ihnen vorher noch die Meinung geigen.

Also mit Geigenköfferchen zum nächsten Gespräch, nur für den Fall. Das Bild in Noras Kopf sieht lustig aus, sie mag es. Sie könnte sich die Geige der Füchsin ausborgen.

Du fragst sie doch auch nicht, sagt die Füchsin, und Sie, wie oft haben Sie Sex?

Ich bin eben keine zwanzig mehr, sagt Nora, die haben mich ab sofort im Generalverdacht.

Unsere Großmütter durften mit zwanzig gar nicht arbeiten, nicht ohne Erlaubnis ihres Mannes, ruft Ruth über den Tisch.

Echt?, fragt die Füchsin, arg!

Und unsere Mütter rechtlich gesehen auch noch nicht, erklärt Ruth, jedenfalls eine Frechheit, sie klopft auf den Tisch, eine Frechheit sondergleichen, die Gläser wackeln, Männer fragen die das nämlich nicht, du solltest sie anzeigen, und wenn sie dich nicht einstellen, kannst du klagen, ich kenne eine Anwältin in der Antidiskriminierungsstelle, die macht das bestimmt mit dir, soll ich den Kontakt herstellen?

Warum sollen sie das Männer fragen?, fragt die Füchsin.
Kinder kriegen nun mal Frauen.

Weil vielleicht der Mann in Karenz gehen könnte?

Vera verdreht die Augen, Nora hat es gesehen.

Und diese Frage, was du lieber wärst, sagt die Füchsin, aus
welchem Führungsseminar haben sie die denn?

Aber Katze ist gut, sagt Vera, Katzen sind selbstständige
Tiere.

Und die Füchsin sagt: Stimmt, Hunde sind kooperativ,
und Kooperation wird oft missverstanden als Schwäche.

Und Untertänigkeit, ergänzt Ruth.

Und sie stinken, sagt Nora.

Der Anus einer Katze stinkt auch, sagt Vera.

Vera hat Anus gesagt, Anus ist schon sehr viel für die Tochter
eines Sektimperiums, die mit Dienerschaft aufgewachsen war,
Anus liegt am anderen Ende der Wahrscheinlichkeit ihres
aktiven Wortschatzes. Nora, Ruth und die Füchsin drehen
überrascht den Kopf. Die Gleichzeitigkeit der Bewegung wäre
zu hören, wäre das Kaffeehaus nicht so eine Geräuschkulisse.
Die Kellner klappern mit Lederschuhen, auf den Tischen
klingeln Besteck und Geschirr, und Vera rührt im Kaffee, weil
sie nicht mehr dazu sagen kann. Sie studiert, noch immer,
und kennt sich neben Marketing und Sekt nur noch mit halb
blinden Katzen aus, und deren Anus.

Ich arbeite seit achtzehn Jahren, sagt Nora unauffällig in
Veras Richtung, aber das ist mir auch noch nicht passiert.

Was?, fragt Ruth.

Gefragt werden, ob ich lieber eine Katze wäre oder ein
Hund.

Ach das, sagt Ruth, eine Frechheit, wiederholt sie, eine
Frechheit sondergleichen, um wieder auf ihr Arbeitsrecht
zurückzukommen.

Achtzehn Jahre, sagt die Füchsin anerkennend, ich habe gerade mal fünf.

Du machst Yoga, ist Nora versucht zu sagen, die den Beruf der Füchsin als bezahlten Urlaub versteht.

Die Füchsin ist schon in Ordnung, aber Yoga und Eigentumswohnung ist nicht unbedingt eine Akkordstelle in der Fabrik. Nora hört die Schubladentür auffliegen. Lassen Sie die Schublade zu, die Kaiserin, schlagen Sie nicht Ihr Gegenüber K.O.

Sie sieht Veras Finger den Löffel an den Rand legen, die Hand verschwindet unter dem marmornen Tisch, der Kaffee dreht noch zwei Runden, bis er zu stehen kommt.

Ja, sagt Nora schließlich und spürt die Hand der Füchsin über ihren Arm streicheln.

Das wird schon, du findest bald was, du wirst sehen.

Ja, sagt Nora und wirft die Schublade zu, die Kaiserin nickt und sagt: In einer Fabrik haben Sie doch auch nie arbeiten müssen.

Ja, sagt Nora, ja, vielleicht.

Ruth ruft den Kellner zu sich, die Füchsin verschwindet am Ende des Kaffeehauses, und der Sekt steht auf dem Tisch, noch bevor die Füchsin zurückkommt.

Entschuldige, Vera, sagt Ruth, aber wir müssen, Vera lacht und nimmt die Sektflöte zwischen die Finger. Mit Daumen täte sie sich leichter, denkt Nora.

Vera sagt: Sauerei, dass die hier nicht unseren haben.

Nora hält der Füchsin das vierte Glas vors Gesicht, doch die Füchsin winkt ab.

Jetzt komm schon, sagt Ruth, wir trinken auf Noras neue Stelle.

Aber sie hat doch noch gar keine, winkt die Füchsin weiter ab.

Kurz ist Nora versucht, es persönlich zu nehmen, denn die Füchsin trinkt nie Bier, nie Wein, aber bei Sekt sagt sie nie Nein.

Er schnüffelt an Noras Füßen, er ist ein kleiner Hund, die Manschette um seinen Hals ist verschwunden, er sieht wieder, wohin er tritt.

Wie geht's ihm, fragt Nora, und wie geht's Ihnen?

Gut geht's uns, sagt die Nachbarin, aber jetzt hat er was am Darm, sie lacht, er wird alt, sie lacht, und ich ja auch, klopft auf die Hüfte, die bald erneuert wird, aber das schaffen wir schon, lacht wieder, haben schon ganz andere Sachen, und noch einmal.

Bestimmt, versichert Nora und möchte dieser Frau alles glauben.

Ich habe Ihre Reklame weggeworfen, sagt die Nachbarin, sie hing ein paar Tage an der Tür.

Das ist sehr freundlich, sagt Nora.

Man weiß ja nie, sagt die Nachbarin.

Danke, sagt Nora und hält ihr die Eingangstür auf, sie nimmt zwei Stufen auf einmal und drückt nach dem Lift, die Nachbarin kommt die letzte Stufe hoch und bleibt bei den Postkästen stehen, der Hund marschiert gedankenlos weiter und wird von der Leine gestoppt.

Schauen wir mal, sagt die Nachbarin geheimnisvoll, ob wir Liebesbriefe bekommen haben.

Der Lift ist da. Er ist zugelassen für vier Personen, sie sind drei. Der Hund muss allein deswegen mitgezählt werden, weil es nun in der Kabine stinkt. Zu behaupten, dass Hunde nicht stinken, wäre dreist. Hunde stinken und alte Menschen riechen nach altem Mensch.

Das hier war früher der Klopfbalkon, lenkt die Nachbarin von ihrem Hund ab und klopft an die Metallwand wie zum Beweis.

Der Lift?, ist Nora erstaunt, und auf Anhieb ist ihr das Wort sympathisch.

Den haben sie da draufmontiert, jetzt klopfe ich die Teppiche beim Fenster aus, sagt sie, muss auch irgendwie gehen.

Nora beschließt, das Wort doch nicht zu mögen.

Darf ich Sie etwas fragen?, fragt die Nachbarin und Nora nickt, ich weiß nicht, wen ich sonst fragen soll, Nora nickt noch einmal, hätten Sie Zeit, mich durch die Stadt zu begleiten? Ich bin nicht so gut zu Fuß.

Durch die Stadt?, fragt ein Echo, als wäre das eine etwas eigentümliche Route.

Die Nachbarin sagt: Ich gehe samstags auf den Friedhof, aber meine Söhne sind verhindert und ich gehe samstags immer auf den Friedhof.

Und sie wird Sarah Tänzer auf den Friedhof begleiten und sie reicht Nora ihre alte, schmale Hand, weich und warm wie eine Umarmung. Nora wäre gerne verwandt mit ihr, wäre gerne ihre Tochter, vielleicht würde sie auch Nora gewollt haben, ihre Nachbarin hat nur Enkel und Söhne, in diesem Fall wären Brüste von Vorteil, denkt sie, doch kleine reichen vollkommen aus. Gegenüber sitzen fünf Katzen am Fenster, aber Weiß-getigert hat sich im Zimmer versteckt.

DIE FÜCHSIN BEKOMMT ein Kind, Maresa einen Hamster. Der Käfig steht zwischen Küchen- und Wohnzimmertür. Er läuft manisch in seinem Rad. Nach Spaß sieht es nicht aus.

Hat er schon einen Namen? Eigentlich nicht, schüttelt Maresa den Kopf.

Wenn man jemanden mag, braucht der einen Namen, sagt Nora.

Maresa denkt nach, sie kniet sich dafür hin, wie zur Beichte.

Schlumpf, ruft Maresa, springt auf, zieht den Finger über die schmalen Stäbe wie über ein Saiteninstrument und flüstert: Hallo Schlumpf.

Doch der Schlumpf kann jetzt nicht reagieren, der Schlumpf hat zu tun.

Aber er ist ja gar nicht blau, sagt Nora, denn der Hamster ist goldbraun und auf dem Rücken einen Streifen breit schwarz.

Das macht nichts, sagt Maresa, wenn ich das will, male ich ihn an.

Nora lacht. Manchmal ist Maresa lustig. Und es ist gut, dass sie lacht, denn Anton kommt mit dampfenden Tellern um die Ecke.

Ich liebe Hamster, beteuert Maresa und dreht eine Pirouette auf dem Weg zum Tisch. Frauen, die Pirouetten drehen, kann Nora nicht ernst nehmen.

DREI WARZEN, drei Warzen in ihrem Gesicht, früher waren es keine, auch das spricht dagegen, dass diese Frau hier die Mutter ist, die sie einmal gehabt hatte. Immer wieder sitzt Nora an dieser Bettkante, um sich zu überzeugen, dass sie es gar nicht ist. Noch kann sie es nicht mit Bestimmtheit sagen.

Freuen Sie sich?, fragt R. Kovacs und drückt der Mutter ihre Oberweite ins Gesicht, indem sie den Kopf neu bettet, dann dreht sie den schlaffen Körper und schiebt ein Kissen unter.

Damit sie bequem liegt, nicht?

Ja, sagt Nora, der Apparat, der für die Mutter atmet, schnaubt.

Freuen Sie sich?, fragt die Kovacs erneut.

Nora weiß nicht, ob sie sich freut.

Was bedeutet das?, hatte sie den Arzt gefragt.

Es kann nun lange dauern, bis sie aufwacht, aber sie wacht auf.

Nora weiß nicht, ob sie sich freuen soll. Sie verlässt das Krankenhaus über den Park. Im Park spazieren Gebrechliche an Krücken oder am Stock, der am Boden in einen Greifarm mündet und sich an den Asphalt klammert. Nie wiederkommen, einfach nicht mehr wiederkommen, wegbleiben, das Schätzchen bleibt weg ab jetzt, Telefonnummer wechseln, die Wohnung, die Stadt, vom Erdboden verschluckt, nicht wie, sondern wirklich. Mit jedem neuen Gedanken nimmt sie einen Zug von der Zigarette. Rauchen verboten, es ist ihr egal. Sie hätte einen Kugelschreiber nehmen und der Mutter auf die pergamentene Haut schreiben sollen: *Deine Tochter war da, aber sie kommt nicht wieder.*

Lass dich in Ruhe, Nora, sagt die Füchsin.

A und B haben sich in die Ecken verkrochen. Sind Blutegel satt, ziehen sie sich zurück, weil sie angreifbar werden. Dass sie satt sind, sieht Nora daran, dass sie fett sind, die Füchsin hat sie gefüttert, sie wiederholt: Du musst dich in Ruhe lassen.

Ihre schlanken Finger, die alles mögen, was sie berühren, ergreifen die bauchige Teekanne und schenken zwei Tassen halb voll, sie werden auch das Kind mögen, das nicht geplant war, aber willkommen ist. Yogitee sagt: Sei kosmisch, nicht kosmetisch. Yogitee spinnt.

Indem du gegen sie kämpfst, sagt eine vom Yoga weichgeklopfte Füchsin, kämpfst du eigentlich gegen dich selbst.

Sie hat mich mit einem Feind verwechselt, sagt Nora, sie mich.

Der Tee schmeckt nach Eisen. Der Verband um die nachblutenden Knie der Füchsin lassen Nora an die Fütterung denken.

Kriegserklärungen aus der eigenen Familie nimmt man nicht an, sagt die Füchsin.

Du hast leicht reden, schießt Nora zurück, du hast nie einen Krieg erlebt.

Komm, lass dich doch trösten, sagt die Füchsin.

Du kannst mich nicht trösten, ruft Nora, du nicht.

Schweigen.

Ich entschuldige mich nicht dafür, dass es mir gut geht, sagt die Füchsin schließlich, gelassen und ruhig.

Nora verschluckt sich an einem Lachen.

Warum lachst du?

Die Füchsin ist nicht nur ein Fuchs, sie ist auch eine Kriegerin, S. *Krieger* sagt die Klingel neben der Wohnungstür und ihr Vater hätte mit diesem Namen auch Scheidungsanwalt werden können, war aber Gynäkologe geworden. Als Junge hätte die Füchsin vielleicht die Praxis übernommen, als Mädchen lag sie selbst zwischen den Steigbügeln und der Vater führte den Finger in sie ein und holte den Krebsabstrich heraus. Näher kann man Eltern nicht kommen. Aber die Füchsin ist, und wer ist das schon, zufrieden mit ihrem Gynäkologen, und ihren Vater liebt sie auch.

Es tut mir leid, sagt Nora.

Schon okay, sagt die Füchsin.

Du hast es auch nicht nur gut, sagt Nora.

Danke, sagt die Füchsin.

Es läutet an der Tür. Auf dem Regal zwischen den Fenstern steht das Foto ihrer Mutter. Sie sieht gesund aus. Läutet es an der Tür, machen zehn Prozent der Menschen die Tür auf, weitere zehn ziehen sich eine Hose an und öffnen dann die Tür und achtzig bleiben still stehen in der Hoffnung, dass niemand sie hört. Die Füchsin ist eine, die zur Tür geht. Eine kurze Hose trägt sie bereits. Nora blickt vom Foto weg und in Hannes' Gesicht, das am Boden liegt und sie angrinst.

Schlüssel vergessen, sagt er im Flur, dann ein Kuss, noch einer, dann ein langer, den Nora nicht hört.

Hey Nora, sagt Hannes.

Er trägt eine schwarze sportliche Uniform und sieht wichtig aus damit, Nora gratuliert.

Danke, danke, sagt er, wir freuen uns sehr.

Es klingt, als hätten sie ein Auto gekauft, das in sechs Monaten geliefert wird.

Die Füchsin rollt die Yogamatte zusammen und legt sie hinter den Flatscreen, neben dem Flatscreen Eichkätzchen und bemalte Ostereier in einer hohen Vase.

An der Panzerung erkennt Nora, dass Hannes ein Soldat ist, Hannes ist Hannibal, Hannibal zieht die schusssichere Weste aus und bleibt in der Küche stehen.

Hast du schon wieder gesammelt?, lispelt er in die Salatschleuder hinein, und die Füchsin grinst Nora an und ruft: Es wäre doch schade darum.

Was?, fragt Nora.

Löwenzahn, erklärt die Füchsin, von der Wiese hinterm Schloss.

Die Füchsin ist schon in Ordnung. Auch wenn sie in einem Schloss aufwuchs, das ihre Eltern gekauft hatten, um Platz zu haben für die Sammlung der Mutter. Die unzähligen Puppen aus Keramik und Porzellan, mit klapperndem Kinn, klimpernden Lidern, fehlenden Glasaugen, waren nicht so schlimm gewesen wie die naturgetreue Nachahmung einer kleinen Füchsin. Circa acht Jahre alt, saß sie regungslos in einem Schaukelstuhl in der Bibliothek und fixierte Nora mit grünen Augen, die nicht blinzelten. Hätte Boris diese Puppe gesehen, hatte sie gedacht, vielleicht hätte er in der Nacht heimlich auf ihren harten, mit Echthaar bestückten roten Kopf masturbiert. Doch sie war mit Anton auf dem Fest gewesen und Anton hatte die achtjährige Füchsin ebenso unheimlich gefunden wie Nora. Sie waren aus der Bibliothek gegangen und hatten sich nicht glauben können. Sie waren zurückgegangen und die achtjährige Füchsin saß noch immer regungslos in der Bibliothek.

Wie läuft's mit deiner Mutter?, fragt Hannes aus der Küche heraus.

Wie immer, antwortet Nora.

Das Schlimme war, sie hatte kein Feind sein wollen, aber irgendwann dann doch.

Eltern sollten das Kind wissen lassen, dass sie es lieben, hatte Ruth gesagt, und Nora blickt auf die Füchsin, deren Bauch noch kaum etwas verrät und deren Brüste noch immer die eines Jungen sind, und denkt, die Füchsin wird das hinbekommen.

Bestimmt hat deine Mutter gegeben, was sie konnte, hatte Ruth gesagt, wahrscheinlich hatte sie nicht viel.

Bis Sonntag, ruft Nora in die Küche hinein und Hannes winkt ihr, oben ohne, zu, sein Adamsapfel springt auf und ab.

Einen Schmerz, sagt die Füchsin, soll man nicht am Leben erhalten, und hilft Nora in ihre Jacke hinein.

Hat es eigentlich wehgetan?, fragt Nora und zeigt auf die Verbände an ihren Knien.

Ein Blutegel ist ein Anästhesist, sagt die Füchsin, der beißt nicht nur, der narkotisiert gleichzeitig.

Also hat es?

Wie ein Nadelstich, sagt die Füchsin, wobei so ein Egel ja eher sägt.

Wirst du sie behalten, wenn das Kind kommt?, fragt Nora.

Warum nicht?

Na ja, Kuscheltiere sind Blutegel nicht.

Sie haben meine Knie geheilt und ich soll sie dafür töten?

Die Füchsin ist tatsächlich in Ordnung.

In der Straßenbahn braucht eine Frau Hilfe, Nora sieht weg, aber zu spät, sie spricht sie bereits an, sie hilft der Frau mit ihrem Wagen, der Wagen klemmt zwischen der Tür, ein Mann springt auf: Warten Sie, ich mache das.

Nora spürt seine Finger neben den ihren. Sie legt den Wagen seitlicher, fädelt ein, fädelt aus und gibt ihn der Frau aus der Bahn. Die Frau nimmt die Tasche von der Stufe, mit der sie das Zufallen der Tür verhinderte, und bedankt sich. Nora schickt dem Mann einen Blick. Der kann froh sein, dass sie nicht Ruth ist, Ruth hätte ihm gesagt, was sie von ihm hält. Neben Nora schaut einer Kinderfotos auf seinem Mobiltelefon an. Das Enkelkind hat einen braunen Lockenkopf. Der Mann rutscht nervös auf seinem Sitz hin und her. Nora sieht weg. Vielleicht ist das Enkelkind auch etwas vollkommen anderes.

29

KIRCHSCHLÄGER war schöner, sagte Erika, das stimmt.

Die Warteschlange wurde nervös, sie wollte nach Hause.

Ich liebe Kirschen, sagte Rika.

Kirche, sagte Erika, nicht Kirsche, Kirche hieß er, wiederholte sie und in ihrem Kopf dröhnte verschliffen die Kirchenglocke von vor dieser Zeit.

Der Mann mit Pomade im schütteren Haar blickte entnervt zu ihr, er sah nach Hunger aus und seine Frisur unterstrich das Existenzielle daran.

Ich liebe Kaffee, hatte Erika zu Norbert gesagt, als sie zum ersten Mal bei ihm übernachtet hatte.

Man liebt keinen Kaffee, hatte er gesagt, man liebt jemanden, du zum Beispiel mich.

Und warum gibt es ihn nicht mehr?, fragte Rika.

Weil statt ihm ein anderer kommt, sagte Erika.

Wird der auch so einen schönen Namen haben?

Das wissen wir jetzt noch nicht.

Norbert und Niklas saßen auf der Bank, lutschten an einem Stück Butterzopf und baumelten mit den Füßen. Niklas würde neue Schuhe brauchen. Rika hatte ihr die Hand gegeben und stand mit ihr in der Schlange, das Monchichi hatte Rika die Hand gegeben und stand mit ihr in der Schlange und nuckelte am Finger, der in seinem Maul steckte. Der Pelz des Monchichis, dachte Erika, ist kaffeebraun.

Und was tun die Farben?, fragte Rika.

Je heller, desto besser, antwortete Erika.

Deshalb nimmst du Rot?

Niklas war der Zopf auf den Boden gefallen und er fiel ihm hinterher, um ihn aufzuheben. Das Kunstlicht im Flur und unwillige Gesichter schlugen Erika auf die Stimmung, die beinah gut gewesen wäre in der Früh. Niklas bremste mit der Nase und rappelte sich wieder auf. Er weinte nicht. Sein Bruder hätte. Norbert war ein anstrengendes Kind.

Deshalb wählen wir Rot und nicht Schwarz, antwortete Erika.

Niklas lutschte den Dreck vom Boden des Gemeindeamtes vom Butterzopf und setzte sich wieder neben Norbert.

Wir wählen Rot, wiederholte Rika und Erika nickte.

Na, wie war's?, fragte Frau Doktor Müller, die von einem Zwerg belächelt wurde, als Erika mit den Kindern nach Hause kam. Sie goss ihre Blumen, die in Terrassenform zur Praxistür hinaufdrapiert waren und wasserfallartig nach unten wuchsen. Erika stand auf der Treppe nebenan und kramte nach dem Schlüssel in der Handtasche.

Muss ja sein, oder?, sagte Frau Doktor Müller und goss die blauen Blumen.

Ja, bestätigte Erika, das muss.

Wie wäre es, wenn Carina später zu Ihnen spielen kommt?, fragte Frau Doktor Müller und goss die roten Blumen und die gelben nebenan. *Es blüh'n viele Blumen im Garten.* Aber schwarze gab es nicht.

Gern, sagte Erika, ich gebe ihr dann die Hosen mit, vielen Dank nochmals.

Frau Doktor Müller lächelte.

Danke, wiederholte Erika und verschwand im Haus.

Von oben laute Musik, der Nachbar war zu Hause und wollte, dass sie das wusste.

Sie legte die Kassette ein, die sie in der Früh neu aufgewickelt hatte, weil der Rekorder sie hatte fressen wollen, drehte laut. Ging auf die Toilette, setzte sich, atmete im Takt der Musik. *Es gibt Millionen von Sternen,* es läutete, Rika war bereits an der Tür und öffnete, *uns're Stadt, sie hat tausend Laternen,* Carina stand da, Rika murmelte, sie konnte die beiden von hier aus sehen, *Gut und Geld gibt es viel auf der Welt, aber dich –*

Hallo Carina, sagte sie vom offenen Badezimmer aus und versuchte ein Lächeln, das sich jedoch seltsam ausnahm in diesem Raum, in dieser Stellung, die Hosen unten.

Guten Tag, sagte Carina und wurde von Rika ins Zimmer gezogen.

Aber dich gibt's nur ein Mal für mich, sang die Küche, doch die harmonische Melodie wurde von wildem Geschrei zerrissen.

Aufhören!, schrie Erika zurück, Ruhe!, und die Buben verstummten in der Sekunde.

Dann entfachten sie den Streit von Neuem. Der Knall war ohrenbetäubend, er hallte in ihrem Kopf nach wie ein Schuss in einem Fernsehfilm. Das Glas rieselte aus dem Rahmen. Als regnete es winzige Kristalle. Erika konnte hindurchgehen, ohne die Türe zu öffnen, sie ging in die Küche. Die Haushaltsversicherung war nicht bezahlt. Ihre Hand hatte auf Norberts Wange geknallt, Erika rieb sie an ihrer Jeans, sie brannte.

Die Mädchen standen auf der anderen Seite der Tür im Wohnzimmer mit übertrieben verschreckten Gesichtern. Carina hatte Rikas Stoffpuppe unsanft an die Brust gepresst. Rika hatte ihren Hula-Hoop-Reifen um den Nacken gelegt und ihre Arme darum geschlungen wie ein Schlangenmensch.

Ins Zimmer mit euch!

Sie gingen ohne ein Wort. Rika ging seitlich, nachdem sie mit dem Reifen im nächsten Türrahmen stecken geblieben war. Aus dem Zimmer ein Murmeln. Aus dem Zimmer gegenüber leises Heulen. Sie hatte sie an einem Arm hinübergezogen, den weinenden Norbert auf der einen Seite, den zornigen Niklas auf der anderen.

Sie hatte Beschimpfungen gebrüllt, an die sie sich nicht mehr erinnerte, und sie an einem Arm hinter sich her in ihr Zimmer gezogen. Sie hatte sie auf die Betten geworfen, die Tür zugeworfen und das Zimmer versperrt. Sie spürte den harten Schlüssel in ihrer Hosentasche beim Reiben ihrer schmerzenden Hand. Sie nahm den Pokal von Rikas Schulfest von der Schrankwand und klopfte die Glasspitzen mit dem Steinsockel aus dem Türrahmen. Sie trug die größeren Glasplatten zum Abwaschbecken und stapelte sie darin, sie standen wie ein schiefer Eisberg in die Höhe. Sie kehrte die Scherben und Splitter mit einem Besen auf eine Schaufel und kippte sie in den Mülleimer. Sie schnitt sich am fallenden Eisberg und holte ein Pflaster. So eine Scherbe würde richtig knacken zwischen den Zähnen, vielleicht würde sie auch in ihrem Zahnfleisch stecken bleiben, und wenn sie lachte, entblößte sie das Revolvergebiss eines weißen Hais. Sie beobachtete das Blut, das aus dem Pflaster lief wie überkochende Milch, und hörte die Filmmelodie in ihrem Kopf. Sie holte ein neues Pflaster und wartete, bis es zu bluten aufhörte. Sie öffnete die Schrankwand und sortierte die Strumpfhosen. Die guten kamen in die Plastiktasche, die mit mehr Flecken und Abrieb behielt sie hier. Fünf würden genügen. Fünf für fünfzig Schilling. Sie nahm die Plastiktasche und stellte sie zur Wohnungstür. Geschrei aus dem Mädchenzimmer, im Bubenzimmer kein Mucks mehr.

Kann ich nicht ein Mal meine Ruhe haben?

Der Kaktus, den sie einmal an ihr Fenster gestellt hatte, damit er das Böse abhielt, war unter den neuen Köpfen, die ihm gewachsen waren, kleiner geworden und mit jedem Tag mehr geschrumpft. Die kleinen Köpfe hatten ihn ausgesaugt, um selbst groß zu werden. So fühlte sie sich, dachte sie, als könnte sie jeden Moment in sich zusammensacken und verschwinden. Den Kaktus hatte sie in den Müll geworfen. Die prallen Köpfe waren bloß noch auf einem vertrockneten Haufen gestanden. Sie rannte zu Rikas Zimmer und riss die Tür auf. Große Augen starrten ihr entgegen.

Was ist hier los?

Große Augen, große, offen stehende Münder, kein Wort. Vielleicht war sie dem Kaktus auch optisch ähnlicher, als sie dachte, sie sollte in den Spiegel sehen.

Wird's bald?

Die Carina gibt mir meine Puppe nicht zurück, sagte Rikas leise Stimme und Carina drückte die Stoffpuppe an ihre Brust und blickte apathisch zum Fenster.

Lass sie ihr, sagte sie zu Rika, deren kurze Haare zerzaust vom Kopf abstanden, wenn sie die mit rüber nimmt, kriegst du eine bessere zurück.

Sie sah auf Carinas Hinterkopf, auf ihren Haarspangen gelbe Luftballone.

Und nimm deiner Mutter die Tasche bei der Tür mit, wenn du gehst.

Carina nickte zum Fenster hinaus. Eigentlich war das Mädchen kein Umgang für Rika, sie war zu fein, das würde sie Rika spüren lassen, aber noch wusste sie es selbst nicht. Das Zusatzgeld für die Strumpfhosen, die sie Frau Doktor Müller verkaufte, konnte sie gebrauchen. Was sie nicht brauchte, waren ihre Ratschläge, aber wenn es sich nach

Ratschlägen anzuhören begann, legte Erika einen Knopf um und schaltete auf Durchzug.

Sie könnten einen Sachwalter nehmen, das ist etwas ganz Neues, so etwas würde Ihnen sehr helfen, ich könnte mich da für Sie erkundigen, Frau Schnabel, haben Sie schon mal daran gedacht, sich sterilisieren zu lassen, mein Mann könnte Sie beraten, kommen Sie doch in die Praxis, Frau Schnabel, Sie sollten ihren Kindern wirklich ein Jausenbrot in die Schule mitgeben, Frau Schnabel, Sie –

Knopf. Durchzug. Lächeln. Sie stellte ihre Mundwinkel nach oben, sah Frau Doktor Müller in die Augen, nickte. Dann dachte sie an etwas Schönes.

31

IHR WÄRE SEHR DANACH gewesen, ihre Stirn mit dieser Hauswand zu bearbeiten. Mit Erfolgsgarantie, hatte die Agentur die Werbung übertitelt, und Erika hatte der Werbung geglaubt. Ein lachendes Paar, ein erfolgreicher Mann, älter, und eine strahlende Frau, jung, schöne Zähne beide. Darunter war gestanden:

Suchen Sie schon lange?
Lassen Sie sich finden!

Vielleicht könnten Sie sie zuerst beiseitelassen, hatte die Frau von der Agentur vorgeschlagen, fremde Kinder jagen einem Mann Angst ein, das müssen Sie verstehen, die wollen eine Frau, nicht sofort eine fertige Familie.

Sie trug lange, eckige Fingernägel und versteckte ein freundliches Gesicht hinter dicker Schminke. *Kundenberater* war auf der Visitenkarte gestanden. Sie trug einen Schal, obwohl es nicht kalt genug dafür war, auf dem Schal schnatterten Gänse, Erika hatte Mühe, die Worte ihrer Beraterin zu hören bei all dem Lärm.

Und wenn es sich jemand mit Ihnen vorstellen könnte, bereiten Sie ihn langsam darauf vor, sagte sie, mit Kindern haben Sie es leider schwerer, das müssen Sie verstehen.

Wieso?, fragte Erika, als hätte sie es ihr nicht bereits erklärt.

Die Beraterin sah sie an, einige Sekunden verstrichen, dann sagte sie: Keiner will ein Kuckuckskind.

Sie wusste, dass sie es mit Kindern schwerer hatte, daran brauchte sie niemand zu erinnern, sie fühlte es jeden Tag. Leicht hatte es Norbert, der gegangen war, wie vom Erdboden verschluckt, und noch leichter hatte er es, wenn er sich wieder dazu entschloss, die Alimente nicht zu bezahlen. Anträge stellen, auf die Bewilligung warten, Wochen später die Ausfallszahlung.

Frau, 31, mag Musik, sucht liebevollen Mann. Keine Angst, für die Kuckuckskinder sorgt Vater Staat. Ich freue mich auf deinen Brief!

Erika lehnte ihre Stirn an die Hauswand. Das hätte sie in die Anzeige nehmen sollen. Die Tür der Partneragentur fiel ins Schloss, es war eine schwere Tür, eine Krachmachertür. Erika hatte sie kaum öffnen können, als sie hineingegangen war, sie hätte darauf hören sollen, die Tür hatte es ihr sagen wollen, keine Zuschrift, hatte die Beraterin gesagt, leider, nichts, und Erika hatte nur denken können: Ich hätte auf eine neue Dauerwelle sparen sollen. Die Frau fügte beratend hinzu: Lassen wir doch bei der nächsten Anzeige die Kinder weg. Doch die nächste Anzeige konnte sie sich nicht leisten, die

Erfolgsgarantie war keine Geld-zurück-Garantie gewesen. Eigentlich konnte Erika nur noch diese Hauswand helfen. Diese harte, kalte, rote, warme Wand.

Ich brauche niemanden, dachte Erika, für noch jemanden wäre die Bettcouch gar nicht groß genug.

Niklas lag rechts und schnarchte, er war in ihren Arm hineingerutscht. Norbert lag links neben Rika und schlief ohne ein Geräusch, Rika lag zwischen ihm und Erika und starrte in den Fernseher, sie hatten sich auf Sonny Crockett geeinigt, der weiße Anzug war so schick.

So mochte sie die Kinder am liebsten, das war wie Kuscheln mit einem Haustier, sie hatte nie ein Haustier gehabt, Henriette hatte es immer verboten. Als Sonny eine Blondine küsste und mit der Leiste an sein Auto drückte, fielen Rika die Augen zu. Als es im Fernseher schneite, wachte Erika wieder auf. Sie holte ihren Arm unter Niklas hervor und rieb sich die Augen, im Fernsehen noch immer Schnee, das Bett war warm. Sie kroch vorsichtig ans Ende des Bettes, um den Fernseher abzudrehen, das Bett war nicht warm, es war nass. Es tat Erika mehr weh als ihr, es tut mir mehr weh als dir, das kannst du mir glauben, kam es aus ihr heraus mit halbierter Stimme. Rika brüllte, als sie ihr Gesicht in die Lacke rieb. Morgen würde sie sie in den Arm nehmen. Dann war es morgen und sie nahm sich einen Kaffee.

Die Couch war immer noch feucht. Sie hatte Handtücher auf den Fleck gelegt. Rika kam in einem zu kleinen Pyjama mit einem Motorrad auf der Brust hinter Norbert und Niklas her und blieb vor der Küche stehen. Sie blickte zu Boden. Erika schmierte ihr Marmeladenbrot fertig. Rikas Blick machte ihr ein Gefühl in der Hand, das sie nicht wollte, sie sah weg von ihr.

Eine Woche Fernsehverbot, sagte sie zum Karomuster auf dem Küchentisch, damit du darüber nachdenken kannst.

Wir auch?, fragte Norbert weinerlich.

Wenn ihr euch auch noch was gegen mich einfallen lässt, ihr auch, sagte Erika in ihre Tasse hinein, nahm einen Schluck, setzte sie ab, nahm einen Bissen vom Brot, legte es auf den Teller zurück.

Niklas griff zur Marmelade und zog sie langsam zu sich heran. Norbert holte Teller aus dem Schrank, die Geräusche wurden von seiner Angst geschluckt.

Und jetzt, sagte Erika, sieh zu, dass meine Couch trocken wird, Rika rührte sich nicht vom Fleck, und wie du das machst, ist dein Problem.

32

EINE METALLENE HOCHBURG, nannte sie es und es schien ihm zu gefallen. Er wohnte allein über seinen Arbeitskollegen, seine Arbeitskollegen wohnten zu zweit unter ihm, zwei plus ein Wurf braunschwarzer niedlicher Welpen.

Das ist der Babyfaktor, hatte Karl erklärt, Babys findet niemand scheiße, ist was Biologisches oder so, weckt den Mutterinstinkt.

Findet niemand scheiße oder nur Mütter?, fragte Erika.

Mütter natürlich besonders, die sind ja für die Aufzucht da.

Karls Zimmer war karg. Eine Frau hing an der Tür, eine Box stand am Boden. Die Kabel liefen über zwei Ecken, die Stereoanlage war hoch und mehrteilig. Er hörte alles, er hatte einen breiten Musikgeschmack, er kannte sich aus. Erika hörte Radio, immer denselben Sender, er lief den ganzen Tag, manchmal hörte sie Kassette, aber auch darauf nur die Lieder aus dem Radio. Karl hörte von Rockmusik bis volkstümliche Musik alles. Henriette hatte immer gesagt, sie sei dumm. Henriette hatte immer gesagt, sie sei so dumm wie ihre Mutter. Als sie mit Rika schwanger war, hatte Henriette gesagt, Erika sei so dumm wie ihre leibliche Mutter, die geworfen hatte wie eine Katze, sie solle nicht zu ihr betteln kommen, wenn sie jemanden brauche für das Kind, sie solle es dort abgeben, wo sie selbst gelandet war. Ihr Vater hatte immer gesagt, sie sei ein schlaues Mädchen. Brachte sie ihm den richtigen Schraubenzieher, hatte er gesagt: Du bist ein schlaues Mädchen. Drückte sie die Sicherung zurück nach seiner Anleitung, sagte er: Schlaues Mädchen.

Es stand 1:1. Doch jetzt, wo sie das Plattenregal sah, kam sie sich dumm und altmodisch vor mit ihren Musikkassetten.

Sie hatte geahnt, dass er wieder da sein würde, er war am Tresen gesessen, sie hatte ihn von hinten erkannt, die abgeschabte Lederjacke, und von der Seite, der schwarzblau gefärbte Bart, ein Werwolf, das hatte ihr auf Anhieb gefallen. Und beinahe hätte sie heute darauf verzichten müssen. Manuela war nicht da gewesen oder hatte die Tür nicht öffnen wollen, aber sie war nicht auf sie angewiesen. Und Erika war groß genug, um auf ihre Brüder aufzupassen. Die Ablenkung würde ihr guttun, sie hatte ohnehin nur Blödsinn im Kopf, und es war eine gute Lehre für sie, sie würde sich zweimal überlegen, sich mit jemandem einzulassen, der ihr schöne Augen machte.

Deine Tochter, sagte Karl, während er ihren Igel auf dem Kopf wie eine Katze gegen den Strich bürstete, ist echt ein hübsches Mädchen.

Aber das machte nichts, ihre Frisur war pflegeleicht, sie hatte sie selbst geschnitten, mit der Küchenschere vor dem

Badezimmerspiegel, das war im Nu erledigt und es kam billiger als die Friseurin, und wenn die Haare über die Ohrläppchen zu wachsen begannen, schnitt sie einfach nach, das war wie basteln. Er hatte raue Hände, sie hörte sie kratzen auf ihrem Kopf, und Finger, in deren Hautritzen noch der Bau zu sehen war, auf dem er derzeit arbeitete, ein Einkaufszentrum unter seinen Fingernägeln, dachte sie, wie ein Miniaturschiff in einer Glasflasche.

So hübsch wie ich?, fragte sie.

Er antwortete mit einem Lachen, das war ein gutes Zeichen.

In Indien könnte ich sie heiraten, sagte er.

Hier könntest du mich heiraten.

Warum sollte ich heiraten?, fragte er.

Sie versteckte ihren Kopf an seiner Brust. Auf seinem Oberarm hatte er seinen Bruder begraben, sein Name stand auf dem Grabstein, ihr Kopf lag vor dem Grab, dachte sie, sie lag auf einer Wiese, unter der ein Toter lag, verfault und aufgefressen. Auf dem Unterarm derselben Seite blickte sie eine Frau an, lasziv, Augen, Nase, Lippen und wallende Haare reichten, um darzustellen, dass sie ihn verführen wollte und er höllisch aufpassen sollte bei ihr. Auf dem anderen Unterarm ein Schiffsanker, darunter der Name einer Frau, der nicht der ihre war. Dass er bereits eine Vergangenheit hatte, die ohne sie ausgekommen war, ärgerte sie, er reichte ihr die Flasche. Sie trank, ihr wurde warm ums Herz. Er hatte die letzte Flasche mit ihr geteilt, das bedeutete doch etwas, zumindest ihr.

Ich sag dir, Kork ist derzeit modern, ich mach dir das, begann Karl wieder.

Ich weiß ja nicht, sagte sie, vom Boden bis zur Decke?

Ich hab gesagt, du kriegst einen Spezialpreis, das ist billiger, als du denkst.

Ich hab ja schon zugesagt, du machst das und ich freu mich drauf.

Ja?

Schon.

32

Es war ein Sarg, eigentlich war das hier ein Sarg, versuchte sie sich nicht zu sagen, während sie Wasser in die Kaffeemaschine goss und sich statt einem Sarg zumindest eine Schachtel vorstellen wollte, in der sie saß, wie ein Geschenk, das jemand öffnen würde, um sich über sie zu freuen. Als die Maschine gurgelte, saß sie immer noch darin. Sie könnte Postkarten an die Wände stecken, dachte sie, Postkarten und Poster, und statt der braunen Wände ein Zimmer mit Aussicht auf Berge und Meere.

Wir wohnen neben einem Friedhof

DER NEUE ROLLS-ROYCE, stellt sie vor und zeigt auf den weißen Hund, der im Korb eines schwarzen Rollators sitzt, sein Schnauzbart sprengt zwischen den Plastikstäben hervor.

Für ihn oder für Sie?, fragt Nora und die Nachbarin entblößt zwei graue Schatten im lachenden Mund.

Von meinen Söhnen, sagt die Nachbarin, meine Beine wollen nicht mehr, wie ich will, plus ich habe ein Perückenproblem.

Sie leert Hundekekse in Knochenform aus einem durchsichtigen Plastikbeutel aufs Tablett des Rollators und der Hund frisst, ihre Haare sehen so echt aus, denkt Nora erstaunt, die Nachbarin dreht den Plastikbeutel ein, verknotet ihn, steckt ihn in ihre Tasche und Nora trägt den Rollator über die Stufen zur Tür, warten Sie, ich mache das.

Danke, sagt die Nachbarin und setzt sich lässig die Sonnenbrille auf die Nase, Nora zwinkert und wird Falten bekommen.

Was machen Ihre Söhne?, fragt Nora.

Anwälte, sagt Sarah Tänzer, Menschenrecht und Zivil.

Beide?, fragt Nora und vermisst eine Art Individualität.

Wie ist denn eigentlich Ihr Name?, kommt als Gegenfrage zurück.

Nora sagt: Nora.

Sarah, sagt Sarah Tänzer.

Und Nora sagt: Ich weiß, das steht auf Ihrem Türschild.

Sarah Tänzer lacht, ihre Lachfalten werden umzingelt von massig anderen. Nora braucht keine Sonnenbrille. Sarah Tänzer hebt den Arm, denn ihr Arm piepst, 15:00, sieht

Nora, es ist kein Ziffernblatt, es ist eine Digitalanzeige und könnte durchaus als modern durchgehen.

Sarah Tänzer beugt ihre Hände in den Rücken und drückt die Finger in die Leiste: Mein Rücken bringt mich noch um.

Nora grinst. Wobei ein Rückenproblem natürlich nichts zu grinsen wäre.

Und wie heißt er?, fragt sie und zeigt auf den Hund, der im Rollatorkorb sitzt wie ein Steuermann, ernst und konzentriert, passend zu seinem Schnauzbart.

Die Kekse sind weg, das Tablett ist saubergeschleckt.

Das ist Moby, sagt Sarah Tänzer, und wie weiter?

Tänzer?, fragt Nora.

Sehen Sie sich mal seine Farbe an.

Weiß?, fragt Nora.

Und?

Nora hat keine Ahnung, worauf sie hinauswill.

Moby Dick, sagt Sarah Tänzer, aber ich nenne ihn nur Moby, er ist ein guter Hund, aber auch schon siebenundsiebzig.

Siebenundsiebzig?, ruft Nora und kann es nicht glauben.

In Hundejahren, lacht Sarah Tänzer, also immer noch jünger als ich, aber lange haben wir beide nicht mehr.

Sagen Sie das nicht, sagt Nora, aber sie weiß, dass es stimmt.

Daran gewöhnt man sich, sagt Sarah Tänzer leichthin, aber wo wir schon bei Moby sind, sind Sie denn eine Nora?

Nora stutzt, der Name hatte ihr gefallen und jetzt hat sie sich daran gewöhnt, was weiter?

Leben Sie in einem Puppenheim oder leben Sie für sich?

Ich habe nie in einem Puppenheim gelebt, sagt Nora.

Das ist gut, sagt Sarah Tänzer.

Nora beginnt, sie leicht merkwürdig zu finden. Muss das Alter sein.

Auf dem Friedhof hüpfen Springmäuse lustig vor dem Rollator her. Sie knistern, wenn er über sie drüberfährt. Welche Baumart verliert im Frühling bereits Blätter?

Sarah Tänzer sieht angestrengt aus, ihr langes, faltiges Gesicht voller Mühe. Hinter den Bäumen leuchten Windräder bunt, eine Blume mit roten Plastikblüten lacht Nora an. Jemand steht neben einer steinernen Figur vor einem kleinen Grab und hält sich an ihr fest, als wäre ihr daran gelegen, sie zu trösten.

Der Kinderfriedhof, sagt Sarah Tänzer.

Das Grab ist mit einer roten Blütendecke überzogen, David Tänzer, 15. 10. 1913 – 23. 7. 1985.

Die Blumen kommen jetzt wieder, sagt Sarah Tänzer stolz, Heide, die ist winterhart.

Bei Bäumen und Blumen kenne ich mich nicht aus, sagt Nora, aber ich habe eine Freundin mit einem grünen Daumen, als spräche das für sie.

Vielleicht kennen Sie sie als Erika, sagt Sarah Tänzer.

Wie?, fragt Nora irritiert.

Die Heide heißt auch Erika, sagt Sarah Tänzer, vielleicht kennen Sie sie unter diesem Namen?

Nein, sagt Nora kurz, ich kenne sie nicht.

Die Chrysanthemen haben es nicht überlebt, sagt Sarah Tänzer, geht halb auf die Knie und zupft an den Resten herum.

Soll ich?

Nora will ihr zur Hand gehen, es sieht gefährlich aus.

Ein bisschen Bewegung tut mir gut.

Moby liegt mit den Pfoten auf der Grabumfassung.

Ihr Mann?, fragt Nora.

Er war ein guter Mann, sagt Sarah Tänzer, aber ich habe ihn trotzdem verlassen.

Warum?, fragt Nora.

Wir haben uns aus den Augen verloren, sagt sie, und als wir uns wiedergefunden haben, waren wir nicht mehr dieselben.

Warum?, fragt Nora.

Ich war nicht mehr sein Sarahle, sagt Sarah Tänzer, ihre Stimme bricht.

Wenn sie nicht lacht, denkt Nora, sieht sie uralt aus.

Ich hab es nicht mehr sein können, sagt sie.

Nora nickt. Sarah Tänzer zupft die Reste der Chrysanthemen, denen der Winter zu hart gewesen war, aus, Moby schläft.

Ich habe unser Kind verloren, sagt sie und zupft, Moby schläft, weil ihn das alles nichts angeht, als wir sortiert wurden.

Sie hört auf zu zupfen. Ihre alte, schmale Hand fährt über die Erika.

Ich habe losgelassen, ich habe einfach losgelassen, sagt sie und sieht Nora in die Augen, Nora sieht weg, Moby schläft immer noch.

Ich konnte nicht mehr sein Sarahle sein, er hat mir verziehen, aber –, sie bricht ab. Moby erhebt sich und stellt sich neben den Rollator.

Ab zum Nächsten, ruft Sarah Tänzer, plötzlich fröhlich, sie gehen.

Das tut mir sehr leid, sagt Nora.

Das war ich ganz allein, sagt Sarah Tänzer.

Nora will etwas sagen, doch ihr Hals lässt sie nicht. Die Frau steht nicht mehr neben der steinernen Figur, die Figur ist ein androgynes Wesen mit langem, im Wind bewegungslosem Haar und Flügeln.

Wir haben nie geheiratet, sagt Sarah Tänzer mit einem Fingerzeig auf den Grabstein, ich konnte nicht, Hans Magnus Mollert, 31. 12. 1920 – 8. 12. 2002.

Mit behendem Schritt umquert Sarah Tänzer die Grabein-fassung ihres zweiten Mannes, des Vaters ihrer Söhne, ihr erstes Kind hat sie verloren, Junge oder Mädchen, es ist längst tot.

Wissen Sie, dass unser Haus auf einem Friedhof steht?

Wie meinen Sie das?, wiederholt Nora.

Die haben den Judenfriedhof in der Stadt ausgehoben, um einen Bunker zu bauen für die letzten Monate, mit dem Aushub haben sie die Straßen um den Bahnhof repariert.

Wir wohnen neben dem Bahnhof, sagt Nora.

Wir wohnen neben einem Friedhof, wiederholt Sarah Tänzer.

Sie haben die Gräber nicht woandershin verbracht?, fragt Nora.

Die waren doch denen nichts wert, sagt Sarah Tänzer, die wollten einen Bunker für ihren Krieg, sie lacht, der ist aber nie gebaut worden, da kam ein Hochhaus hin, erklärt sie, plus wissen Sie, was das Beste ist?

Nora weiß es nicht.

Es heißt Arthur-Schnitzler-Hof, sagt Sarah Tänzer, das Haus, das nun dort steht.

Nora weiß es noch immer nicht, aber Moby trottet so traurig neben ihnen her, wie sie sich fühlt, sie bückt sich zu ihm und krault den eckigen Kopf, sein Fell wie trockenes Stroh, die Haare von Sarah Tänzer hingegen sehen weich aus.

Die jüdische Religion besagt, dass der Tote, wenn er auf-ersteht, seine Knochen braucht, um sich zu erkennen, sagt Sarah Tänzer, ich bin nicht religiös, aber wer es war, wird nach sich suchen müssen.

Zum Kegel gezähmte Büsche säumen die Allee. Als hätten sich Spione zur Tarnung spitzes Grün aufgesetzt, um Sarah Tänzer zu belauschen. Nora blickt zu Moby, doch Moby merkt nichts. Nora wartet auf einen Busch, der plötzlich seine Beine hebt und vollkommen unauffällig neben ihnen herspaziert. Nichts. Alle bleiben auf Position. Selbst als Moby sich an einen Busch stellt, sein Bein hebt und markiert, der Spion bleibt auf Position. Das Markieren von Hunden ist wie der Name des Mannes für die ihn heiratende Frau, hört Nora Ruth reden in ihrem Kopf, das hat ebenfalls mit Besitz zu tun.

Wollen Sie ein Eis?, fragt Nora und Sarah Tänzer gibt eine Runde aus. Nach dem Eis muss Moby mal groß. Sarah Tänzer stülpt den Haufen in einen umgedrehten schwarzen Plastikbeutel.

Das sieht schlimmer aus, als es ist, sagt sie, plus im Winter wärmt es die kalte Hand.

SARAH TÄNZERS GESICHT ist lang, denkt Nora, die Gesichter alter Menschen ziehen sich in die Länge, Sarah Tänzer hat tatsächlich viel gesehen, sie hat alles gesehen, Juden und Jüdinnen in die Emigration, die Emigration als Enteignungsform, ab Kriegszustand keine Ausreisen mehr, Novemberpogrome 1938, ab 1942 systematische Vernichtung auf Grundlage der sogenannten Rassenlehre, 1) Verbot Mischehe, 2) Verbot behinderte Kinder zu bekommen, 3) Lebensborn als Massenarmeezucht, die Straßenbahn kriecht durch die Nacht, langsamer ginge es nur noch mit Sarah Tänzer, denkt Nora, sie schläft wahrscheinlich schon oder liest höchstens noch, seit ihrer Augen-OP kann sie wieder lesen, sie hat immer sehr gern gelesen, hatte sie erzählt, die Straßenbahn bleibt stehen, Rechenaufgaben in Schulen mit definiere Menschenwert, z.B. 1 Kranker + 1 Gesunder, es ist x Getreide vorhanden, wer darf volkswirtschaftlich gesehen nicht überleben, Konzentrationslager, Sarah Tänzer hat ihr Kind verloren, Nora schluckt, den Prüfungsstoff kann sie, Internierungslager, Arbeitslager, Vernichtungslager, die Prüfung macht sie mit links. In der Schule waren sie KZ schauen gewesen, sie waren aus dem Bus ausgestiegen und der Lehrer hatte zur Gruppe gesprochen, sie war über den Platz gegangen, die Baracken zu beiden Seiten, und dahinter, und dahinter auch, sie hatte versucht, sich das Weinen zu verkneifen, hatte die Augen weit aufgesperrt, nicht zumachen, bloß nicht zumachen jetzt, sonst drückt es das Wasser heraus, der Lehrer hatte gesagt: Und keine Dramen, wenn ich bitten darf, weinen bringt nichts mehr. Und Nora war über den Platz gegangen, die Baracken zu beiden Seiten, und dahinter, und dahinter auch, und hatte die Augen weit aufgerissen. Beim Steinbruch war ihr übel geworden, auf ein Stück Gras, das zwischen den Steinen hervorgekrochen kam, um Luft zu holen zwischen all der Leichenfäule. Die anderen hatten gelacht, nur Jaki hatte ihr ein Taschentuch gereicht. Sie hatte um ihren Mund gewischt damit, die Nase geschnäuzt, sich zu den Schuhen gebeugt. Alle hatten gelacht, nur Jaki hatte das Taschentuch wieder entgegengenommen ohne ins Lachen einzufallen. Sie sucht das Schlüsselloch, die Spitze des Schlüssels fährt nervös um das Loch.

Herein!, ruft Maresa, die Tür in der Hand, und verschwindet wieder in der Wohnung, sie hat ihr Kind verloren, Nora hängt den Schlüsselbund ans Bord.

Kuss, sagt Anton, während er herbeieilt, vor Nora stehen bleibt, kurz tut, was er sagt, wieder umdreht und verschwindet.

In der Wohnung riecht es süß. Nora schlüpft aus den Schuhen, sie sind um einiges länger als jene Maresas, aber weniger hoch, Sterne haben sie auch keine.

Wir haben Kuchen gebacken, kichert Maresa, als Nora um die Ecke kommt.

Nora wuschelt Maresa durchs Haar, Maresa kichert. Antons Blick oder der Ofen ist warm, Nora küsst seinen Bart. Der Kuchen im Ofen steht prall über die Form hinaus, knuspriges Gold, Erdbeerstücke, die durch die Kruste brechen.

Der Schlumpf isst auch gerade, magst du schauen?

Maresa hüpft vom Stuhl und ist weg, Nora ihr nach.

Im Käfig sitzt ein winziges Tier auf winzigen barfüßigen Hinterbeinen und frisst einen Apfel. Es hält die Spalte in winzigen Händen mit vier winzigen Fingern, und es knabbert so schnell, wie es im Rad laufen kann. Die Hamsterbacken sind von dunklerem Braun, fast rot, Rouge, ein Schminktalent wie die Personalchefin mit ihrem Praktikum.

Ist er süß?, fragt Maresa, er ist so süß, stellt sie ohne abzuwarten fest.

Er ist sehr süß, sagt Nora, und hat er viel Spaß?

Maresa antwortet: Ich liebe ihn!

Was wahrscheinlich, vermutet Nora, bedeutet, dass er sich bereits als Unterhaltungskünstler profiliert hat, der Hamster als Spaßkanone, sie muss lachen, Maresa lacht, ohne zu wissen worüber, mit, Nora mag das.

Holt eure Teller!, ruft es aus der Küche und Maresa ruft Juhuu! zurück.

Nora bekommt eine Ahnung, warum man Kinder mag.

Köstlich!

Mit vollem Mund spricht man nicht, sagt Anton.

Ich schon, sie grinst, er auch.

Es ist wirklich köstlich, schlägt Nora sich auf Maresas Seite, die Erdbeeren haben ihr sattes Rot verloren, aber sie schmecken wunderbar. Als Kinder hatten sie die Angewohnheit, die Pupse zu beschnuppern. Die guten, so hatten sie sich geeinigt, rochen nach Erdbeere, die schlechten nach Ei. Obwohl sie beides nur selten gegessen hatten und Ei in Wirklichkeit köstlich war.

IN DEN HINTERN TRETEN ist doch das Mindeste, meint O. Leander, seine Wangen schieben seine Brille nach oben, das eine Auge funkelt amüsiert, das andere schaut apathisch wie immer.

Ruth schmunzelt. Larissa steht in der Terrassentür, in der Hand eine Zigarette, die Zigarette auf einem Stiel, der Rauch bläst ins Wetter hinaus und bewölkt die Stadt. Juri liegt auf der Erde unter der Palme im Topf und holt sich einen braunen Bauch. Dann steht er auf und wackelt an Larissa vorbei in die Wohnung hinein, vielleicht weil er halb blind, vielleicht weil ihm der Fuß eingeschlafen ist.

Wenn ihr mich fragt, sagt Ruth mit offenem Mund, in dem ein Kanapee zermalmt wird, ein Angriff ist etwas anderes.

Jetzt hört aber mal, wird Hannes laut, euch möchte ich sehen, wenn euch jemand in den Hintern tritt.

Wir sind aber keine Burschis, sagt O. Leander, ich hab das auch nicht verdient.

Gleiches Recht für alle, skandiert Hannes und schiebt mit breitem Oberkörper und Beinen, die weiter auseinanderdriften als nötig, die Füchsin leicht zur Seite.

Wäre Ruth die Füchsin, begänne sie nun ebenso zu expandieren und sich den Platz zurückzuholen, doch die Füchsin stört sich nicht an der Breitbeinigkeit ihres Freundes und richtet sich neu ein.

Es sollte auch niemand wie Dreck behandelt werden, aber die machen das trotzdem, sagt O. Leander und verbleibt in seiner buckligen, schmächtigen Sitzposition.

Larissa zündet sich die Nächste an. Geräusche aus dem hinteren Teil der Wohnung. Die Hand der Füchsin fährt über den Bauch, ihr Bauch ist gerade mal vier Monate alt. Gerüche aus dem hinteren Teil der Wohnung.

Sie hat geschissen, lacht Ruth.

Vera und O. Leander fallen in das Gelächter ein. Sie hat scheißen gesagt.

Die etwas andere Madeleine, sagt Larissa, aber niemand lacht.

Na dann Mahlzeit, Nora, sagt Hannes, der weiß, dass Nora die Katze sitten wird, aber nicht, dass Babys dasselbe machen, und Nora sagt: Juri kann in den nächsten Wochen in die Windel machen, so oft er muss.

Böser Blick von der Füchsin, aber Hannes nervt.

Sie haben außerdem dem Siegfriedskopf die Nase abgeschlagen, zählt Hannes nach die Kappe vom Kopf geschlagen, in den Hintern getreten und Flyer verteilt als nächsten Punkt auf. Das ist Sachbeschädigung.

Von wegen Sachbeschädigung, sagt Ruth, *Ehre, Freiheit, Vaterland* steht auf dem Siegfriedskopf.

Und?, fragt Hannes.

Warum weißt du das?, fragt Vera.

Weil ich dort studiert hab?, sagt Ruth, der Siegfried ist der Treffpunkt für ihr wöchentliches Kaffeekränzchen, den kann man gar nicht übersehen, wenn sich so viele Schmisse davor tummeln.

Er wurde von einem Künstler neu gestaltet, wirft Larissa von der Tür her ein, er kann sich jetzt dagegen wehren, sagt sie, den Rauch ihrer Zigarette ins Wohnzimmer blasend, die Füchsin wedelt mit der Hand vor ihrem Gesicht.

Vermummt ist vermummt, sagt Hannes, wir haben sie jedenfalls gefasst und zur Polizei gebracht.

Sehr tapfer, sagt O. Leander und Ruth sagt: Gut gemacht.

Die Füchsin sagt nichts, weil Hannes bloß seinen Job macht. Vera ist in die Küche verschwunden und klingelt mit Gläsern, um die Stimmung zu lockern. Und Juri sitzt auf dem Ohrensessel beim Klavier und putzt sich. Er erinnert Nora an die Füchsin, die kann sich auch so drehen, jedenfalls noch.

Hilft mir mal jemand?, ruft Vera und alle springen von ihrem Platz auf, nur Hannes nicht, Hannes schmollt.

O. Leander sagt: Ich geh schon.

Hannes sagt: Sehr tapfer.

Ruth sagt: Werd jetzt bitte nicht kindisch, bloß weil du ein Kind kriegst.

Böser Blick von der Füchsin, aber Hannes nervt wirklich.

Auf, sagt Vera, hält den Griff fest mit der Faust umschlossen und sucht in der Luft nach einem Toast, auf unseren ersten Nachwuchs.

Danke, sagt die Füchsin zu ihrem Orangensaft, Hannes hat nichts zu sagen, Hannes hat alles gesagt.

Wegen mir hättest du nicht so lange warten müssen mit dem Ausplaudern, sagt Ruth, ich werde schon noch schwanger und ich freue mich für dich, wirklich.

Ich sag euch, sagt O. Leander, ich steh dermaßen unter Druck.

Ach komm, sagt Ruth.

Wie macht ihr's eigentlich, will Hannes wissen, so richtig im Bett?

So richtig, sagt Ruth, weil ich als Alleinstehende nichts anderes darf.

Ich dachte, weil du Lesbierin bist, sagt Hannes.

Weil ich Lesbe bin außerdem. Aber da haben schon welche geklagt für ihr Recht.

Und?

Was und?

Sagt mir nicht, dass ihr nicht auf den Geschmack kommt, sagt Hannes, macht etwas mit seinem Auge, es könnte sein, dass es zwinkern ist, denkt Nora, es hat den Touch von Doppeldeutigkeit, die sich nicht aus dem Versteck wagt.

Nein, sagt Ruth und versucht ruhig zu bleiben, Nora kann es an ihrer Stimme hören, ich muss nicht richtig durchgefickt werden, wenn du das meinst, Hannes, ich steh nämlich trotzdem auf Frauen.

Aber vielleicht von einem richtigen Mann, sagt Hannes.

Du Arschloch, sagt Ruth und O. Leander lacht.

Das musst du nicht mir sagen, sagt Hannes und O. Leanders Fell bleibt so dick wie seine Brille, denkt Nora.

Vielleicht ist natürlicher Sex ohnehin besser fürs Kind, sagt Hannes.

Aber das ist doch beim Sex noch gar nicht dabei, sagt Ruth und greift zu einem Kanapee, das Kanapee zittert ihrem Mund entgegen, weil es weiß, was ihm jetzt geschehen wird.

Künstliche Befruchtung ist jedenfalls komisch, erklärt Hannes, wie Fleisch im Labor züchten, das kann bloß ein Halbwesen werden.

Was bitte soll ein Halbwesen sein?, fragt Vera und O. Leander sagt: Labore sind schon großartig, ein Hühnchen, das nicht sterben musste, würde ich sofort essen.

Du bist nicht sehr objektiv, sagt Hannes, du bist im Labor daheim.

Und wenn die Gesetze nicht wären, wie sie sind, würde ich Ruth dort ein Kind machen, sagt O. Leander.

Und was sagt dein Gott dazu?, fragt Hannes in Richtung Ruth.

Wurde ich schon von einem Blitz getroffen?

Und jetzt Pause, sagt Vera streng, schon vergessen, dass wir hier feiern?

Schweigen. Dumpfe Gesichter. Nur O. Leander wirkt noch immer amüsiert. Die Füchsin versucht im Orangensaft zu verschwinden, doch in der Lacke geht es sich nicht ganz aus, sie taucht wieder auf: Bitte entschuldige dich bei Oskar und Ruth.

Aber wenn es doch stimmt, jammert Hannes lispelnd und trotzig.

Es stimmt aber nicht, sagt die Füchsin, und zu Oskar und Ruth: Bitte entschuldigt.

Ein Kind braucht aber Mutter und Vater, hört Hannes nicht auf.

Was regst du dich auf?, fragt O. Leander, deines wird wie gewünscht beides haben.

Der Vater ist aber schon der wichtigste Mann im Leben einer Frau, sagt Larissa, jedenfalls war es bei mir so, setzt sich auf den freien Platz neben Nora und legt ihre Beine hoch.

Also bei mir nicht, sagt Vera.

Von diesem Sockel hab ich meinen längst gestürzt, sagt Nora.

Ich dachte, du kennst ihn gar nicht?, sagt Hannes.

Woher weißt denn du das?

Also ich wollte ihn immer heiraten als Kind, sagt Larissa.

Eigentlich ekelhaft, sagt Nora.

Ach komm, sagt die Füchsin, weil sie das sagen muss.

Ich kann mich nur an den Geruch von Bier und Tabak erinnern, sagt Nora, K.O., K.O., K.O., sie lehnt sich gegen die Schublade und drückt sie zu, O.K.

Und ich bin mit Wolf Biermann aufgewachsen und kann auch nichts dafür, sagt die Füchsin und funkelt mit grünen Augen in Noras Gesicht.

Ich habe ihm als Kind den Kaffee ans Bett gebracht, sagt Larissa.

Dabei hätte das doch euer Dienstmädchen machen können, sagt Nora.

Vera sagt: Muss das sein?

Hannes sagt: Ihr seid solche Zicken, und mit seinem Lispeln klingt es, als meine er es nett.

Die Füchsin sagt trotzdem: Hannes!

Doch Hannes entschuldigt sich nicht, weil er meint, was er sagt.

Wo hast du eigentlich Anton gelassen?, fragt Vera.

Maresa hat ihn heute, sagt Nora.

Wirst du der Vater sein, fragt Hannes, oder produzierst du das Kind bloß?

Es ist Ruths Kind, sagt O. Leander, aber ich werde zur Familie gehören.

Das ist doch pervers, sagt Hannes, was soll das für eine Familie sein?

Ich weiß, sagt O. Leander und kuschelt sich in sein Fell hinein, nur sein apathisches Auge scheint ein wenig die Contenance zu verlieren.

Was für ein konservativer Haufen, sagt Ruth und Nora fragt: Wer außer Hannes noch?

Das ist nicht konservativ, das ist unnatürlich, sagt Hannes, im Tierreich gibt es das auch nicht.

O. Leander lacht. Hannes blickt irritiert, Ruth interessiert, Larissa, Vera und die Füchsin schauen von ihren Gläsern auf.

Stell dir vor, du wärst ein Seepferdchen, beginnt O. Leander und grinst Hannes breit an, dann würde deine Freundin dir die Eier in deine Bauchtasche spritzen –

Die Füchsin ruft: Lass mich aus dem Spiel!

– und du würdest die Eier befruchten und den Nachwuchs gebären. Vielleicht würde sogar nicht nur deine Freundin in dich hineinspritzen, sondern Vera und Nora auch noch, aber zuständig fürs Gebären wärst jedenfalls du als Mann. Und die Sperlingsweibchen, macht O. Leander weiter, betreiben Vielmännerei. So können sie sichergehen, dass die Versorgung des Nachwuchses bewerkstelligt wird. Und wärst du ein Hamster, dann würde sie –

O. Leander blickt zur Füchsin, die Füchsin ruft: Ich habe gesagt, lass mich aus dem Spiel!

– um die zehn Babys bekommen, sagt er wieder in Hannes' Richtung, die zwei, drei schwächsten würde sie auffressen, damit die anderen überleben können und sie selbst zu ihren Nährstoffen kommt. Und schon mal was von Parthenogenese gehört?, fragt er und genießt das Wort, da wären wir so was von überflüssig, mein Lieber, bei manchen Eidechsenarten oder Käfern oder Schlangen braucht es nämlich gar keine zwei Geschlechter dafür.

Was willst du damit sagen?, fragt Hannes mit monotoner Stimme.

Das Tierreich brauchst du nicht auffahren, sage ich damit.

Ich will kein Kind mit Hannes, sagt Nora.

Danke sehr, sagt die Füchsin und Hannes sagt: Aber Affen!

Oh ja, aber Affen, Hannes, sagt O. Leander, es soll Affen geben, die Weibchen überfallen und zur Kopulation zwingen, dank deiner Mitarbeit können wir ja Vergewaltigung auch gleich in deinen Rechtekatalog eintragen.

Ein Junge, tut Hannes den Ausflug ins Tierreich ab, braucht jemanden, der ihm zeigt, wie man Bälle wirft.

Bälle wirft?, fragt Nora.

Ich will aber keinen Jungen, sagt Ruth, und ein Mädchen will ich auch nicht, nicht, wenn du mir sagst, wer was machen und können soll.

Dann hätten wir für die Dame noch den Zwitter frei, schlägt sich Hannes auf die Schenkel.

Wir sind beim Schenkelklopfen angekommen, denkt Nora und das Gesicht der Füchsin auch.

Ich will ein Kind, das sein kann, was es will, sagt Ruth, und das überrascht dich vielleicht, Hannes, aber Bälle werfen kann ich auch ohne dein Genital.

Sie hat Genital gesagt und es hört sich dumm an. Nora versteht den Punkt, will sich Hannes aber lieber nicht nackt vorstellen.

Schon blöd für deine Tochter, wenn sie sich hinten anstellen wird, fügt Ruth hinzu.

Meine Tochter wird sich nirgendwo anstellen, ist die Meinung der Füchsin zum Schlangestehen, und Hannes sagt: Es wird sowieso ein Junge.

Hättest du wohl gern, sagt Ruth, damit ihr zusammenhelfen könnt.

Ihr könnt das nicht wissen, aber ein Y ist schneller am Ziel als ein X, verkündet er stolz.

Y ist schneller und nistet sich wahrscheinlicher ein, sagt der Biologe zur Sondereinheit, nimmt seine Brille ab, reibt die Augen, setzt die Brille wieder auf die Nase zurück, Y ist aber auch kleiner und deshalb nicht so resistent wie X, Y stirbt also eher ab, aber aufgrund des Anfangsvorsprungs kommen trotzdem, zwar unwesentlich, aber doch, mehr Jungen auf die Welt. Ich gratuliere dir, Hannes, wahrscheinlich wirst du sogar kriegen, was du willst.

Mister Doppel-X, sagt Hannes, um O. Leander zu treffen, doch er trifft ihn nicht, O. Leander weicht aus.

Larissa liegt lässig im Ohrensessel und bläst Wölkchen in den Himmel, der sich gefährlich dunkel über dem Wohnzimmertisch formiert. Ruth und Oskar wären ein schönes Paar, denkt Nora. Juri hat sich fertig geputzt und schläft in sich selbst verwickelt ein. Ruth hat wütende rote Wangen. Vera hält sich am Sektglas fest. Die Füchsin sagt: Wir gehen, und stößt Hannes mit dem Finger in seinen Stiernacken.

Sie küsst O. Leander einmal, zweimal und winkt Larissa knapp zu.

Hannes setzt seine Sonnenbrille auf, die bügellos von hinten seinen Kopf umschließt.

Aber dafür wurden doch die Ohren erfunden, lächelt O. Leander in sein Fell hinein.

Die Füchsin streicht beim Vorbeigehen über den Katzenkopf, Juri maunzt auf, streckt sich lang und bleibt auf dem Rücken liegen. In der ägyptischen Abteilung hatte Nora Katzenmumien gesehen, ein langer Körper, ein runder Kopf. Maresa hatte zu weinen begonnen und gesagt: Wie eine Rassel. Anton war mit ihr vor die Tür gegangen und hatte sie getröstet, Nora war stehen geblieben, von der Rassel fasziniert.

Vor der Tür pfeift Hannes fröhlich den Lift herbei.

Also Feiern geht anders, sagt die Füchsin und Nora hilft ihr in die Jacke.

Ruth sagt: Wir können nichts dafür.

Ich weiß ja, dass er ein Macho ist, sagt die Füchsin, aber harte Schale, weicher Kern, das könnt ihr mir glauben.

Mich nervt schon das Harte so sehr, sagt Ruth. Schluss jetzt, sagt Vera, acht Finger zeigen Time-out.

Warum hast du uns nicht erzählt, dass du schwanger bist?

Du willst ein Kind und kriegst keins, und ich will noch keins und krieg eins, was hätte ich denn sagen sollen? Ich bin kurz vor schwanger vielleicht, sagt Ruth, die Füchsin grinst.

Nora hofft, die Füchsin hat nur Steine im Bauch. Wie soll sie die Krähe machen oder den Storch, wenn Hannes sich bis auf Baseball nicht zuständig fühlt für ihr Kind?

Vera schiebt die Füchsin freundlich ins Stiegenhaus.

Wir sehen uns, wenn ihr Yuri holt?, fragt sie.

Wir sehen uns, sagt die Füchsin.

Hannes hält den Lift auf und die Füchsin steigt ein. Er legt seinen Arm um ihre Schulter, sie ist einen Kopf kleiner als er, weil er sehr groß ist. Vier Finger winken ihnen zu, sie verdoppeln sich im Spiegel des Lifts.

Ihr schlaft also miteinander, dreht sich Nora zu Ruth, also so richtig?

Was hast denn du gedacht?

Weiß nicht, sagt Nora, sie hat nie darüber nachgedacht.

Keine Angst, wir haben schon Spaß, sagt Ruth, und unser erster Heterosex ist es ja auch nicht.

Aber, will Nora wissen, werdet ihr geil?

Kommt jetzt, wir haben noch Sekt, sagt Vera.

Wir haben einschlägige Magazine und Spielzeug, sagt Ruth, und dass wir uns mögen, ist auch kein Nachteil.

Die Kanapees sind auch noch nicht weg, sagt Vera.

Beim Wandern hatte Ruth O. Leander einen Ast ins Auge geschlagen, das Auge war zerbrochen wie sein Brillenglas, aber O. Leander mag Ruth immer noch, denkt Nora, sie hätten ein schönes Paar sein können, aber die Anziehung hatte in der Ahnung eines ihnen gemeinsamen Geheimnisses bestanden, Fotoromanza Ende, denkt Nora, und die Kanapees sind hart.

Sie gehen zurück ins Wohnzimmer, wo Larissa wieder in der Terrassentür steht und raucht und O. Leander sich um die Katze kümmert, der das egal ist.

Ich kann dich dann fahren, wenn du magst, sagt Ruth.

Aber ich will nicht auf einem Gleis sterben, sagt Nora, ich hab schon die Füchsin gefragt.

Ruth startet ein wieherndes Lachen, und das Lachen lässt ihren üppigen Körper erzittern, ein Körper, der gut zu einem Kind passt, das sich in ihm vergraben wird.

Der Kuchenbaum hält nicht, was er verspricht, Nora blickt in die Krone, eine Kuchenfrucht trägt er nicht. Sie senkt den Kopf und probt die Atmung, die sie von der Füchsin kennt. An der Nase vorbei und direkt in den Hals. Sie probt die Atmung, die sie von Ruth kennt, Ruth kuriert sowohl Flugangst damit als auch Liebeskummer. Nora atmet tief in den Bauch.

Vor der Bank geht ein Junge auf und ab und spielt Jo-Jo. Seine Schwester sagt: Jo-Jo ist was für Mädchen. Dem Jungen ist das egal. Unbedarft spielt er weiter. Die Mutter brüllt eine Sprache ins Telefon, die Nora nicht kennt. Nora hatte keine Ahnung, dass Jo-Jos noch in Mode sind. Und Hula-Hoops? Wie der Reifen um ihre Hüfte geschwungen war und höher und sie den Reifen beinahe bis zum Hals hinauffedern konnte, er an der knochigen Schulter den Schwung verlor und zu Boden fiel.

Du bist so ein Mädchen, sagt die Schwester zu ihrem Bruder.

Vielleicht wäre ein Jo-Jo etwas für Maresa, denkt Nora und versucht, nicht an die Brüder zu denken, dann nicht an die Mutter, und die Mutter ist vielleicht bereits aufgewacht, aber sie will es nicht wissen, es interessiert sie nicht, sie ist vom Erdboden verschluckt.

Eine alte Frau schiebt sich im Slalom an Kindern und Mutter vorbei, so selbstverständlich, als ginge sie Bäumen aus dem Weg, die seit Jahrhunderten an diesen Stellen wurzeln. Der Buckel, der auf ihren Schultern sitzt, zwingt sie dazu, nur die eigenen Füße zu sehen. Es ist nicht leicht, aufrecht zu gehen, denkt Nora, die lange genug gekrochen war. Yogitee hatte einmal gesagt, Glück ist ein Menschenrecht. Sie hatte den Zettel, der am Beutel hing, vorgelesen und die Füchsin hatte gesagt: Ich weiß.

Das Jo-Jo fliegt an seiner Schnur durch die Luft, runter, rauf, runter, rauf, psychedelisch und bunt, runter, rauf, runter.

Sie wickeln einen Faden um Ihre Kindheit, lassen sie von der Brücke baumeln, aber lassen nicht los.

Nora war wütend geworden.

Wütend ist leichter als traurig, tut Ihnen aber länger weh.

Ich weiß, dass ich mich um mich selbst kümmern kann, hatte Nora gesagt, ich brauche keine Mutter dazu, der man nicht trauen kann.

Wer ist man?, hatte die Kaiserin gefragt.

Aber ich kann niemandem eine gönnen, die besser ist, war Nora darüber hinweggegangen.

Halten Sie das Gefühl aus, schlagen Sie niemanden K.O. damit.

Der Bus schnaubt, als er vor der Bank zu stehen kommt und sich zum Gehsteig neigt. Die Mutter drängelt ihre Kinder hinein, der Junge schnappt das Jo-Jo geschickt während des Flugs in die offene Hand, die Türen schließen sich, der Bus fährt ab. Nora greift in ihrer Tasche nach der Karte mit dem Pierrot, die sie im Museumsshop gekauft hatte. Er grinst sie an, ein Schelm, Nora grinst zurück, das fühlt sich gut an, auf einer Bank sitzen, grinsen, einfach so, der Pierrot wandert in die Tasche zurück.

Und Ihr Vater?, hatte die Kaiserin gefragt.

Was ist mit ihm?

Wofür geben Sie ihm die Schuld?

Der war nicht da.

Der war nicht da, um Fehler zu machen, hatte die Kaiserin gesagt.

Sie holt den Pierrot erneut hervor, sie grinst, er auch, und der Bus fährt aus der Haltestelle Kuchenbaum hinaus. Den Kuchenbaum besichtigen wollte niemand. Dabei hat er dunkelrote, speckige Äste und eine Rinde wie grob gerippter Cord. Die Plakette, auf der sein Name steht, sollte größer sein. Dafür ist das Schild neben dem Baum nicht zu übersehen:

Lieber Hund!
Bitte benütze unsere Hundezonen und bleibe im Park an der Leine.
Danke!

Was Moby dazu sagen würde? Vielleicht würde ihm die Höflichkeit gefallen. Auf der Titelseite der Zeitung, die neben Nora liegen geblieben war, wird die Stadt gelobt als eine der lebenswertesten der Welt. Josef sähe das anders, wäre er noch am Leben. Josefs Name war in die oberste Holzsprosse dieser Bank eingeritzt. Nora drehte ihren Kopf und las seinen Namen auf seiner Bank: *Josef.* Die hellen Einkerbungen im dunklen Holz sind rot gefärbt. Auf dieser Bank hatte Josef gewohnt, bis er erfroren war. Monate zuvor war er seiner Bank verwiesen worden, Anrainer hatten sich beschwert. Die Verwaltungsstrafe war unbezahlbar gewesen für ihn. Und als er wieder auftauchte, hatte die Polizei ihm eine Stunde eingeräumt, um seine Plastikbeutel zu nehmen und zu gehen. Er weigerte sich, er blieb sitzen, er wusste nicht wohin, auf dieser

Bank stand sein Name, es war sein Bett und Wohnzimmer. Die Stunde war um gewesen, die Müllabfuhr vorgefahren. Der Müllwagen saugte gefräßig auf, was Josef besaß, seinen Schlafsack auch. Der Winter hatte sich nicht zufriedengegeben mit den Vögeln, die tot von den Bäumen gefallen waren.

Eine Schönheit ist diese Stadt nicht. Diese Stadt ist ein Hartschalentier, ein Panzer, Nora kann den Hang zu Beton und Asphalt gut verstehen.

Die Geschichte hatte Ruth erzählt, als Yogitee vom Menschenrecht angefangen hatte. Und Vera hatte gesagt: Wer kein Geld hat, ist meist selbst daran schuld.

Warum hast du Geld?, hatte Ruth wissen wollen.

Ich habe es eben gut angelegt.

Du hast ein riesiges Erbe hinter dir, hatte Ruth erklärt, das vervielfältigt sich bequem von selbst.

Wir schauen eben darauf, hatte Vera geantwortet, mit Geld muss man nämlich umgehen können.

Mein Gott, hatte Ruth gerufen, Geld muss man erst einmal besitzen, um damit umzugehen.

Als wärst du von der Straße, hatte Vera, immer noch ruhig, geantwortet.

Das Geld meiner Eltern erscheint mir eben nicht als mein Vorrecht, hatte Ruth gesagt und die Füchsin hatte Tee nachgegossen und Nora hatte versucht zu kotzen, was Vera gekocht hatte. Manchmal mag Nora auf alles kotzen. Auf diese Stadt kotzen, auf jede Terrassenwohnung kotzen, auf jeden teuren Lederschuh. Aber wenn sie kotzen will, funktioniert es nicht. Das Menschenrecht, hätte Nora gerne zu Yogitee gesagt, gilt wohl nicht für alle Menschen? Aber Yogitee hatte bereits die Ohren angelegt und weggehört.

Nora erhebt sich von Josefs Bank. Kurz war ihr danach, sich zu verabschieden, doch es kam ihr absurd vor, sie hatte ihn nie gesehen. Über dem Fahrplan klebt ein mit Edding beschriebenes Papier, schmale Streifen zum Abreißen, eine Telefonnummer:

Malen, Anstreichen, Spachteln,
Tapezieren, Fachmännisch und Günstig !!!

Ruth würde sich die Nummer dennoch nicht notieren, Fachmänner braucht Ruth nicht. Nora schlägt den Heimweg ein. Sieht man genau hin, denkt sie, sehe ich genau hin, sind Hunde überall. Und sogar Menschen gibt es, die ihnen ähnlich sehen, der eine, der vor dem Platzregen davonläuft zum Beispiel, ein Dobermann. Die Gefallenen auf der Liegewiese springen überrascht auf und schnappen nach dem um sie verteilten Zeug, Rucksäcke, Dosenbier, Bücher, kleine Kinder auch.

Scheißwetter!, schreit einer in den Himmel mit geballter Faust.

Am Schluss ist immer das Wetter an allem schuld, selbst wenn der Platzregen eigentlich zum Monat passt. Im Sommer wird Nora überprüfen, ob der Kuchenbaum Früchte trägt.

Sie haben noch nichts?, fragt der Betreuer.

Nein.

Sie haben die Bewerbungen zeitgerecht wahrgenommen, wie ich sehe.

Ja.

Gut, sagt er, gut.

Nora sagt nichts.

Arbeiten Sie?, fragt er.

Wie meinen?, Nora war danach.

Wenn Sie nebenbei arbeiten, dürfen Sie das bis zur Geringfügigkeit, sagt er, aber Sie sind verpflichtet, es uns zu melden.

Ich arbeite nicht, ich suche Arbeit, sagt sie.

Wenn Sie über der Geringfügigkeit sind, werden wir es erfahren, sagt er, tippt, tippt, druckt, nimmt das erste Blatt zur Hand, nimmt das zweite Blatt zur Hand, tackert sie aneinander und legt das Beratungsprotokoll zur Unterschrift vor.

Sie hätte nicht auf ihre Tochter hören sollen

33

DIE MASCHINE war rot, der Deckel, und grün, die Halterung für die Zigarettenhülsen und die Vertiefung für den Tabak.

Sie ist wunderschön, sagte Erika und küsste ihn auf den Mund, kurz verschlug es ihr den Atem.

Er stinkt, flüsterte Rika, doch Erika sagte nichts, eine Fahne, na und, er war da.

Was hat sie gesagt?, fragte Karl mit schwerer Zunge und glasige Augen blickten zwischen Erika und Rika hin und her.

Norbert raschelte mit dem Geschenkpapier, auf dem von einem Hurenmord berichtet wurde, dem Fund der schönen Leiche an der Donau, Niklas massierte den knisternden Tabakbeutel.

Schau, ein Löwe, sagte er, für Löwen interessierte Erika sich nicht, als es knallte und Erika aufsah und in das erschrockene Gesicht ihrer Tochter sah, deren Augen weit aufgerissen waren, darunter ein zitternder Mund, der gleich zu heulen begänne.

Meine Kinder schlage nur ich!, rief Erika, von der Aufregung überrascht, mit einer Stimme, die im Rufen bereits einknickte.

Sie packte Rikas Ohr, aus deren Mund ein Schluchzen drang, das zu einem Heulen geworden war, als sie das Zimmer erreichten.

Sie ist wunderschön, sagte Erika und hob den roten Deckel und senkte ihn auf das grüne Unterteil und lächelte Karl an und ihre Hände zitterten wie Rikas Mund.

Du musst härter durchgreifen, sagte Karl, sie ist zu frech.

Ich weiß, sagte Erika.

Ist die Rika frech?, fragte Niklas und Erika sagte: Ja, und wenn ihr auch frech seid, seht ihr ja, was euch blüht.

Ein Löwe, wiederholte Niklas, der kein Interesse daran hatte, frech zu sein, und wieder den Tabakbeutel bearbeitete, und Erika sagte: Ein schöner Löwe.

Gefällt sie dir?, fragte Karl.

Sie ist wunderschön.

Und was ist das?, fragte Norbert mit ungeschickten Fingern in den Zigarettenhülsen kramend.

Eine Wuzelmaschine, sagte Erika und klapste ihm auf die Hand.

Tschuldigung.

Gib her.

Sie griff nach dem Tabakbeutel, zwirbelte die Portion einer Zigarette heraus und stopfte den Tabak in die Vertiefung. Sie nahm eine Hülse aus der Schachtel, die Schachtel hieß Marie, halb so groß wie eine Zigarettenstange, aber federleicht. Sie steckte die Hülse an den Kopf der Maschine. Sie schloss den Deckel und fuhr ihn nach hinten, nach vorn.

Wahnsinn, sagte sie und klopfte die Zigarette auf den Tisch, sie war fest und richtig.

Zu viel Tabak, sagte Karl, nimm weniger.

Erika produzierte eine zweite, sie war in Ordnung.

Darf ich mal?, fragte Niklas.

Aber pass auf, sagte Erika und Niklas ließ sich von Marie vorsichtig eine Zigarettenhülse geben, drückte sie etwas zu fest auf die Maschine, griff nach dem Tabak, stopfte ihn in die längliche Einkerbung, Deckel zu, nach hinten, nach vorne, fertig, hinter dem Filter ein kleines Loch, wo Tabak fehlte.

Du bist zu klein, sagte Erika, du kannst das nicht, und nahm ihm die misslungene Zigarette aus der Hand, die kann ich nicht rauchen, die ist nichts.

Aber das ist was, sagte Karl, griff in seine Lederjacke und drehte ein geschlossenes Taschenmesser in seiner Hand, Alleskönner, sagte er, hab ich mir geleistet.

Schön, sagte Erika, und die Buben staunten wirklich.

Machst du mal auf?, fragte Norbert, und stolz und andächtig zog Karl jede Funktion aus dem Bauch des kleinen Messers.

Rostfrei, unzerbrechliche Feder, Sieben-Zentimeter-Klinge, Metallsäge, Fischentschupper, Schraubenzieher, Schlitz, Korkenzieher, Nagelreiniger, Zahnstocher, Pinzette, Zange, Drahtschneider, und hier: ein Kompass, ein Lineal, eine Schere, ein Flaschenöffner –

Wau, sagten Norbert und Niklas im Kanon.

Karl sagte: Ganz richtig.

Klingt wirklich nach einem Alleskönner, sagte Erika, die sich nicht für Taschenmesser interessierte, noch eine Zigarette drehte und zu den anderen legte, auf Vorrat.

– ein Flaschenöffner, schloss er die Aufzählung mit einer Wiederholung ab und drehte die Spitze der Metallspirale vor Norberts Gesicht hin und her.

Erika drehte eine weitere Zigarette und legte sie zu den anderen.

Ein Drehwurm, lachte Karl und piekste Norbert mit dem spitzen Abschluss in den Hintern.

Nicht, schrie Norbert, bitte nicht, und rannte von der Eckbank hervor und auf die Couch zu, Karl rannte ihm nach und piekste ihm den Flaschenöffner erneut in den Hintern, der irgendwo in der lockeren Pyjamahose hing und unter die Bettdecke auf der ausgezogenen Couch zu kriechen versuchte.

Niklas beobachtete das Spektakel von hinter dem Tisch und grinste idiotisch.

Willst du auch mal?, drehte Karl sich nun zu ihm um, rannte auf ihn zu und piekste den Flaschenöffner in Niklas' Oberarm, der lachte, dann verschwand er unter dem Tisch und hatte, als er hervorkrabbelte, unter dem Tisch sein Lachen verloren, er rappelte sich auf und lief Richtung Zimmer, Karl ihm hinterher.

Auf der Zigarettenhülsenschachtel tanzte Marie Flamenco, sie klatschte lautlos in ihre Hände, Erikas Zigarettenvorrat wuchs.

Nicht!, schrien Norbert und Niklas aus dem Bubenzimmer, bitte, Erika hörte Karls Lachen bis in die Zigarettenfabrik, die Wuzelmaschine war eine Wundermaschine, Marie tanzte ausgelassen zur Zigarettenproduktion.

34

Raus!, schrie sie atemlos, raus!, den drei Schatten auf dem Boden entgegen, die lange aus dem Türrahmen neben ihr Bett heranwuchsen. Die Schatten zogen sich zurück, immer kleiner, bis sie verschwunden waren und im hinteren Teil der Wohnung leise Türen zufielen. Zwei hatten Socken getragen, einer war barfuß, die Fußsohlen hatten bei jedem Schritt am Boden geklebt. Sie stülpte die Decke über ihren Kopf. Darunter war es heiß, doch die dumpfe Höhle schluckte die Geräusche, die ihr Hals machte, er gurgelte mit dem Kloß, der darin gewachsen war und ihr keine Luft lassen wollte, sie versuchte durch die Nase Luft zu holen, ihre Nase verlor süßen Rotz, der in ihren Mund rann. Das Taschentuch krümelte, sie spuckte die Krümel aus, wischte ihre Zunge über den Unterarm und schnäuzte in den Überzug eines Deckenzipfels.

Sie hätte nicht auf ihre Tochter hören sollen, sie hätte nicht auf sie hören sollen, als sie sagte, dass er gefährlich wäre, sie hätte auf ihn hören sollen, als er sagte, er wolle sie sehen. Jetzt war er weg, weil sie ihn fortgeschickt hatte. Er war weg, weil sie ihn fortgeschickt hatte, weil sie Angst bekommen hatte, weil Rika ihr Angst gemacht hatte. Manchmal trank er etwas, ja, manchmal trank er vielleicht ein bisschen viel, das stimmte, aber nie würde er ihnen etwas tun. Der Deckenzipfel war nass und schleimig.

Das mit dem Sprengen hatte er wahrscheinlich im Fernsehen gesehen, wie sollte er sie in die Luft sprengen, mitten in der Nacht, überhaupt womit, das war ja kein Kriminalfilm, das hatte er im Fernsehen gesehen und das hatte er sich gemerkt und das war ihm aus dem Mund herausgefallen, als er aufgeregt gewesen war, weil sie ihn nicht in die Wohnung ließ. Es war ein Spaß gewesen, sie hatte ihn nicht verstanden. Sie hätte nicht auf ihre Tochter hören sollen, sie hätte ihn in die Wohnung lassen sollen, als er geklopft hatte und gefleht, sie hätte für ihn da sein müssen.

Der Deckenüberzug schmeckte süß, beinahe fruchtig, sie lutschte an ihm wie an einem Daumen. Der Apfel in der Schule hatte Norbert und Niklas nicht geschmeckt, sie mochten kein Obst, aber Marmelade mochten sie, Marille im Halblitereimer. Es war eine gute Schule, sie waren lange dort und der Nachmittag gehörte ihr. Seit Rika die Stelle hatte und teures Geschirr verkaufte und Vasen und Polstermöbel, für die das Zimmer, in das sie gestellt wurden, so groß sein musste wie diese Wohnung. Erika lag auf der Couch und wartete.

Er würde nicht kommen.

Aber vielleicht würde er doch kommen. Und dann wollte sie da sein.

Aber er würde nicht kommen.

Manchmal war er noch nach dem Bau gekommen, oder nach dem Bahnhofsrestaurant, wo er die Züge gezählt hatte, um ihr die Zahl vorbeizubringen, zwölf waren es vorgestern Abend gewesen, die von gestern hatte er ihr nicht mehr gesagt.

Mach auf, ich rate dir, mach sofort auf!

Sie hatte bereits den Schlüssel in der Hand gehabt, er hatte geklingelt in ihrer Hand, doch Rika hatte sich zwischen sie und die Tür gestellt und zu heulen begonnen. Sie hatte nicht gewusst, was sie tun sollte. Sie hätte ihr nicht glauben dürfen, Rika hatte ihn noch nie leiden können, sie hätte es wissen müssen, aber sie hatte es nicht gewusst in diesem Moment, sie war so verunsichert von draußen Karl, drinnen Rika, beide hatten auf sie eingeredet, in der Zimmertür die Schatten von Norbert und Niklas, mach sofort auf oder, von draußen, er ist gefährlich, drinnen, geh endlich weg, zur Tür, die Schläge gegen das Holz, das im Rahmen bebte. Rika war auf dem Boden vor der Tür gesessen und hatte dramatisch geheult, Norbert und Niklas im Wohnzimmer, stumm wie Fische, immer. Es passte ihr ganz gut, in ihrem Kopf war es so laut, die sollten sich vor den Fernseher setzen und bloß ruhig sein, der Fernseher beruhigte sie, wenn sie aufgekratzt aus der Schule kamen, in dieser Schule konnten sie sich richtig um sie kümmern. Sie war froh, dass sie nun in diese Schule gehen konnten, sie hatte viel dafür getan, sie war bis zum Direktor gegangen, der Direktor war ein kleiner runder Mann gewesen, mit ohne Haare, hatte Niklas gesagt.

Plötzlich dunkel. Die Wohnung hatte schwarze Wände, wenn man das Licht wegnahm. Er war in den Keller gegangen und hatte den Sicherungskasten ausgeschaltet. Sie hatte es am Morgen gesehen.

Geht ins Bett, hatte sie in die Schwärze hineingeflüstert und keinen Schritt vernommen. Dann das schrille Klingeln des Telefons in einer Nacht, die nicht mehr beleuchtet werden konnte.

Ich werde euch in die Luft sprengen.

Ich werde euch in die Luft sprengen – ich werde euch in die Luft sprengen – das war doch nicht real, das kam doch nicht vor im echten Leben – in einer halben Stunde seid ihr tot, klck. Die Telefonzelle war zehn Minuten entfernt.

Was?, hatte Rika gefragt und sich kleiner angehört, als sie war.

Er sprengt uns in die Luft, sagt er, geht ins Bett.

Sie waren gegangen, Rika in ein Zimmer, Norbert und Niklas in das andere.

Die schwarze Luft ganz still.

Sie war auf der Bettcouch gesessen, auf ihrer Decke, und hatte in die dunkle Wohnung hineingehört. Das Ticken wie eine Bombe, doch es war bloß die Uhr gewesen. Die Zeit hatte lange gebraucht, um zu vergehen, dann war es doch noch Morgen geworden.

Am Nachmittag hatte er sie eine Schlampe geschimpft, den Hund von der Leine gelassen, ihm Befehle zugerufen, ihm auf die Flanken geschlagen. Der Hund war losgerannt, seine spitzen Ohren waren von seinem schönen Kopf abgestanden, und hatte nach ihrer Hand geschnappt, er hatte sie immer gemocht, er hatte nur geschnappt nach ihr, gebissen nicht.

Auf dem Nachhauseweg hatte sie eine fröhliche Wespe gesehen, die mit einer Biene spazieren flog. Aber womöglich hatte sie sich bloß getäuscht, weil ihr Kopf so schwer geworden war und ihr auf die Augen gedrückt hatte und sie halluzinierte.

Ich werde Thomas Muster sein

BITTE WIE VIEL?, Nora kann es nicht fassen.

Sechzig im Monat, wiederholt die Füchsin.

Und dann fährst du nicht damit?

Ich habe eben Angst, dass jemand drinsteht und mir mit einer Axt den Schädel spaltet, sobald sich die Tür öffnet.

Wieso das denn?, fragt Nora.

Fürchtest du dich bloß mit Grund?

Die Füchsin fährt nicht mit ihrem Lift. Dank Yoga kommt sie auch zu Fuß problemlos bis in den fünften Stock, und ist Hannes dabei, fährt sie, da Hannibal sie beschützen wird.

Mir wäre lieber, du würdest den Mörder im Treppenhaus vermuten und wir nähmen den Lift, schnaubt Nora ins Dachgeschoss und wundert sich, dass sie in all den Jahren noch nie mit der Füchsin Lift gefahren ist.

Larissa öffnet mit vollem Mund und Vera übernimmt das Hallo. Um ihren Hals glitzert ein Delfin.

Na, aufgeregt?, fragt die Füchsin den Delfin.

Ich freue mich schon so, sagt Vera und fächelt mit ihren Fingern vor Noras Nase herum.

Deine Großmutter scheint was zu verstehen vom guten Leben, sagt die Füchsin, mit fünfundneunzig ein so riesiges Fest.

Sie trinkt nicht, sagt Larissa, könnte daran liegen, und Nora denkt, die Füchsin denkt, schade um den Sekt, und sie denkt, sie hätte auch gerne eine Großmutter, jemanden, von der sie abstammt, die Mutter zählt nicht.

Sie hängen die Jacken an die Garderobe, die Schuhe lassen sie an. In Adel und imperialen Familien wäre Füße zeigen wie nackt kommen, es gehört sich nicht. Juri sitzt auf einem

Koffer und findet alles ganz aufregend. Er scheint noch nicht zu wissen, dass er in der Stadt bleibt.

Übertreibt ihr nicht etwas?, die Füchsin zeigt auf das sich stapelnde Gepäck.

Ich brauch eben meine Bücher, sagt Larissa, während Vera sich auf eine Tasche wirft, um sie kleinzukriegen. Nora geht ihr zur Hand und auch Juri sieht zu, was er tun kann.

Während Vera und ihre Schwester durch die Zimmer gehen und Stecker von Elektrogeräten aus den Wänden ziehen, streicheln die Füchsin und Nora die langsam doch etwas Böses ahnende Katze. Streichelt man zu zweit eine Katze, wirkt das irgendwie sexuell, Nora zieht ihre Hand zurück.

Er mag dich, sagt Vera.

Ich hoffe es für ihn, sagt Nora.

Katzen haben ein Gespür für Menschen, sagt Vera.

Die Füchsin sagt: Das glaube ich nicht.

Und die Art, wie sie geheimnisvoll das erste Wort in die Länge zieht, lässt eine Geschichte vermuten.

Bitte erzähl sie nicht, sagt Vera.

Aber es ist eine Geschichte mit Happy End, sagt die Füchsin und legt los: Einmal hat Hannes bei einer Raststätte einen Karton gefunden.

War er im Dienst?, fragt Nora.

Nein, unterwegs zu seinen Eltern, sagt die Füchsin. Im Karton saß eine Katze mit abgeschnittenen Schnurrhaaren.

Wie furchtbar!, ruft Vera.

Katzen orientieren sich mit den Schnurrhaaren, erklärt die Füchsin in Richtung Nora und Larissa, die hätte nie wieder nach Hause zurückgefunden, und das war wohl der Plan.

Wurde sie ausgesetzt?, fragt Larissa.

Die hat sich die Schnurrhaare bestimmt nicht selbst abgeschnitten, sagt die Füchsin.

Und wann kommt das Happy End?, fragt Vera.

Hannes hat die Katze gepackt und seinen Eltern gebracht, dort hatte sie noch ein paar schöne Jahre.

Vielleicht hat Hannes doch einen weichen Kern, sagt Nora.

Sag ich doch, sagt die Füchsin.

Sie ist tot?, fragt Vera, Tränen in den Augen.

Aber sie hatte noch viele schöne Jahre, sagt die Füchsin.

Larissa sagt: Unsere Mutter wurde als Kind mit einer Katze in einem Zimmer eingesperrt, die Katze war hysterisch geworden, weil unsere Mutter gebrüllt hatte wie am Spieß, die Katze war so groß gewesen wie sie. Seitdem will sie von Katzen nichts mehr wissen.

Aber gegen Juri hat sie doch nichts, sagt Nora.

Weil er so blind ist, sagt Vera.

Hast du die Bordkarten?, will Larissa wissen.

Check, sagt Vera, Online ist echt großartig, wisst ihr noch, wie das mit Anstellen war?

Ein Arbeitsplatz mehr oder weniger betrifft euch ja nicht, sagt Nora und die Kaiserin brüllt: Schublade zu!

Im Transporter übt Juri die Geräusche eines anderen Tiers, Nora verliert das Spiel, weil sie nicht errät von welchem.

Ist das die berüchtigte Katzenmusik?, fragt die Füchsin und Vera sagt: Ich werd dich so vermissen, kleiner Mann.

Nora kann die Füchsin in den Lift locken, Transporter, Klo und Futter für zwei Wochen sind genug der Argumente.

Kennst du eigentlich was von Veras Schwester?, fragt Nora und dreht den Schlüssel.

Ich lese ja nur Sachbücher, sagt die Füchsin.

Yoga (in allen Variationen), *Tiger Woman – Starke Frauen in der Partnerschaft* oder *Frau, die im Mondlicht aß,* denkt Nora.

Aber Ruth sagt, Intellektuellenprosa, aber du kennst ja Ruth, sagt die Füchsin, ich weiß nicht, was sie an intellektuell so schlimm findet.

Die Position, sagt Nora, aber hat sie jetzt was mit diesem Schriftsteller oder nicht?

Ruth sagt, sagt die Füchsin, Larissa sei seine Muse.

Woher weiß sie das? Oder rät sie bloß?

Sie weiß es anhand der Indizien, sagt die Füchsin.

Diese Ruth ..., sagt Nora und muss lachen.

Warum weiß sie eigentlich immer alles, fragt die Füchsin, erfindet sie das?

Das mit dir wusste sie nicht, sagt Nora.

Stimmt, sagt die Füchsin.

Und neu auf dem Nachttisch: *Yoga in der Schwangerschaft.* Nora würde wetten.

Aus dem Transporter gekrochen, ist Juri beim Fluchtversuch eine Wand im Weg, dann findet er das Bett, was selbst für einen Blinden keine Leistung ist in Noras Schuhschachtel, und stellt sich darunter tot. Die Füchsin redet Beschwichtigendes auf das Bett ein und das findet Nora mütterlich und schön. Dann nimmt die Füchsin das Treppenhaus, weil der Lift ihr nicht geheuer ist, Nora bleibt mit der verstorbenen Katze zurück. Katzenklo, Wasserschüssel, Napf. Sie nimmt die Lernunterlagen vom Sessel, legt den Plaid darüber, der nach Vera riecht, auf den Plaid legt sie die Spielmaus, sie steckt einen Pheromonstecker in eine Steckdose, alles reichlich lächerlich. Zimmerlicht aus, Nachttischlampe an. Sie legt sich ins Bett und lauscht.

Nichts.

Lauscht. Ob sie die Leichenfäule erkennen wird?

In ihren Halbschlaf hinein tapsen Samtpfoten. Nora lauscht. Was man über Katzen sagt, stimmt. Doch auf dem

Weg zum Klo ist schon wieder was im Weg, ein Krach, in den ein Kopf und eine Tür involviert sind. Sie wird die Katze in der Früh verbinden müssen, aber die gute Nachricht ist, Juri lebt.

Alles iO?
Ob dus glaubst oder nicht, Juri in meinem Schoss!
mein lieber dr. doolittle
Die Textnachrichten der Füchsin sparen Zeichen und Zeit. Den eingehenden Anruf drückt Nora weg, die Nummer kommt ihr bekannt vor.
Danke, ich geb mir Mühe.
Und das stimmt. Sie hatte geschlafen. Sie hatte im Traum etwas fließen gehört, doch sie war bereits wach gewesen. Katzenpisse riecht wie ein Dixiklo und Dixiklos riechen wie der Tod. Sie war zum Waschbecken gestolpert, hatte nach Putzzeug gekramt. Sie hatte einen Schwamm genommen und war unters Bett gekrochen. Juri hatte sich unter den Sessel verzogen, auf dem der Plaid lag und seine Maus. Katzen muss man mit dem Maul in ihre Pisse hineinreiben, das weiß sie von der Mutter, aber vielleicht waren Katzen wie Kinder und sie merkten sich das. Also hatte sie sich Mühe gegeben, sie hatte geputzt und Juri im Badezimmer eingesperrt, bis ihr Ärger verflogen war und sie irgendwo zwischen Rippen und Brustbein noch etwas Geduld gefunden hatte. Nun sitzt sie auf Juris Plaid und streichelt über den festen, weichen Kopf. Hinter dem Ohr ist eine Katze besonders weich.

Er riecht etwas, sagt Sarah Tänzer, bitte entschuldigen Sie, als Noras Füße sich in einen Hund verwickeln, der ihre Tür blockiert.

Er riecht eine Katze, sagt Nora, ich passe auf eine auf.

Sehen Sie, sagt Sarah Tänzer, nickt ihrem Hund zu und fährt den Rollator in den Lift.

Seit dem Rollator ist die Kabine eng, Nora macht sich schmal, Sarah Tänzer ist es bereits. Auf die Griffe der Gehhilfe, befestigt bei den Bremsen, ist ein Gilet mit reflektierenden Streifen gespannt, beim Gehen stößt Sarah Tänzer ihre Knie in den Rücken des Gilets. Moby will in den Korb, Sarah Tänzer hat ein Perückenproblem, Nora verstaut das Paket in der Tasche, nimmt Moby auf den Arm und setzt ihn hinein, er lässt es mit sich geschehen, rollt sich zusammen, macht einen haarigen Schneeball aus sich und lässt seinen Schnauzbart zwischen den Stäben herausstehen.

Na dir geht es gut, sagt Sarah Tänzer und Moby möchte loyalerweise wieder aufstehen.

Bitte bleib sitzen, sagt sie und er tut, was sie sagt.

Bei der Straßenbahnhaltestelle wartet eine Frau die Straßenbahn ab, ohne einzusteigen, sie wartet mit einem Kinderwagen auf eine Niederflurbahn, sie bittet niemanden um Hilfe und niemand fragt, ob er oder sie helfen kann, die Anzeige zeigt eine einstellige Zahl. Sarah Tänzer biegt auf den Grünstreifen ab: Wir sind es dann, sagt sie und

Moby niest.

Gesundheit, wünscht Nora, es gibt einen Punkt in der Beziehung zu einem Tier, wo es unhöflich wäre, nichts zu sagen.

Am Bahnsteig steht eine Frau mit einem Blutschwamm im Gesicht. Sie trägt eine Wollhaube, die den Schwamm etwas verdeckt, es ist zu warm für die Haube. Nora streichelt über die Karte mit dem Pierrot, sie mag seine Schwimmmütze. Auf dem freien U-Bahn-Sitz liegt die Zeitung, sie nimmt sie in die Hand und setzt sich.

Zurückbleiben, Türen schließen!

Und sich geschickt in eine seitliche Drehung hineinwerfend, um durch die sich schließende Tür zu passen, steigt im Flug noch eine Frau zu, die es eilig hat. Der Lautsprecher knistert. Noras Sitznachbarin ruht ihre Taille auf Nora aus, sie schüttelt missbilligend ihr Doppelkinn. Eine Stimme sagt: Dies ist eine Durchsage für die blonde Dame, die uns in letzter Sekunde noch beehrte. Sie können es nicht wissen, aber zurückbleiben bedeutet nicht zusteigen, ich wiederhole: nicht zusteigen. Ergebenst, Ihr Fahrer aus Kabine eins.

Die Fahrgäste tuscheln, Noras Sitznachbarin sagt erfreut: Wo er recht hat, hat er recht. Nora kennt diese Großmäuligkeit, diesen Sinn für Schmäh, es ist nicht die erste U-Bahn-Fahrt mit dem Fahrer, der Durchsagen tätigt. Sie mag es nicht. Andere klatschen. Nora blickt auf die Zeitung in ihrer Hand: *Die Kettensäge, die Eislady, ihr Kind und ihr Liebhaber.* Das Schenkelklopfen in den Zeitungsredaktionen hallt in Noras Ohren, Jobprofil: Humor.

In der Zeitung war vor Monaten zu lesen gewesen, das Großmaul habe einen dunkelhäutigen Fahrgast durch den Lautsprecher als Dealer bezeichnet, es stellte sich jedoch als Hörfehler heraus. Ruth hatte damals trotzdem für mehr HNOs plädiert, nicht öffentlich, auch nicht durch einen Lautsprecher, ausschließlich auf Veras Terrasse, die Fußstapfen der Katze im Schnee, der Rauch der Zigarette nicht vom Atem zu unterscheiden. Ruth hätte die Forderung an offizieller Stelle einbringen sollen. Denn nur Wochen später war ein Politiker in einer Rede auf ein Nekrophilenkonglomerat eingegangen und für ein Negerkonglomerat in die Schlagzeilen gekommen. Nora versteht nicht viel von Politik, aber so ein Jobprofil dürfte ebenfalls mit Humor zu tun haben. Die fremde Taille wird von Nora abgezogen, sie rückt vom Fenster ab, an das sie von der Frau gepresst worden war.

Ein Plakat rollt in den Plakatständer am Bahnsteig. *Baby Doll Lashes,* eine kindliche Frau mit satten Wimpern. Boris' Nichte ist drei Jahre alt. An Kindern vergeht die Zeit am schnellsten. Der Mann, der Nora gegenübersitzt, fährt mit dem Finger in sein Ohr, holt ihn wieder heraus und blickt die Fingerspitze an wie ein Studienobjekt. Die Türen schließen sich mit einem Summen, auf dem Bahnsteig schubsen sich grauhaarige Männer, die es nicht mehr rechtzeitig geschafft haben. Immerhin etwas zum Schmunzeln.

Da ist einer, der Ihnen gibt, was Sie brauchen, und den Sie mögen dafür, hatte die Kaiserin gesagt, nehmen Sie es an.

Aber dann bekommt sie es nicht mehr.

Nora, sagt er, nur Nora, weil das ihr Name ist.

Es ist der Abend vor dem Tag, an dem die Ehefrau eines Schauspielers über seinen Missbrauch an der gemeinsamen Tochter spricht und niemand ihnen glauben will. Aber das wird sie erst am nächsten Morgen aus der Zeitung erfahren.

Auf den Tischen warten Weihnachtssterne auf ihre Saison. Vor Nora steht ein Glas Wein, rot, für die Blutgefäße, Anton trinkt Bier, für den Bauch vielleicht, kurz sitzt ihm Schaum im Bart, der zerplatzt. Mit Bart sieht man ungepflegt aus oder alt, aber Anton kann Bart, Anton kann auch lange Haare und einen Dutt am Hinterkopf.

Ich war ein hübsches Kind, hatte Anton gesagt, in der Pubertät bin ich ein wenig aus der Form gelaufen, zu großer Kopf, unförmig, aber das hat sich wieder eingespielt.

Ich weiß nicht, ob ich ein hübsches Kind war, es gibt keine Fotos.

Keine Kinderfotos?, hatte er gefragt und hinzugefügt: Fotos waren früher auch richtig teuer.

Möglich, hatte Nora gesagt.

Du kannst es mir nicht sagen, oder?

Nora schweigt.

Siehst du, sagt er, du kannst mir nicht einmal jetzt sagen, dass du mich liebst.

Ich hätte gerne jemanden, der an die Liebe glaubt, hatte sie gesagt, damit ich selbst dran glauben kann.

Glaubt er daran?, hatte die Kaiserin gefragt.

Ich denke schon.

Und was ist mit Ihnen?

Nora ist die Liebe peinlich. Das ist so lächerlich, denkt sie, der Hamster ist eingezogen und sie aus. Sie hat keinen Platz in seinem Schrank bekommen, er hat sich einen Entsafter gekauft, sie wird keinen Furchtsaft mehr trinken. Und kein Furchtsaft mehr heißt immerhin keine Furcht. Sie hat immer gewusst, dass er sie verlassen wird.

Liest du mir das vor?, hatte Maresa gesagt.

Das ist ein Werbeprospekt für Finanzanlagen, hatte Nora geantwortet.

Ja.

Weiß Maresa es schon?, fragt Nora.

Ich werde es ihr sagen, sagt Anton.

Darf ich mich von ihr verabschieden?, fragt Nora.

Ein anderes Mal, sagt Anton.

Über dem Finanzprospekt war Maresa eingeschlafen. Und Nora hatte vor dem Einschlafen mit Anton Sex gehabt, damit er sie nicht verlässt. Doch es hatte nicht genützt. Und jetzt fühlt es sich an wie barfuß über spitze Steine.

Vielleicht wollen Sie bloß die spitzen spüren, versuchen Sie mal auf einem flachen stehenzubleiben.

Doch einen flachen Stein sieht Nora nicht. Sie drückt ihren Schuh fester auf den spitzen. Sie könnte ihm das Glas um die Ohren werfen. Sie könnte die Gabel in seine Hand stoßen.

Hier, sagt sie aber nur, kramt in der Tasche und nimmt das Paket heraus.

Was ist das?

Für Maresa.

Sie hat doch gar nicht Geburtstag, sagt er.

Ich wollte ein Jo-Jo, aber dann habe ich das gesehen, sagt sie.

Ritter und Bär braten ein Hähnchen?, fragt er, er lächelt.

Ich hätte es noch einpacken sollen, sagt sie.

Sie wird sich freuen, sagt er, du weißt ja, dass sie Playmobil mag.

Es ist vielleicht unüblich, sagt sie, die das nicht wusste.

Maresa mag Bären, sagt er, und den einäugigen Ritter mag sie bestimmt auch.

Sie dachte, sie würden essen gehen, nun sind Ritter und Bär die Einzigen an diesem Tisch, die hungrig sind.

Wer ist bei Maresa, wenn du hier bist?, fragt sie.

Der Sohn von direkt unter uns, du hast ihn ein paar Mal gesehen.

Sie könnte die Gabel in seine Hand stoßen, sie ihm an den Tisch nageln, neben die Seidenblume, und gehen.

Ich erinnere mich, sagt sie aber nur.

Wie ich schon sagte, sagt er, ich hatte so oft das Gefühl, wir führen keine Beziehung, wir haben nur Sex.

Aber das hat er nie gesagt.

Und das lag nicht an mir, fügt er hinzu.

Ich hatte vergessen, dass ich verletzlich bin, denkt sie.

Es tut mir leid, sagt er.

Einen Tintentod. Radiergummi. Rewind. Strg+Z.

Ich hätte mir gewünscht, dass es mit uns klappt, sagt er.

Wenn dir deine Mutter unterstellt, dass du auf den Strich gehst, hatte sie gesagt, kannst du keine normale sexuelle Entwicklung haben, du versuchst so lange wie möglich keinen Sex zu haben, um zu beweisen, dass das nicht stimmt.

Und dann?

Und dann hatte ich Sex, hatte sie gesagt, und es war nie einfach nur Sex, immer sollte er auch etwas bewerkstelligen.

Es gibt viele Arten der Manipulation, hatte die Kaiserin gesagt, Sie manipulieren mit Nähe und Distanz.

Nähe, hatte Nora wiederholt, und Distanz.

Die Intimbeziehung zu den Eltern nehmen Kinder in spätere Beziehungen mit, und Ihre Familie war kein geschützter Ort für ein Kind.

Wir waren keine Familie, hatte Nora korrigiert, meine Mutter hatte keine Begabung für Familie.

Ich weiß, hatte die Kaiserin gesagt, und es scheint in Ihrer Familie nie ausgereicht zu haben, einfach sich selbst einzubringen, vielleicht bringen Sie deshalb etwas in Ihre Intimbeziehungen mit, das über Sie selbst hinausgeht, Sie liefern, wie bei einem Geschäft.

Ein paar wenige leuchtende Tage, denkt Nora, dann begann bereits die Farbe auszubleichen, und nun saßen sie hier, der rote Weihnachtsstern ist bereits grau und das Geschäft wird vorzeitig aufgelöst.

Ich habe mir Mühe gegeben, sagt sie.

Ja, sagt er, soll ich dich zu jemandem fahren, damit du jetzt nicht alleine bist?

Sie fragt: Zu mir oder zu dir?

Wie meinen?

Aber er tut ihr nicht den Gefallen, es witzig zu finden oder einzusteigen darauf.

Brustschmerz. Atemnot. Liebeskummer hat die Symptome von Herzinfarkt. Aber sie spricht nicht darüber, sie hält es aus. Er merkt es auch nicht, er glotzt auf das Armaturenbrett, der Schaltknüppel sieht aus wie ein Hodensack ohne Haare.

Er bleibt in zweiter Spur stehen.

Sie umarmt ihn, nestelt hektisch an seinem Hemd.

Verstehst du nicht?, wird er laut, sie versteht es einfach nicht!

Seine Augen auf ihrem Hals. Sie zieht den Schal enger um die gerötete Haut. Sein Finger zeigt zur Tür. Um sie morgen wieder anzurufen, denkt sie.

Es tut mir leid, sagt er.

Sie beginnt zu manipulieren.

Hör auf, sagt er, es ist aus, doch in seiner Hose wird es hart.

Aber du magst mich doch noch, sagt sie, weil ihr die Liebe peinlich ist.

Natürlich finde ich dich attraktiv, sagt er, aber es funktioniert nicht mit uns.

Sie öffnet die Autotür. Sie tritt hinaus. Der Straßendienst hat spitze Steine ausgelegt wie Streu im Winter.

Ich hatte Maresa sehr gern, sagt sie.

Ich sage es ihr.

Es gibt nicht viele Momente, wo man das Herz spürt, meist ist es einfach nur da. Der Lift braucht Jahre. Der Schlüssel klingelt auf dem Boden. Eine kraftlose Hand nimmt ihn hoch. Juri hüpft über das Bett ihr entgegen zur Tür. Ihr Schuh tritt hin. Er fällt. Er schaut sie mit aufgerissenen Augen an. Er kriecht unters Bett. Sie legt sich hinein. Sie ist kurz vor Herzinfarkt.

Ich möchte irr werden.

Irr?

Ja, sofort.

Wünschen Sie sich lieber etwas, mit dem Sie sich was Gutes tun.

DIE GABEL IST WEISS mit rosa Marzipan, und vier Finger, wie Vera, mit versteckten Krallen, Juri ist das Kind seiner Mutter, der Apfel fällt nicht weit vom Stamm. Das Licht ist noch an, vor dem Fenster eine Ahnung von Morgen, sie löst sich aus dem Griff der schlafenden Katze, die Katze schläft weiter, sie pfeift im Schlaf, sein Mund steht offen. Sie braucht ihn nicht. Und sie wird nicht die Fehler der Mutter machen. Der Apfel ist froh, weit weg vom Stamm gefallen zu sein. Sie kann ohne ihn. Sie spült ihren Mund mit Wasser, das Wasser rinnt in den Abfluss. Und irgendwann wird es Morgen. Der Morgen ist ein paar Minuten lang rot. Und irgendwann weint ein Kind im Treppenhaus. Wenn ein Kind weint, hat es recht.

NEUN, DIE FÜCHSIN. Nora zieht die Decke über den Kopf und stellt sich schlafend, oder krank, kurz vor Angina, oder wie die Füchsin sagt: Ich bin kurz vor Bronchitis, kurz vor Durchfall, und Nora will schreien: Es gibt kein kurz vor, entweder du hast Durchfall oder nicht! Doch Nora hat keinen und Angina hat sie auch nicht, sie trifft sich mit der Füchsin am Kanal.

Zwischen den Stühlen Tauben, die vor dem Kellner flüchten, der nicht weiß, dass diese Vögel einst am Königshof gelebt hatten und bestaunt worden waren für ihr Gefieder. Nun werden sie von den Beinen des Kellners verjagt, da sie fürs Zertreten zu flink sind, doch sobald er mit wehender weißer Schürze die Terrasse verlässt, fliegen sie erneut heran und picken nach den Krümeln, die von den Tischen fallen. Die Füchsin bewegt die Lippen, Nora schweigt ins Mineralwasser. Der Kellner tritt nach einer verkrüppelten Taube. Die Schürze des Kellners ist keine Friedensfahne.

Ist dir auch nach Kuchen?, fragt Nora, die Füchsin nickt und steht bereits vor der Kuchentheke.

Nuss, hatte Anton gesagt und auf seine Stirn geklopft, bevor sie tanzen gegangen waren. Nora hatte gelacht und den Rum gespürt, Nora verträgt nicht viel.

Früher hätte ich gesagt, ich nehme auch einen Müllmann, die Füchsin sticht in ihre Cremeschnitte, heute weiß ich, dass das nicht stimmt, Nora ins Tiramisu, ist das schlimm?

Der Himmel verändert die Farbe, damit er besser zur Füchsin passt.

Hannes ist kein Müllmann, sagt Nora, und du hast doch bisher gemocht, dass er Polizist ist.

Hannes ist kein Polizist, er ist bei der Sondereinheit, sagt die Füchsin, aber wie auch immer, unterschiedlich sind wir schon.

Und wir zwei, bei uns funktioniert es doch auch?

Das ist was anderes, mit dir will ich keine Kinder.

Als Kind hatte Nora der Mutter Zigaretten geholt. Der Trafikant hatte bloß ein Auge im Gesicht stehen, doch mit dem hatte er alles gesehen, was er sehen wollte. Die Mutter hatte HB geraucht.

Und was heißt das umgekehrt?, hatte der Einäugige gefragt, Nora hatte bereits buchstabieren können.

Aber die Mutter hatte gelacht, als sie ihr die Zigaretten neben die Couch legte, und Nora also falsch verstanden. In der Zeitung war gestanden, dass die Ehefrau eines Schauspielers den Missbrauch an der gemeinsamen Tochter angezeigt hatte, doch der Schauspieler sagt, die Tochter hat da was missverstanden. Irgendwer, denkt Nora, will immer von irgendjemandem, dass bloß etwas falsch verstanden worden ist.

Was soll's, sagt die Füchsin, jetzt ist es sowieso zu spät, sie schiebt den Kuchenteller zur Seite, die Tauben trauen sich noch nicht heran, und mein Vater mag ihn, auch wenn er lieber einen Arzt für mich gehabt hätte oder einen Rechtsanwalt.

Du bist doch auch bloß Yoga-Lehrerin, sagt Nora und lässt ihr Medizinstudium unter den Tisch fallen.

Die Füchsin kommt aus gutem Haus. Manchmal vergisst sie, dass sie aber eigentlich ganz nett ist, dann sagt sie Sachen, die sie nicht so meint. Nora verabschiedet sich, bis die Füchsin wieder weiß, was sie sagt. Sie blickt aufs Tischtuch, es ist strahlend weiß, meidet die Augen ihrer Freundin. Die Füchsin hat schöne Augen, aber nur, wenn Nora sie mag. Die Füchsin verschwindet in ihren Bau, Füchsin ab.

Nora zieht ihr Telefon aus der Tasche. Kein Anruf, Nachricht auch keine. Sie wird sich nicht melden, sagt sie sich, sie darf nicht, sie hat es versprochen, dass sie ruhig bleiben wird beim nächsten Mal. Sie ist erwachsen und kann sich um sich selbst kümmern.

Ruth hatte gesagt: Mach viele Fehler, damit du viel daraus lernst, aber versuch keinen zweimal zu machen, denn den kennst du ja bereits.

Aber Nora schlägt einen Weg ein, der nicht zu ihrer Wohnung führt. Dort steht sie und sieht das offene Küchenfenster. Ihr Brustkorb weitet sich, atmet auf. Sie will zur Sprechanlage. Doch dann nimmt sie ihre Beine in die Hände und rennt.

Sehen Sie sich seinen Bart an.

Nora sieht sich seinen Bart an. Schnauzbart. Ein wenig ernst sieht er aus damit, aber sonst?

Ich weiß es nicht, sagt sie, ich weiß es wirklich nicht.

Plus er ist klein, gibt Sarah Tänzer einen weiteren Hinweis, sozusagen ein Zwerg.

Nora fixiert Mobys Schnauze, im Grunde trägt er Vollbart, er sieht ernst aus damit, und klein ist er.

Ich weiß es wirklich nicht, sagt sie, verraten Sie es mir.

Ein Zwergschnauzer, sagt Sarah Tänzer und rubbelt seinen Kopf.

Der Hund der Mutter war also ein Cockerspaniel, denkt Nora, ein Schnauzer mit Zwerg also, sagt sie, Sarah Tänzer lacht.

Nora schüttelt den Satz in die richtige Richtung: Ein Zwerg mit Schnauzer also, der Größte ist er ja wirklich nicht, er passt immerhin in den Korb Ihres Rolls-Royce.

Wie Band mit E, R und Stuhl, der Mann neben ihnen ruft, seine Hand am Ohr, seinen Namen in die Luft, Band –, ich buchstabiere, Berta Anton Nordpol Dora Emil Richard Siegfried Theodor, sein Cockerspaniel liegt mit dem Kopf auf den Pfoten neben ihm am Boden, er ist schwarz wie der Hund aus der Mutterwohnung, mit brauner Zeichnung im Gesicht.

Er hat Anton gesagt, denkt Nora und Sarah Tänzer fragt: Ist Ihnen die Buchstabiertabelle ein Begriff?

Nach jahrelangem Telefondienst kennt sie selbstverständlich die Buchstabiertabelle und stolz sagt Nora: Aber natürlich kenne ich die Buchstabiertabelle.

Dora war mein erster Mann, sagt Sarah Tänzer, Siegfried war Samuel und Nordpol Nathan, aber außer den von Lessing habe ich nie einen Nathan gekannt, war vielleicht damals schon nicht mehr in Mode.

Aber nein, Nathan muss natürlich Nora heißen, verkündet Nora geheimnisvoll.

Ich meine, sagt Sarah Tänzer, die haben die jüdischen Namen aus der Buchstabiertabelle entfernt.

Nora stockt. Bitte entschuldigen Sie, das war –, Sarah Tänzer grinst: Sie können das nicht wissen, Sie sind ja nicht dreihundert Jahre alt, so wie ich.

Nora versucht ein Lächeln, doch sie steckt es sofort zurück in den Mund. Der Mann auf der benachbarten Parkbank ist vierzig, fünfundvierzig höchstens, und auch er hat keine Ahnung, ja, ich danke Ihnen, sagt er, nimmt seine Hand vom Ohr, lässt das Mobiltelefon in die Jacketttasche gleiten, zündet sich eine an. Nora hätte jetzt auch gern eine.

Drehen Sie mal Ihren Namen um, sagt Sarah Tänzer mit ihren geschlossenen Augen. Sie sonnt sich im Frühling und grübelt in ihr langes, faltiges Gesicht hinein. Noras Finger würden in die Furchen passen. Nora dreht ihren Namen um und fragt: Wie hieß Ihr Kind?

Greta.

Moby blickt einäugig aus seinem Schlaf heraus, als rechnete er damit, dass Greta sogleich um die Ecke käme. Mit siebenundsiebzig ginge es sich aus, dass er sie gekannt hatte.

Wie Garbo?, fragt Nora.

Wie Davids Großmutter, sagt Sarah Tänzer, und ihr zweiter Name war jener von meiner, Greta Aemilia Tänzer. Greta, wiederholt sie, leise.

Das ist ein schöner Name, sagt Nora. Sie holt ihr Telefon aus der Tasche, der Pierrot möchte mit, sie schiebt ihn zurück, das Telefon meldet keinen Anruf, Nachricht auch keine. Ich träume davon, sagt Sarah Tänzer, seit Wochen wieder und wieder denselben Traum. Greta fragt mich, warum ich ihre

Hand losgelassen habe, und ich bringe nichts heraus. Als hätte ich meine Zunge verschluckt. Und dann wache ich auf.

Sie werden nicht sterben, sagt Nora.

Das verlange ich ja gar nicht, sagt Sarah Tänzer, aber ich kann erst sterben, wenn ich weiß, was ich sagen soll zu ihr.

Herr Banderst, der zurückgerufen werden möchte, erhebt sich von seinem Platz. Sein Hund beschließt hierzubleiben. Er tippt ihn mit der ledernen Schuhspitze an, der Hund muss mit. Der Cockerspaniel erhebt sich wie ein gebrechlicher Mann, vielleicht ist auch er schon weit über siebzig. Er trappt neben seinem Herrchen her. Die schlappen Ohren ziehen ihn zu Boden. Der eine genervt, der andere verwirrt vom Schlaf, kommen sie an Nora und Sarah Tänzer vorbei. Der schläfrige Hund wittert etwas und schnuppert sich zum Rollator vor. Gebell wie Gewehrschüsse, Nora hält sich die Hände auf die Ohren.

Böser Hund, sagt Herr Banderst zum traurigen Cockerspaniel, zu Sarah Tänzer sagt er: Alles in Ordnung, der tut nichts.

Sie zieht Moby an der Leine zurück. Von einer Sekunde auf die andere war der Zwergschnauzergreis zum jungen Hund geworden.

Ruhig, Moby, ganz ruhig, sagt Sarah Tänzer.

Böser Hund, bekommt der Cockerspaniel zu hören, böser, böser Hund.

Moby blickt ihnen, aufrecht im Korb sitzend, lange nach. Als er davon überzeugt scheint, dass die Gefahr vorüber ist, rollt er sich wieder zusammen und steckt seinen Schnauzbart durch die Stäbe. Sarah Tänzer wischt sich in gespielter Dramatik über die Stirn. Ihre Hand ist alt und schmal und pergamenten wie die Haut der Mutter. Die frei gewordene Bank wird von einem Mann mit schlohweißem Haar eingenommen, seinen Stock vor sich, seine Hände ausgestreckt auf dem Knauf. Die Parkbänke sind beliebt bei Sonne. Die Hosenbeine reichen dem Mann im Sitzen bis in die Beinmitte, die Wade hat dieselbe Haarfarbe wie der Kopf. Er grinst. Immer was los, nicht wahr?

Ja, sagt Sarah Tänzer, eine Aufregung jagt die nächste.

Aber Haustiere sind gut gegen einsam, sagt er und Sarah Tänzer lächelt breit.

Vielleicht hätte ich lieber einen Hund nehmen sollen statt einer Frau, sagt er, Sarah Tänzers Lachen faltet sich zusammen.

Meine Frau ist im Altersheim, sagt er, sie dachte, ich bin der Hauselektriker, weil ich eine Lampe von A nach B getragen habe. Und letzte Woche dachte sie, ich wäre unser Enkel. Sehe ich so jung aus, frage ich Sie, fragt er, wirklich so jung?

Nora sucht nach einer höflichen, aber entschiedenen Antwort und Sarah Tänzer sagt: Das tut mir sehr leid für Ihre Frau.

Danke, sagt er, wissen Sie, wir haben auch keinen Sex mehr, dabei hat der Sex immer gut funktioniert bei uns. Aber wenn ich der Hauselektriker bin, kann ich sie ja nicht einfach –, er bricht ab. Sein Stock springt einmal auf dem Boden auf. Ich bin einsam, sagt er.

Sarah Tänzer erhebt sich und sagt: Das tut mir leid für Sie, aber wir haben leider schon etwas vor.

Sie wickelt ihre Tasche über eine Rollatorbremse, nickt dem Mann zu, Nora tut es ihr gleich, sie fahren.

Früher hätte ich mich mit ihm unterhalten, das mache ich nicht mehr. Jetzt suche ich die Tür, wenn ich nicht mehr will.

Ihre Tasche baumelt hinter der leuchtenden Weste in der Luft. Sarah Tänzer stößt ihr in Zeitlupe in den Rücken mit spitzen Knien.

Wissen Sie, Nora, sagt sie, die Männer in meinem Leben waren alle grandios, aber jetzt habe ich nur noch ihn.

Moby, geschlaucht von seinem Alter, schläft wieder.

Da hat der Herr recht, sagt sie, wer sonst niemanden hat, holt sich ein Tier ins Haus.

Vera, denkt Nora. Und erst dann denkt sie: Die Mutter auch.

KEIN ANRUF, Nachricht auch keine. Veras Katze sitzt in Noras Schoß und macht die Wärmflasche. Vor dem Fenster ist es kalt, in regelmäßigen Abständen beginnt es zu regnen. Nora stellt das Mobiltelefon lauter, um es beim Prasseln des Regens nicht zu überhören. Die Katze macht ihren Job als Wärmflasche so gut, dass Nora sofort friert, als sie von ihrem Schoß springt, sich langstreckt und ins Badezimmer geht, um ein Häufchen loszuwerden. Nora riecht es bis zum Bett, die Katze hat eine Verdauung, wie sie zu wünschen ist. Kurzes Kratzen an der Rückseite der Badezimmertür, dann kommt Juri wieder um die Ecke, schlängelt sich um den Nachttisch und gräbt sich zurück in Noras Schoß, als hätte sie diese Katze soeben geboren. Die Haarfarbe würde stimmen, weiße Stellen in braunem Haar.

Ruth hatte erzählt, ihre Schüler hatten gedacht, dass Frauen keine Haare hätten da unten.

Ein Mädchen hat entrüstet gesagt, bin ich ein Porno oder was?, hatte Ruth gelacht.

So etwas besprecht ihr in Religion?, hatte Nora gefragt.

Und als wäre das logischer, hatte Ruth geantwortet: Das war in Geografie.

Janus hatte seinen Mund gar nicht da unten haben wollen, erinnert sich Nora, da es ihn grauste. Boris, selbst unrasiert, hatte sie ausschließlich voll rasiert haben wollen, heute wusste sie weshalb. Für Micha war ein Streifen okay gegangen und Paulus hatte einen Streifen am schönsten gefunden. Und Anton – Nachricht? Display. Keine. Sie wirft das Telefon über das Bett, es landet hart auf dem Boden, gefolgt von Juri, der es beschnuppert und schließlich für uninteressant erklärt. Stattdessen stellt er sich auf das Fensterbrett und scannt mit dem ihm verbliebenen Augenlicht die Umgebung ab. Sein Kopf scannt langsam hinunter und scannt hinauf und wieder hinunter und hinauf. Gegenüber sitzen vier von sechs Selbstversorgerinnen und interessieren sich nicht für die Einzelkatze auf dieser Seite der Straße. Die Vögel, die am Fensterbrett landen und über das Metall trappen, scheinen auch Juri mehr zu interessieren. Er schnattert ihnen Codewörter zu. Sein Mund klappert an die Scheibe, aber der Vogel versteht ihn nicht und fliegt entnervt davon. Auch Nora versteht kein Wort, doch er sieht lustig aus dabei. Dann beginnt er wieder zu scannen. Hätte sie einen Drucker, sie könnte ihn anschließen und sehen, was er sieht. Das Display ihres Telefons hat einen Sprung.

Nachdenken ja, grübeln nein, und versuchen Sie, sich selbst zu beruhigen, wenn Sie in eine Situation geraten.

Ist das hier eine Situation?

Nora tippt ins Telefon. Und wartet auf eine Antwort.

Sie tippt.

Wartet.

Nichts. Nur ein Kind, das im Stiegenhaus brüllt. Schimpfen. Kurze Stille. Dann beginnt das Brüllen erneut.

Sie tippt.

Wartet.

Juri beißt der Maus in den Kopf. Die Maus wehrt sich nicht. Doch Juri hat schon gefressen, der erlösende Nackenbiss interessiert ihn nicht, er will spielen. Die Spielmaus wartet, unter die Heizung geworfen, auf die Erlösung.

Nichts. Ausschalten. Telefon wird heruntergefahren. OK. Einschalten. Begrüßungsmelodie. 4785. Suchmaschine. Anton Mannsdorfer. Mannsdorfer Architektur Design. Charlotte Mannsdorfer. Anton Mannsdorfer. Maresa Mannsdorfer. Nora probiert alles durch. Lernen vielleicht. Sie blickt in ihre Prüfungsunterlagen, doch es will nichts hängenbleiben. Etwas lesen vielleicht. Doch es reicht kaum für Bildunterschriften. Sie steht an der Spüle. Nicht grübeln, und versuchen Sie, sich selbst zu beruhigen. Das Wasser ist warm. Die Krusten von den Tellern schrubben. Das Geschirr der vergangenen Tage waschen. Die Fingergelenke knacken. Aber Anton meldet sich nicht. Sie versucht es mit einer weiteren Textnachricht. Mit noch mehr. Aber Anton meldet sich nicht. Die Katze krallt sich die Spielmaus. Sie wirbelt durch die Luft und bricht sich endlich das Genick beim Aufprall. Eine Blutlache nähen, aus rotem Stoff, sie auf die Straße legen. Die versendeten Nachrichten lesen. Ihr Mobiltelefon prallt an der Wand ab und bleibt in seinen Einzelteilen liegen. Sie sammelt das Telefon vom Boden auf, steckt die Teile ineinander, ein neuer Sprung. Das Startbild erscheint, farbige Balken hüpfen über die Sprünge im Display hinweg. Kinderlachen im Treppenhaus schluckt die Begrüßungsmelodie. Ein Kind! Nora läuft zum Schrank, doch der ist leer. Auf einem Kleid in einem Schaufenster steht ihr Name, es ist zu teuer, sie darf es sich nicht leisten.

Wie lange drüber?, fragt Anton aber nur.

Vierzehn Tage, antwortet Nora ohne nachzurechnen.

Scheiße, sagt er, ich wollte nie ein Vater sein, der nur zahlt. Dann zahl nicht, bleib!

Nora.

Nora was?

Seine Augen auf ihrer dünnen Haut. Sie zieht den Schal um die Schultern. Der Schal passt nicht zur Farbe des Kleids. Er schüttelt den Kopf. Sie möchte seine Hand fassen.

Soll ich mit dir einen Test kaufen gehen?

Nein, ich mach das schon.

Meldest du dich dann bei mir?

Sie im Lift, er im Türrahmen. Kleidung wird überbewertet. Der Lift setzt sich in Bewegung. *In Notfällen Alarmknopf betätigen! Es wird eine Sprechverbindung zur Einsatzzentrale aufgebaut!* In schwarzer Schrift darunter: *Ruf an wenn ficken willst!* Diese Information ist neu.

Zur U-Bahn. Zu Fuß. Im Wartehaus der Straßenbahnhaltestelle. Sitzen. Nur kurz. Warten. Ein Mann schiebt auf der Straße einen Kinderwagen. Er schiebt ihn den Autos entgegen. Die Autos stehen an der Ampel. Er beginnt zu laufen, der Einbahn entgegen, an einem Baugerüst, das den halben Gehsteig blockiert, vorbei. Die Ampel springt um, die Autos setzen sich in Bewegung, der Mann läuft schneller. Ein Auto hupt. Sollte er es nicht rechtzeitig auf den Gehsteig zurück schaffen, Hupen, Hupen, bleibt immer noch der Kinderwagen als Puffer zwischen den Autos und ihm, Hupen, er schafft es.

Was war das?, fragt die eine Frau, die der anderen in einen Pelzmantel hilft, weil ihre Straßenbahn kommt. Nora hat keine Ahnung, was das war, aber wäre der Pelz noch am Leben, könnte er sich freiwillig um die Schultern der Frau legen. Nora steht auf, wartet die Autos ab und geht über die Straße. Mai ist kein Monat für Pelz. Mai ist der Monat für die Barfuß-Regel. Eine Regel für Pelzmäntel sollte es geben. Nora bleibt vor einem Baugerüst am Gehsteig stehen und blickt in ein gigantisches Loch hinein, bis zum Mittelpunkt der Erde. Dort liegt der Mann, der aus Florida hineingefallen war. Die Zeitung hatte berichtet: *Plötzlich gab es einen Knall, so als ob ein Auto in das Haus gerast wäre, ich hörte meinen Mann schreien, ich rannte zu unserem Schlafzimmer, wo mein Mann schlief, weil er Nachtschicht gehabt hatte,* sagte Linda, *ich sah ein Loch im Boden, ein gigantisches Loch, mein Mann war weg, nur ein Stück von unserem Bett ragte aus der Erde, ich habe ihn, glaube ich, noch ein- oder zweimal rufen gehört, ich wollte ihn retten,* so Linda, *als die Polizisten am Unglücks-ort eintrafen, evakuierten sie das Haus, der Boden bewegte sich noch immer, sie haben mir wahrscheinlich das Leben gerettet,* sagte Linda, ihr Mann gilt als vermisst, seit 1954 gab es 500 Erdfälle. Nicht wie, sondern wirklich vom Erdboden ver-schluckt. Sollte sie einer Zeitungsredaktion auch vom Ende ihrer Romanza erzählen? Von außen sah man dem Haus nichts an. Ein schlichtes, eingeschossiges Haus war auf dem Foto zu sehen, US-Flagge am Giebel, die graublau gestriche-nen Außenwände vollkommen intakt. Es gibt spektakulärere Trennungen, für die ihre würde sich niemand interessieren.

Wer etwas auf sich hält, sagt Au revoir. Au revoir, Simone, sagt die Frau in Mokassins, 300 Euro von Bally, zu einem Mädchen mit Zahnspange, 2500 Euro bei Festanbringung. Nora möchte allen das Geld aus der Tasche ziehen und es vor ihren Augen verbrennen. Simone winkt der Tochter der Frau zu. Auf Wiedersehen, Simone. Das schafft Nora auch noch. Und hätte sie ein Lycée hinter sich, 6010 Euro pro Schuljahr, wie ihre Freundinnen, könnte sie noch weitaus mehr als bloß Au revoir oder Je t'aime *heißt ich liebe dich,*
Diese Worte vergisst man nicht
So viel Zärtlichkeit
Schenk ich dir allein

Je t'aime, ich bleib dir treu
Jeder Sommer geht vorbei
Ohne dich
Fühl ich mich
So allein allein –
Nora!

Nora blickt von Simone auf, die ihre Schultasche auf dem Boden abstellt, um ihre Mutter nach etwas darin kramen zu lassen, und hinein in ein Porzellangesicht

und auf Charlottes kirschroten Mund.

In winzigen, eiligen Schritten kommt sie zwischen den Kindern und Eltern oder Kindermädchen auf Nora zu. Sie ist so schmal, dass Nora nicht weiß, wie Maresa aus ihr herausgekommen sein konnte.

Maresa versteckt ihr Lächeln in Charlottes Hand und schmiegt sich an ihr Kostüm. Es sieht so angenehm aus, dass Nora gerne tauschen würde.

Wie ist deine neue Lehrerin?, fragt Nora.

Maresa flüstert, als stünde sie hinter ihnen: Ich hab sie noch nicht richtig ausprobiert.

Bonjour, Yves, sagt Charlotte zu einem Jungen, dem die Augen wie Sterne im Gesicht stehen, und Maresa stellt sich zu ihrem schüchternen Freund.

Dafür reicht mein Französisch gerade, sagt Charlotte und zwinkert Nora zu, ihr Gesicht ist ein freundliches Gesicht: Ich habe es gehört, sagt sie, es tut mir sehr leid.

Wirklich?, fragt Nora.

Warum nicht?, sagt Charlotte, ihr wart ein schönes Paar.

Nora möchte etwas sagen, doch ihre Stimme lässt sie im Stich.

Und Maresa ist sehr traurig darüber, du weißt ja, wie Maresa ist, sie nimmt sich alles zu Herzen, sagt Charlotte und Nora weiß es nicht, na dann, alles Gute, sagt sie und hält Nora ihre zarte Hand hin, Nora nimmt sie und schüttelt sie, sanft, damit sie sie nicht zerbricht: Danke, bringt sie doch noch heraus, dir auch.

Yves springt weg, als könne er fliegen, los, Kinder können fliegen, und Maresa lehnt sich an ihre Mutter: Danke für den Bär, Nora.

Du Hurensohn, brüllt einer den Schulbus an. Er trägt Pullunder und Lederschuhe und sieht auch sonst zu ordentlich aus für ein Schimpfwort dieser Größenordnung. Sieh an, denkt Nora, sogenannte gute Familien unterscheiden sich gar nicht so sehr von – schlechten. Sie hört die Kaiserin etwas sagen, doch sie versteht kein Wort, der Bus fährt los und der Pullunder hämmert an die sich entfernende Fensterscheibe.

Ich freue mich, dass er dir gefällt, sagt Nora noch zu Maresa, dann drehen sie sich um und gehen zu Charlottes Cabrio.

Nora hat es nicht an der Straße stehen sehen, es ist rot wie Charlottes Lippen, aber Nora blind wie Juri. Charlotte küsst Maresa fröhlich auf die Stirn, bevor sie sie einsteigen lässt, die Autotür auf ihrer Seite zuwirft, um die Motorhaube herumgeht und sich hinter das Lenkrad setzt. Als sie fahren, winkt Maresa Nora schüchtern zu. Langsam hebt Nora die Hand und winkt zurück.

Tausendjährige Eier, Nora bleibt vor einem Delikatessenladen stehen. Mit Anton war es kein Jahr.

Das war keine Beziehung, das war Sex. *Tausendjährige Eier, auch bekannt als hundertjährige Eier oder chinesische Eier, ungekühlt haltbar bis zu drei Jahren.* Mit Boris hatte sie gerne Zwiebelsuppe gegessen, sie hatten danach das Fenster öffnen müssen, damit sie nicht starben, mit Anton hat sie es nicht bis zur Zwiebelsuppe geschafft.

Erinnern ist Lügen mit gutem Gewissen, hatte die Kaiserin gesagt, sie erinnert sich genau, Erinnerung ist ein Raum, in dem alles an einen Platz verlegt ist, an dem man es nicht oder überraschend wiederfindet.

Es handelt sich um durch Fermentation konservierte Enten- oder Hühnereier, die für drei Monate in einer Mischung aus Anis, Sichuanpfeffer, Teeblättern, Piniennadeln, Fenchelkörnern, Salz, warmem Wasser, gebranntem Kalk, Holzasche und Sägespänen eingelegt werden. Das Eiklar verwandelt sich in dieser Zeit in eine gelatinöse, bernsteinfarbene Masse und das Dotter verfärbt sich cremig grün.

Wer Gelatine sagt, muss auch Gel sagen, hatte Ruth einmal gesagt, und wer Gel sagt, muss auch Mel Gibson sagen, Nora erinnert sich genau.

Die braunen Schalen sehen aus wie frisch, nur die Fotografie des halbierten Eis, die neben den polierten Eiern im Schaufenster liegt, lässt ihr eigentümliches Inneres erahnen.

Nora hält sich die Hand an den Mund. Sie läuft am Delikatessenladen vorbei hinter das Haus, Erbrochenes explodiert in ihrem Mund und spritzt zwischen ihren Fingern hervor auf die Häuserwand und den Pflasterstein in einer kleinen Gasse. Die Häuserwand wird vom Fenster eines Kaffeehauses durchbrochen, am Fenster des Kaffeehauses sitzt der Rücken einer Frau, ihr Gesicht wird eingefangen vom Spiegel über dem leeren Platz gegenüber. Nora blickt in den Spiegel und der entrüsteten Frau in die Augen. Mit der sauberen Hand greift sie nach einem Taschentuch in ihrer Jackentasche und hält es sich vor den nassen Mund. Sie nickt entschuldigend und rennt.

Bis sie zu Hause ist, ihren Mund ausspülen kann, ihren Kopf auf einen Polster legt, der Polster eine Katze ist, die

Katze unter ihrem Kopf schnurrt, das Geräusch sie beruhigt, sie über dem Schnurren einschläft.

DAS GEHEIMNIS BEIM VERMISSEN IST, nicht an das Vermisste zu denken. Aber sie beherrscht es bloß eine Stunde, das ist die schlechte Nachricht. Die gute ist: Sie hat keine neue Textnachricht geschrieben. Sie muss ihn gehen lassen, weil er gehen will.

Dafür weicht ihr Juri nicht mehr von der Seite. Die Katze ist ein treues Tier.

SCHWANGERSCHAFTSTEST *gemacht?*
Anton.

SIE SOLLTEN ALS KIND eine Prinzessin sein dürfen, wenn Sie eine Prinzessin sein wollen, Sie sollten als Kind das Recht haben, alles sein zu dürfen.

Nora nickt ein Jawohl.

Ihre Freundinnen hatten vielleicht mehr Glück als Sie. Jawohl!

Aber dann fällt ihr Vera ein, und Ruth, und die Füchsin eigentlich auch, aber sie sagt nichts, jawohl!

Und Sie machen jetzt dasselbe mit Ihren Freundinnen, sagt die Kaiserin, und auch mit Maresa, der Sie den Vater nicht gönnen, den Sie nie hatten.

Jawo –, Nora stutzt. Wie meinen Sie das?

Was Sie gelernt haben, ist, gerichtet zu werden, Sie hatten keine Fürsprecherin, jemand, die sich hinstellt und sagt, das ist meine Tochter, sie tut sich derzeit vielleicht schwer, aber die schlechte Note in Mathe wird sie auch noch ausbügeln.

Ich war in Mathe immer gut.

Aber was Sie jetzt machen, ist, dass Sie das, was Sie über das Richten wissen, selbst anwenden.

Aber es stimmt!

Es mag schon stimmen, dass Ihre Freundinnen und Maresa mehr haben von dem, was Sie auch gerne gehabt hätten, aber was Sie jetzt machen, ist, dass Sie denen, die das haben, absprechen, es haben zu dürfen.

Nora schweigt. Sie will das nicht hören.

Aber ich würde mich nie so wichtig nehmen, sagt sie schließlich.

Hören Sie, was Sie da sagen?

Aber sie nehmen sich immer zu wichtig, alle, es scheint ihnen ganz selbstver –

Stopp, sagt die Kaiserin, hören Sie, was Sie damit sagen über sich?

Was?, fragt Nora ungeduldig und wünschte, sie könnte den Unmut in ihrer Stimme besser verbergen.

Sie kennen das nicht, sagt die Kaiserin, dass jemand Sie wichtig nimmt, deshalb nehmen Sie sich selbst nicht wichtig, Sie hätten lernen sollen, sich wichtig nehmen zu dürfen, wenn Sie sich nicht wichtig nehmen, wer soll es dann? Ja, Ihre Mutter hat nirgendwo deponiert, dass Sie gut sind, so wie Sie sind, ja, die Eltern sollten die Fürsprecher ihrer Kinder sein, Sie müssen zusehen, was Sie jetzt brauchen, und das müssen Sie sich geben, lernen Sie, sich eine Fürsprecherin zu sein.

Aber es fühlt sich an, als würde ich in der Klasse ganz hinten sitzen und ich zeige auf, aber vorne sitzen andere, und ich werde nicht gesehen und sie werden aufgerufen.

Ihre Gefühle sind immer richtig, doch wenn sie Ihnen nicht guttun, sehen Sie zu, dass Sie herausfinden, wie Sie es ändern, also verharren Sie nicht im Selbstmitleid, warten Sie, bis die Stunde um ist, gehen Sie zum Lehrerpult und sprechen Sie für sich.

Aber dieses Selbstmitleid habe ich mir hart erarbeitet, sagt Nora.

Ich weiß, sagt die Kaiserin, und dass Sie da sind, wo Sie jetzt sind, hat mit viel Kraft zu tun. Tun Sie was mit dieser Kraft, so wie Thomas Muster, kennen Sie Thomas Muster?

Was hat Thomas Muster getan?, fragt Nora, die Thomas Muster aus dem Fernsehen kennt.

Sein Kollege und Konkurrent Horst Skoff hatte die besseren Startbedingungen, denn Horst Skoff war ein exzellenter Techniker, Thomas Muster hatte keine so guten Startbedingungen, aber seine Technik hieß Kraft, und am Schluss – die Kaiserin unterbricht für ein wichtiges Lächeln.

Was?, fragt Nora und studiert die Armgelenke ihrer Therapeutin, unsportlich sieht sie nicht aus.

Am Schluss war Thomas Muster die Nummer eins.

Sie wollen, dass ich Tennis spiele?

Ich will, dass Sie etwas mit der Kraft tun, die Sie haben.

Gut, sagt Nora, ich werde Thomas Muster sein.

Die Kaiserin lächelt.

Nora beißt an ihrer Nagelhaut am Daumen.

Und Anton?, fragt sie.

Die Kaiserin schweigt.

Am besten schreibe ich ihm einen Brief, schlägt Nora vor.

Und was werden Sie sagen?

Nora weiß es nicht.

Was fühlen Sie denn?

Ich will ihn zurück und alles besser machen.

Aber was fühlen Sie?, fragt die Kaiserin noch einmal.

Ich liebe dich so heiß wie eine kalte Eierspeis, sagt Nora.

Einen Eierspeisbrief wollen Sie schreiben?, fragt die Kaiserin.

Das wäre mir am liebsten, sagt Nora.

Weil Ihnen dann nichts wehtun würde?, fragt die Kaiserin.

Weil es dann ihm wehtun würde.

Die Kaiserin nickt und sagt: Versuchen Sie bei sich zu bleiben.

Nora sagt: Ich weiß.

Ihr Leben wurde lange von jemand anderem geschrieben, nehmen Sie dieses Buch jetzt her und beschreiben Sie die noch leeren Seiten ab nun selbst.

Das klingt schön, sagt Nora.

Tun Sie's, sagt die Kaiserin, das ist noch schöner.

DER EIERSPEISBRIEF. Tobi ist verliebt in sie. Sie wohnt am Ende der Straße. Sie sitzt mit Tobi auf der Treppe hinter seinem Haus. Vor dem Haus züchtet Tobis Mutter Tomaten. Tomaten mögen es luftig und dunkel. Tobis Mutter schenkt ihrer Mutter die Kleidung ihrer herauswachsenden Söhne. Sie kocht mit Tobi Kaffee. Der Kaffeesud vom Frühstück ist nass und schwer. Sie gießt Wasser durch den Filter. Sie gießt die Brühe in zwei Tassen. Sie spielen am Nachmittag Frühstück. Sie spielt Tobis Frau. Im Klassenzimmer sitzt Tobi zwei Reihen vor ihr. Während der Unterrichtsstunden dreht er sich hundert Mal zu ihr um. Eines Tages steckt er ihr einen Liebesbrief zu. Die Mutter lacht, als sie es ihr erzählt. Sie erzählt es ihr, weil sie so verzweifelt ist, da sie keine Ahnung hat, was bei einem Liebesbrief zu tun ist. Die Mutter diktiert eine Antwort:

Lieber Tobi! Ich liebe dich so heiß wie eine kalte Eierspeis!

Tobi sitzt zwei Reihen vor ihr. Nach der Antwort dreht er sich nie mehr um. Sie spielen auch nicht mehr das Spiel mit dem Kaffee. Tobi hat schon gefrühstückt. Zwei Jahre später stirbt Tobi an Knochenkrebs.

Sie können Ihrer Mutter für die mangelnde Empathie böse sein, hatte die Kaiserin gesagt, aber für den Krebs können Sie es nicht.

Er ritzte ihre Haut mit drei Federkielen blutig, kostete und zeigte ihr die Federn. Später gestand er, dass es Schwanzfedern wären, die er einem Greifvogel ausgerissen hätte, wodurch sie für immer gefesselt wäre an ihn. Auch vierblättriger Klee, heimlich in Schuhe gesteckt, oder ein Apfel, ins Bett der Geliebten gelegt, helfe, sagte er. Muskatnuss wäre ebenfalls ein gutes Liebesmittel, man müsste sie ganz verschlucken, und wenn sie wieder abgegangen wäre, pulvern und der Geliebten ins Essen mischen.

Sarah Tänzer dreht das Buch um.

Soll ich es zurückstellen?, fragt Nora.

Können Sie etwas davon brauchen?, fragt Sarah Tänzer und behält es in der Hand.

Die abgehende Muskatnuss gefällt mir, sagt Nora.

Glauben Sie mir, sagt Sarah Tänzer, an gebrochenem Herzen zu sterben, ist eine Erfindung der Literatur.

Nora muss noch hineinwachsen in diese Sprache, die aus Sarah Tänzers Mund so selbstverständlich klingt und aus ihrem bloß lächerlich klänge.

Wir durften als Kinder die Nussschalen vom Bäcker zum Heizen abholen, sagt Sarah Tänzer, und die Holzreste vom

Tischler um die Ecke, und wir haben die Schuhe ausgezogen und in der Hand getragen, damit wir sie nicht ablaufen.

Nora lacht.

Sie lachen, sagt Sarah Tänzer.

Bitte entschuldigen Sie, sagt Nora.

Sie haben ja recht, sagt Sarah Tänzer, und lacht auch, zur Geburt bin ich trotzdem mit dem Taxi gefahren, ich bin angekommen und die Krankenschwester hat gefragt: Was wünschen Sie? Ja bitte, was ich wünsche, habe ich gesagt, sagt Sarah Tänzer und gestikuliert mit schmalen, pergamentenen Händen, mir rinnt schon das Wasser heraus, habe ich gesagt, so ein Körper tut ja mit der Frau, was er will, Sarah Tänzer zeichnet einen Kugelbauch in die Luft, das war um neun am Morgen, um elf war Greta da, sie war ein traumhaftes Kind.

Auf der Fotografie sitzt Greta neben ihrer Mutter auf einer Mauer, sie trägt Sandalen, die Socken sind nach unten gerollt, das scheint bei Kindern immer modern zu sein, Gretas kinnlange Haare sind dick und lockig, ihr Lächeln zufrieden, sie trägt ein weißes Spitzenkleid und leuchtet kräftig aus der Mitte des Fotos heraus, David Tänzer lehnt, seine Hand in die Seite gestützt, an die üppige Frau, die Sarah Tänzer einmal gewesen war, er trägt Gel im Haar, das riesige Ohren entblößt, seine Schuhe sind blank poliert, sein Bart hängt über die Lippen, die junge Sarah Tänzer trägt schimmernde Strümpfe und ein glattes Gesicht, sie hat ihre Tochter um die Schulter gefasst.

Sie war ein traumhaftes Kind, wiederholt Sarah Tänzer, ich habe sie neun Monate lang vorbereitet, also musste sie etwas Gutes sein, sie lacht, ihre Leibspeise war Butterbrot, stellen Sie sich das vor, wir konnten uns einmal in der Woche Fleisch leisten, aber ihre Leibspeise war Butterbrot.

Sarah Tänzer wird still.

Ein Mensch, den man liebt, lebt immer weiter, sagt Nora, aber wenn sie so spricht, hört es sich dumm an, sie wünschte, sie hätte es nicht gesagt.

Aber ich habe sie ja nicht nur geliebt, ich habe sie auch umgebracht, ich habe ihre Hand losgelassen.

Moby steckt seine Schnauze unter dem Sessel hervor und reibt sie an das knochige Bein seines Frauchens.

David hat Hunde nie gemocht, David hatte Angst vor Hunden, sein Vater hatte einen auf ihn angesetzt, als er klein war, über der Lippe hatte er eine Narbe davon, sehen Sie, Sarah Tänzer zeigt auf das Foto, Nora nickt, er war der schönste Mann der Welt, sagt Sarah Tänzer stolz, aber meine Einstellung ist ja, dass jeder Mensch schön ist, glauben Sie nicht?

Nora ist sich nicht so sicher, aber bei Bart gibt sie ihr recht, Bart kann David nicht so gut, Bart kann Anton besser.

Und als David starb, ist noch einmal eine Welt zerbrochen, Sarah Tänzer steht auf und stellt den Bilderrahmen in den Schrank zurück und schiebt das Buch in die entstandene Lücke im Regal, aber die ist ohnehin tausend Mal zerbrochen, sagt sie, es ist ein Schrank aus einer anderen Zeit. Aber ich habe immer wieder mein Herz in die Hände genommen und bin weitergegangen.

Ein schönes Bild, sagt Nora.

Sarah Tänzer sagt: Es stimmt.

LIEBER ANTON! Sie zerknüllt das Papier, wirft es in eine Ecke, Juri springt dem eckigen Knäuel nach. Sie greift zum Mobiltelefon und schreibt eine Textnachricht.

Sie wartet. Juris Pupillen sind von einer milchigen Haut überzogen, dreht er die Pupillen, sind braune Krusten zu sehen, die sich im Augenwinkel versteckt halten.

Sie wartet. Starrt man eine Katze lange genug an und konzentriert sich auf die Schnurrhaare, wird sie früher oder später zu einem Seelöwen.

Das Telefon piepst.

Über dem ersten Sprung im Display ein *Hey,* unter dem zweiten: *Ruth.*

Sie wartet. Die weichste Stelle des Fells einer Katze ist dieselbe wie die delikateste einer Forelle. Sie gehen ins Bett und an dieser Stelle streichelt Nora Juri in den Schlaf. Dann wacht Juri auf, weil er mal muss. Nora wacht auf, weil Juri an der Badezimmertür kratzt, um das Häufchen zuzuschaufeln, er ist ungeschickt, das Zuschaufeln liegt ihm nicht, er versucht es dennoch. Nora steht auf und kippt das Fenster. Über den Selbstversorgerinnen gegenüber fummelt ein weißhaariges Paar in einem voll beleuchteten Zimmer aneinander herum. Es ist zwei Uhr dreißig.

Nora wartet.

Dann beschließt sie woanders zu warten und zieht sich an. In der Straße ist die Beleuchtung ausgefallen. In einer Stadt ohne Licht steht an jeder Ecke ein Riese mit kalter Hand, der im nächsten Moment ein Haus wird und im übernächsten ein greifarmiger Baum. Hinter dem verriegelten Imbissstand liegt ein Mann auf dem Boden und schläft. Hoffentlich. Eine Stadt ohne Licht ist ein Schreckgespenst. Um es zu vertreiben, läutet Nora Menschen aus den Häusern. Doch niemand öffnet, keiner kommt herunter und hilft. Und Anton schläft. Die Wohnung ist dunkel. Oder er schläft woanders. Nora tritt mit dem Schuh in seine Haustür.

Was fühlen Sie, wenn Sie ihn nachts aus der Wohnung läuten?

Meine Mutter.

Ihre Mutter?

Ich bin eine Frau geworden, die die Männer nicht gehen lassen kann, wie meine Mutter.

Was für eine Frau wollen Sie sein?

Anders, hatte sie geantwortet, zufrieden mit mir allein.

Die Musik des Lokals vibriert in der Hauswand, als sie vorübergeht auf dem Nachhauseweg. Nora stellt sich an die Bar.

Ein Spritzer.

Ein zweiter.

Ein Wodka Lemon.

Ein kleines Bier.

Noch ein Bier. Das geht auf Chris. Chris heißt eigentlich Christof, aber du kannst Chris zu mir sagen, meine Freunde nennen mich Chris.

Zwei Fernet mit Eis.

Wie wär's jetzt mit Tequila? Tequila ist wie Blutsbrüderschaft, sagt Chris.

Tequila mit Orange und Zimt.

Nora lacht ihm an den Hals, sein Hals schmeckt süß.

Das ist deine Zimtzunge.

Dann ist es eben meine Zimtzunge an deinem süßen Hals.

Zwei Bier für den Weg.

Ihre Bluse ist im Stiegenhaus bereits offen, seine Hose noch vor der Tür. Er wohnt allein, er ist nicht einsam, seine Wohnung kommt ohne Tier aus. Sie kniet sich vor ihn, sie hält still, sie ist zu betrunken für eine Bewegung.

Er schnarcht weg. Sie dreht sich um. Sie dreht sich. Augen auf. Sie dreht sich, obwohl sie liegt. Sie kriecht von der Matratze. Er schnarcht aus dem Mund. Sie hängt ihren Kopf über das Klo. Sie würgt. Das Wasser spritzt aus der Schüssel in ihr Gesicht. Es ist kühl. Sie hält sich mit der Hand den Kopf. Sie lehnt sich an die Fliesen. Sie legt sich auf die Fliesen am Boden, presst ihre Wange an die Kälte, schläft.

Es stinkt. Sie sieht einen WC-Vorleger zu einem Haufen geknüllt, farbige Brocken liegen darum herum. Sie rappelt sich hoch. Sie sieht farbige Brocken um die WC-Brille, auf den Fliesen ums Klo. Sie wickelt Papier ab, sie putzt. Sie zieht ein Frotteetuch vom Waschbecken, sie putzt. Sie zerreibt die Brocken auf den Fliesen, es stinkt, sie putzt. Auf den Fliesen sind Streifen zu sehen, doch immerhin sind die Brocken weg. Das Frotteetuch in die Waschmaschine, Tür zu. Sie stützt sich auf dem Klodeckel in die Höhe. Sie hält ihr Gesicht unter den Wasserhahn. Sie schleicht ins Zimmer. Wie heißt er? Er schnarcht aus dem Mund. Sie sammelt ihre Sachen zusammen. Sie geht aus der Tür. Sie lehnt ihre Stirn an die Wand im Stiegenhaus. Sie steigt in ihre Hose hinein. Sie zieht die Hose hoch. Sie muss sich am Treppengeländer festhalten, als sie geht.

KÖNNEN WIR Ihnen helfen, Lady?
    Lass sie liegen, Vince.
    Spinnst du?
    Die schläft.
    Wie heißen Sie?
    Komm jetzt!
    Hilf mir.
    Sollen wir dich wohin bringen, Nora?
    Bitte.
    Kannst du uns die Adresse sagen?
    Die ist so dermaßen blau.
    Nimm sie unter dem anderen Arm.
    Ach komm, Vince.

Jetzt hilf mir endlich!

Ich tu ja schon, ich tu ja schon.

ZWEI FRÜHLINGSKNOSPEN, die aus einer verschneiten Wiese sprießen. Nein, zwei Brustwarzen, die unter einem weißen T-Shirt mit blauem Aufdruck frieren. *Kann mir jemand das Wasser reichen?* Nora hebt den Kopf, er ist schwer, er dröhnt.

Guten Morgen, ein Gesicht schiebt sich in Noras Blick, ich bin Frederike, sagt es.

Nora sagt: Was?

Wie Frederik mit e.

Oder Friederike ohne i, sagt eine Gestalt, die sich hinter Frederike aufzutürmen beginnt, Ruth: Gut geschlafen?

Gut geschlafen gut geschlafn gut geschlfn –. In Noras Kopf hallt jedes Wort nach.

Du musst unter die Dusche, sagt Ruth, sofort!

Frederike nickt fröhlich.

Nora wird vom Geschmack einer Bierfahne überrascht.

Du weißt nichts mehr, oder?, fragt Ruth.

Zwei Rapper?, fragt Frederike.

Zwei junge Männer haben dich auf der Straße aufgelesen?, fragt Ruth.

Nora sieht einmal hin, einmal her, kein Bild in ihrem Kopf, nichts, niemand rappt, nein.

Dem einen hing die Hose bei den Knien und dem anderen du um den Hals?

Frederike krabbelt zwischen ihnen aus dem Bett, *Samstag* steht auf ihrer Unterhose, Nora hat keine Ahnung, ob es stimmt, auf dem Boden liegt ein Kondom, seltsam groß und vorne und hinten ein Ring.

Kaffee?, fragt Frederike, Ruth nickt, Frederike hebt das Kondom auf, verschwindet aus dem Zimmer, klappert draußen mit Geschirr, Wasserrauschen, wieder Geschirr.

Wer ist sie?, fragt Nora.

Das geht noch nicht lange, sagt Ruth, aber ich glaube, es ist gut, Oskar jedenfalls mag sie.

Oh mein Gott, sagt Nora.

Kommt dir die Nacht zurück?, fragt Ruth, setzt sich im Bett auf, *Wegen dir gibt es den Frauenraum* steht auf ihrem T-Shirt geschrieben, verschränkt ihre Arme, *Wegen dir*.

Nora kommt die Nacht zurück. Während sie duscht, fügt sie die Einzelteile zusammen.

Auf Ruths Toilette wird Nora von Johannes Paul II. gesegnet, so schlimm kann die Nacht nicht gewesen sein. Sie geht, einen Turban auf ihrem Kopf, in die Küche: *I am no wo man.*

Gutes Shirt, oder?, sagt Ruth, ist von ihr, sie zeigt auf Frederike, die den Kopf hinter einer Tasse Kaffee versteckt, bis sie weiß, wie es Nora gefällt.

Ist hübsch, sagt Nora und gießt einen Schluck Milch in den Kaffee, der Kaffee schmeckt bitter, aber vielleicht ist das das Leben, doch das kann bloß Sarah Tänzer denken, ohne sich zu blamieren.

Hübsch?, Frederike lacht.

Entschuldige, sagt Nora.

Nein, schon gut, sagt Frederike, hübsch sind die Shirts hoffentlich auch.

Sind sie, sagt Ruth und gibt ihr einen Kuss.

Frederike dreht den Knopf des kleinen Radios, *I wanna hold your hand, I wanna hold your hand* singt es.

Veras Lied, kommt es gleichzeitig aus Noras und Ruths Mund geschossen.

Frederike zwickt fragend ihr Gesicht zusammen.

Die größte Liebeserklärung könnte man mir mit diesem Lied machen, hatte Vera einmal gesagt und mit ihren vierfingrigen Händen einer Comicfigur in der Luft geflattert wie ein Vogel, der sogleich abhebt und durch die Lüfte fliegt.

Auf der Gitarre vorgespielt?, hatte die Füchsin gefragt.

Implizit, hatte Vera geantwortet, im Sektrausch muss nicht alles Sinn ergeben.

Und Ruth hatte gesagt: Wie Cyrano de Bergerac.

Den hatte Nora später gegoogelt.

ABER WENN DU mit jemandem schläfst, sagt Frederike, sollte er mindestens dein Freund sein.

Mumpitz, sagt Ruth und gibt Frederike einen Handkuss, aber wohlfühlen solltest du dich dabei, sagt sie in Noras Richtung.

Nora weiß nicht.

Du kannst mit Hunderten schlafen und drei Mal am Tag, sagt Ruth und wird etwas zwischen ernst und feierlich, aber du solltest es nur tun, wenn du Spaß hast dabei.

Nora weiß nicht.

Du hattest Liebeskummer, sagt Ruth, keinen Spaß.

Wahrscheinlich könnte Ruth auch Herzinfarkt wegatmen, denkt Nora und sagt: Wir hätten keine Beziehung gehabt, sondern Sex, hat er gesagt.

Autsch, sagt Frederike.

Das heute Nacht war Sex, sagt Nora, wenn überhaupt, ich erinnere mich ja nicht einmal daran, dabei gewesen zu sein, ich weiß nur noch die Stellung.

Verhütet?, fragt Ruth.

Nora zuckt mit den Schultern, nein.

Scheiße, sagt Ruth und bekreuzigt sich.

Anal, sagt Nora.

Schwanger wäre ja wohl nicht das Problem, sagt Ruth.

Nora wird heiß.

In drei Monaten stehst du für eine Untersuchung im Aidshilfehaus, sagt Ruth, Frederike bejaht, Nora nickt.

Und bei Anton, sagt Ruth, hast du nie etwas gemerkt?

Nora zuckt mit den Schultern, schon.

Du musst vorbereitet sein darauf, gibt Ruth Einblick in ihr Geheimnis, es darf dich nicht aus dem Hinterhalt treffen.

Du rechnest immer damit?, fragt Frederike.

Es gibt immer Anzeichen für das Ende einer Beziehung, sagt Ruth, die meisten wollen sie nur nicht sehen.

Nora zuckt mit den Schultern, ich weiß, Nora ist eine Hellseherin, die nicht auf das hört, was sie sieht.

Die Beatles werden abgelöst von Rap, Nora versteht kein Wort, die Worte überholen sich gegenseitig, eines möchte schneller sein als das andere.

Rap macht mich aggressiv, hatte die Füchsin einmal gesagt.

Mich macht Rap wütend, hatte Nora gesagt, und das ist gut so.

Also zornig, um es biblisch zu sagen, hatte Ruth gesagt.

Und was machst du, wenn du keine T-Shirts druckst?, fragt Nora.

Kindergartenpädagogin.

Wie schön, sagt Nora.

Ja, sagt Frederike, Kinder anderer Leute finde ich schon okay.

Ruth bleibt mit den Zähnen in ihrem Honigbrot stecken, Butterbrot, denkt Nora, mit Honig, das hätte Greta gemocht.

Und wie geht es jetzt weiter ohne Anton?, fragt Ruth, die

Frage passt nicht zu ihr.

Nora fragt: Habt ihr von den Rappern einen Kontakt?

GEGEN KINDER, *für Katzen* könnte auch auf einem Shirt von Frederike stehen. Juri steht vor dem Napf und schlingt, als hätte er seit Tagen nichts zu fressen bekommen. Sie streichelt sein weiches Fell. Vielleicht hat Vera sich gegen Kinder und für eine Katze entschieden. Vielleicht, um kein Kind mit vier Fingern zur Welt zu bringen und ihre Mutter ein zweites Mal zu enttäuschen.

Zwei Anrufe in Abwesenheit: Die erste Nummer ist das Krankenhaus, die zweite kennt Nora nicht. Sie drückt die Anzeige weg und schlüpft in die Jacke.

Können Sie auf einen Fünfer wechseln?, fragt eine Frau die Fahrgäste in der Straßenbahn.

Danke, sagt die Frau freundlich und geht zum Nächsten, wissen Sie, ich will Automaten spielen, sagt sie zu ihm.

Viel Glück, sagt er, nimmt den Schein und gibt ihr Münzen.

Manchmal sind Menschen, die nicht nett aussehen, trotzdem nett, das wirft Noras Welt durcheinander. Der Mann trägt ein steinernes Gesicht und einen akkurat frisierten Seitenscheitel.

Sie mussten die, die Ihre Mutter mitgebracht hat, umgehend einordnen, um zu wissen, woran Sie sind, das geht nicht so schnell weg.

Vor dem Krankenhaus stehen Bleichwangige, die Tapfere imitieren, an den Armen von rosigen Menschen, die besorgt aussehen oder versuchen, es nicht zu tun. Im Gebäude schluckt das Kunstlicht den Frühling, der zur Tür hinein will, aber nicht weit kommt in diesem Gebäude, das an allem krankt, also auch am Wetter.

Schätzchen!

Die Krankenschwester versperrt mit ihrer Fülle die Tür. Dahinter liegt die Mutter dünn in ihrem Bett. Eine andere Frau hält ihren Arm hoch, die Mutter winkt Nora oben ohne zu. Sie hofft, sie hat ihr die Flasche gegeben, der Gedanke, aus diesen Brüsten getrunken zu haben, würgt sie im Hals.

Wir waschen sie fertig, dann dürfen Sie rein, sagt die Kovacs, zeigt mit dem Kopf zur Mutter und zwinkert: Freuen Sie sich?

Die Augen waren weit offen gestanden, sie konnte es von der Tür aus sehen.

Der Mund des Arztes trägt zwei perfekte Zahnreihen, noch nicht vollkommen aufgewacht, minimales Bewusstsein, noch fehlende Reaktion, Nora fängt nichts mit den Wortfetzen an. Sie wird sie sammeln und im Garten zusammenpuzzeln. Der Arzt schüttelt Noras Hand und wünscht einen Tag, schön vergisst er. Als er sich entfernt, quietscht sein rechter Schuh. Jetzt einfach losrennen, in die Hocke gehen, Muskeln anspannen, los. Nicht denken, nur laufen, als wäre etwas hinter ihr her.

Waren Sie verreist?, fragt die Kovacs, die nun mit der Mutter fertig ist, die andere verschwindet wortlos auf dem Flur, nur hinein mit Ihnen, und Nora spürt eine Hand im Rücken, die sie sanft in Mutters Zimmer schieben will. Sie hustet, schnappt nach Luft –

Alles in Ordnung?

– rennt los –

Schätzchen?

– und wird nicht wiederkommen.

Auf einer Bank lieben sich zwei Jugendliche, weil sie zu Hause wohnen und zu Hause Eltern sind. Sie sitzt auf seinen Knien, seine Hände umfassen ihren Hintern, manchmal zieht er eine von hinten ab und streichelt über ihr Kopftuch.

Auf den Schaukeln stehen Kinder und kümmern sich um ihren eigenen Spaß. Wenn die größeren Kinder absteigen, kommt eine Frau mit einem kleineren, setzt es auf die Schaukel und taucht es an.

Ein Mann, alt wie ein Großvater, bringt ein Kind und einen Hund, ein Mädchen und einen Malteser, Nora wird Sarah Tänzer fragen, und die Kinder spielen Fangen mit dem schneeweißen Hund, sie rennen ihm nach und er spielt mit, er schießt über den Platz und schlägt Haken wie ein Schneehase, einen Schneehasen hat Nora noch nie gesehen, sie kennt nur eine Geschichte über einen, die nichts für Vera wäre. Das Kind zum Hund heißt Julia, Julia wird zu einem anderen Mädchen grob. Der Großvater schimpft, Julia schimpft zurück. Der Schneehasenhund rennt mit einem Stöckchen im Mund über den Platz. Der Großvater zieht Julia an der Jacke zu sich heran, Julia schiebt den Unterkiefer aus ihrem Gesicht hinaus, denn diese Behandlung passt ihr gar nicht und das lässt sie ihren Großvater wissen.

Eine Frau, die ihr Kleinkind einer anderen in die Hand drückt, marschiert zum Liebespaar, das nicht nach Hause kann, weil zu Hause Eltern sind, und spricht gestikulierend auf sie ein. Das Liebespaar steht auf, schnappt die Rucksäcke, der Junge hilft dem Mädchen in die Schlaufe, das Mädchen korrigiert ihr Kopftuch, sie gehen.

Nora hatte die Mutter an den Augen erkannt.

Eine Bulldogge schaut über den Zaun, böser Hund, das Herrchen zieht die Bulldogge weg. Busse vor dem Spielplatz stoßen Luft aus. Eine Schwangere fährt einen Buggy über den Spielplatz bis zum Stelzenhaus und ruft: Natalie! Als übernehme nun ihr Kind den Platz. Die Frau trägt schwer an ihrem runden Bauch und den prallen Brüsten darüber. Aus dem Bauch steht ein kleiner Knopf hervor. Wenn Natalie auf den Knopf drückt, kann sie mit dem Baby sprechen, doch Natalie interessiert sich nicht dafür, sie übernimmt tatsächlich den Platz, indem sie ein Mädchen die Rutsche hinunterschubst.

Ein Mann schleift ein Kind über den Platz, das Kind möchte noch schaukeln, aber der Mann weiß es besser. So einen Vater braucht Nora nicht, so einen Vater kann das Kind sich behalten.

Eine Veronika hat sich mit Julias Schneehasenhund angefreundet und sie teilt mit ihm ihr Brot. Eine Frau sagt, pfui, und sowohl Veronika als auch der Schneehasenhund fühlen sich angesprochen. Veronika hat gekringelte Locken wie Ringelschwänzchen. Sie rennt zur Schaukel und legt sich mit dem Bauch auf den Sitz, schwingt vor und zurück, die Beine abgewinkelt und hochgezogen, die Frau hebt Veronika auf die Schaukel und taucht an.

Blutleer sitzen Bubenzwillinge neben einer alten Frau, ein Alter zwischen Mutter und Großmutter. Sie tragen eine Topffrisur und sie rechnen mit dem Ernstfall, denn in wasserabweisenden Kapuzenjacken warten sie geduldig auf den Untergang. Ich habe keine Brüder, denkt Nora, und eine Mutter habe ich auch nicht. Die Augen der Mutter waren eisblau und wurmstichig, das waren sie bereits, als Nora noch ihre Tochter gewesen war.

Die Bubenzwillinge sitzen unbeweglich auf der Bank, die Mädchen laufen wild und laut über den Platz. Der Großvater hat ein Auge auf Julia, ein anderes auf seinen von Veronika beschlagnahmten Hund, er schielt. Nora bietet ihm einen

Platz neben sich an, er bedankt sich lächelnd mit blutigem Zahnfleisch und setzt sich. Julia rennt auf den Großvater zu und wirft ihm eine Saftpackung entgegen, der Großvater blickt Nora an, das blutende Zahnfleisch lässt er im Mund, er klaubt die Saftpackung vom Boden auf und trägt sie zum Mülleimer. Julia präsentiert den anderen Mädchen ihren Schneehasenhund. Veronika steckt Blümchen in sein Halsband, ein weißes, ein rotes, eine Butterblume.

Zwei Kinder schaukeln zu zweit, die Mütter stehen abseits und rauchen oder nicht, ihre Augen auf den Nachwuchs geheftet. Ein Mädchen heult, eine andere isst einen Butterkeks. Von der Akazie fliegen weiße Blüten, Veronika kommt und pflückt sie für den Hund.

Die Tür quietscht, neue Kinder laufen durchs offene Tor herein und auf die Geräte zu, sie laufen zu den Frauen zurück, die sie begleiten, und werfen ihnen kleine Jacken und Mäntel entgegen. Eine zwingt ihr Kind, die Jacke wieder aufzuheben und ihr in die Hand zu geben, das Kind nimmt die Jacke, gibt sie der Frau in die Hand und läuft wieder los, die Frau ruft: War das so schwierig, Amelie?

Ein Mädchen legt ihren Kopf an jenen des Hundes, eine andere starrt ihm in sein Hinterteil und mag nicht, was sie sieht, sie rümpft die Nase. Die Bubenzwillinge tragen Spiderman auf ihrer Brust, die Kapuzenjacken hängen nun über der Lehne neben der Frau. Ein Mädchen trägt Hello Kitty mit Schmetterlingsflügeln in Pink.

Die Schwangere zieht eine sich prügelnde Natalie vom Stelzenhaus herunter, Natalie tritt ihr in den Bauch. Auch ein anderes Kind überkommt der blanke Zorn, es wälzt sich am Boden. Das Butterkeksmädchen kommt zum zornigen Mädchen und bietet ihr einen Keks an, das zornige Mädchen stößt das Keksmädchen zu Boden, der Keks fällt ihr aus der Hand, sie geht zu ihrer Mutter zurück, sie hat alles versucht.

Ein Junge, der sich zufrieden mit sich selbst beschäftigt, fällt Nora deshalb erst jetzt auf. Die faltige Haut des Großvaters ist von so dunklem Teint, dass die Altersflecken verschwinden. Der eine Bubenzwilling nimmt den anderen an der Hand, so trauen sie sich ein wenig näher an die wilden Mädchen heran. Eine trägt einen Totenkopf mit Herzaugen auf ihrem T-Shirt. Der andere Bubenzwilling legt seine Hand auf den Arm des einen Bubenzwillings, um sich zu vergewissern, dass er noch neben ihm steht. Die Mutter des Jungen, der sich mit sich selbst beschäftigt, schaukelt mit ihm. Das Mädchen daneben macht Kunststücke. Der Großvater popelt etwas aus seiner Nase, er hält den Finger vor die Augen und konzentriert sich auf was er sieht.

Nach zwanzig Vergehen, Nora hatte mitgezählt, wird Natalie von der Mutter gepackt und in den Buggy gesteckt. Natalie, angeschnallt, wirft sich nach vorne und zurück und wieder nach vorne und brüllt, während die Mutter sie vom Spielplatz fährt.

Natalie zieht noch schnell einen Jungen an den Haaren, einundzwanzig. Die Brüste von Natalies Mutter liegen auf ihrem Kugelbauch auf, der Bauch stößt an Natalies Hinterkopf. Womöglich tritt noch etwas von innerhalb des Bauchs gegen Natalies Kopf. Aus Natalies Mund läuft Speichel, als müsse sie noch dringend jemanden beißen, bevor sie fährt.

Eine Frau setzt sich auf ein Hutschpferd und zeigt dem Kind, wie zu reiten ist darauf, jugendfrei sieht es nicht aus. Ein Mädchen macht Kunststücke auf der Turnstange. Julias Schuhbänder sind offen. Veronika hält ein Milchbrötchen in der Hand, der Schneehasenhund kommt angerannt, als gälte das Brötchen ihm, ein größeres Mädchen zeigt dem Hund einen wackeligen Zeigefinger, der Hund bekommt einen traurigen Blick. Das Mädchen hebt Veronika hoch und trägt sie ein paar Meter, um ihren Standort zu wechseln. Veronika lässt es, gemütlich am Brot knabbernd, geschehen.

Die Mutter des Jungen, der sich mit sich selbst beschäftigt, beschließt, dass ihm zu kalt ist. Auch die Bubenzwillinge ziehen wieder ihre Kapuzenjacken über, nachdem sie einer Taube nachgerannt sind, nachdem der Schneehasenhund den Mädchen gehört.

Dass sich die Mutter des Jungen, der sich mit sich selbst beschäftigt, nicht langweilt mit diesem stillen Kind, wundert Nora. Vielleicht langweilt sie sich aber auch mit ihm und überlegt jeden Tag, ihn auf dem Spielplatz zurückzulassen. Nora überlegt, ob sie ein langweiliges Kind will.

Der Großvater ruft nach Julia und der Schneehasenhund heißt Agata. Ein Bubenzwilling steht unter der Akazie und sieht winzig aus, ein kleiner Pilz, der aus dem Boden wächst und reif zum Pflücken ist. Der andere sitzt bei seiner Großmutter oder Mutter auf dem Schoß und kneift die Lider zusammen, sein Kopf liegt an der Schulter der Frau, ihre Hand ist so groß wie sein Gesicht, ihre Haare von einem wundervollen Grau. Nora spürt etwas in sich drin, das sie mag, etwas, als ginge ihr das Herz über. Sarah Tänzer fände diesen Spielplatz lustig. Doch ein Mädchen trägt Gretas Haare. Zwei Mädchen nehmen das Mädchen mit Gretas Haaren in ihre Mitte und wirbeln sie in die Luft, das Mädchen mit Gretas Haaren scheint unschlüssig zu sein, ob sie das gut findet.

Der Junge, der sich mit sich selbst beschäftigt, wird heimlich abgeführt, er wehrt sich nicht. Ein anderer verhandelt die Bedingungen fürs Gehen, die Frau vor ihm zieht den Zipp zu seinem Hals hoch und sagt: Ich verhandle nicht mit dir.

Ein weiterer ist auf dem Weg zu einer Frau im Kies ausgerutscht, er weint nicht, er rappelt sich auf und rennt weiter und direkt in die für ihn ausgebreitete Jacke hinein. Jetzt muss alles schnell gehen.

Es nieselt.

Die Frauen werfen den Kindern ihre Jacken zu.

Es regnet.

Kinder und Frauen schultern Schultaschen, Handtaschen und übrig gebliebenes Gepäck. Ein Kind verliert einen Jausenbeutel. Alles rennt vom Platz. In den Jausenbeutel fährt ein Wind.

Ein verlassener Spielplatz bei Donner und Blitz. Nora vergräbt sich in ihrer Jacke, ihre graue Stimmung verschmilzt mit dem grauen Tag.

DIE GESCHICHTE VOM SCHNEEHASEN: Paulus ist in den Sommerferien mit seiner Familie auf dem Land. Seine Schwester und er stapfen durch die Gegend, meterhohes Gras, ein verlassenes Bauernhaus. Die Schwester rennt auf einen wilden Hasen zu, der am Haus sitzt und Löwenzahn frisst, der Hase hoppelt gemütlich davon. Die Schwester greift nach ihm, zwickt ihn zwischen Arm und Brust ein, der Hase stürzt aus der Mulde, knallt gegen die Front des Hauses und fällt in einen Lichtschacht vor dem Kellerfenster. Paulus birgt den röchelnden Hasen, während seine Schwester ihn zu überreden versucht, den Hasen aufzuschneiden, um zu sehen, wie er innen ausschaut. Paulus bringt den verletzten Hasen zu den Eltern. Die Eltern setzen den Hasen in einen Karton, der Vater fährt den Karton mit Paulus zum nächsten Tierarzt. Der Tierarzt sagt: Ich kann nichts mehr für ihn tun. Er nimmt die Spritze, setzt an, und von einem Moment auf den anderen sind die Augen des Hasen leer. Paulus sagt zu seinem Vater: Ich hätte ihn nicht in einem Karton sterben lassen dürfen. Der Vater nimmt Paulus bei der Hand, im Schritttempo fahren sie zur Pension zurück, die Hand seines Sohnes lässt der Vater nicht los. Mit der Schwester redet Paulus einen Sommer lang kein Wort mehr.

ALS KIND HAT NORA mit geschlossenen Augen geschaukelt und gewusst, wie Vögel fliegen. Nora bremst mit ihren Schuhen ab. Als Kind ist sie von der Schaukel gesprungen, weit nach vorne ins weiche Gras. Die leere Saftpackung fliegt zu Boden. Ein Rabe plündert den Mülleimer und verteilt, was er findet, auf der Wiese, die nass glitzert, vor Nora, wie zum Verkauf. Dann fliegt er davon, in seinem Schnabel ein Stück zerfledderte Zeitung, er hat Familie, irgendwo ein Nest. Vor dem Zaun stapft ein Hund vorüber, um seine Pfoten gewickelt Plastikbeutel. Sein Herrchen trägt Gummistiefel, jägergrün. Nora steigt von der Schaukel, verlässt den Spielplatz und geht dem Hund in Plastikschuhen nach, bis sie in eine andere Straße einbiegen muss. In seinem Fenster kein Licht. Vielleicht ist es noch hell genug in der Wohnung. Nora blickt in den bewölkten Himmel, selbstverständlich ist es noch hell genug in seiner Wohnung. Der Himmel verdunkelt sich zu einer Nacht, sie denkt an eine Stirnlampe, selbstverständlich besitzt ein Architekt eine Stirnlampe. Dann ist es dunkel und das Haustor verschmilzt mit Noras Rücken, ihre Gelenke werden steif, sie nickt weg.

Der Himmel steht in Flammen, als Nora erwacht. Sie prescht hoch, die Jacke bleibt am Haustor hängen, sie reißt entzwei. Das Feuer geht über in Aquarell. Sie steht auf der Straße und blickt mitten hinein. Sie möchte dieses

Morgenrot essen. Nach dem Essen geht sie. Sie wirft die kaputte Jacke in den nächsten Mülleimer. Vielleicht kann sie jemand brauchen.

P̶o̶s̶i̶t̶i̶v̶.

Schwanger.

Sie fügt ein trauriges Smiley an. Sie löscht es. Sie fügt es wieder an. Sie schreibt ihren Namen dazu. Senden.

DARF MAN DIR SAGEN, dass du furchtbar aussiehst?

Wer?, fragt Nora, Ruth blickt irritiert und stellt prall gefüllte Einkaufstaschen unter den Kaffeehaustisch,

Ruth ist Angebotskäuferin. Sie trägt nach dem Einkaufen ganze Chargen heim. Besonders lustig sieht das bei Klopapier aus, besonders traurig bei Wein. Heute ist es Sekt.

Ja, ich gehe fremd, sagt Ruth, als Nora auf die Flaschen tippt.

Aber entspannt siehst du auch nicht aus, sagt Nora.

Der Ausfluss in meiner Unterhose sei Statement zu diesem Tag, sagt Ruth und stöhnt.

So schlimm?, fragt Nora.

Blöder Tag in der Schule, sagt Ruth, aber ich hab eine Überraschung für euch, sie zwinkert der Füchsin zu, die ihr Bäuchlein an der Tischkante vorbeischiebt auf ihren Platz.

Ich hasse öffentliche Toiletten, zischelt sie, nichts Entwürdigenderes, als sich mit der Bürste zu bücken, um jemandes Spuren zu beseitigen, weil du nicht willst, dass die nach dir denkt, dass du dieses Schwein warst.

Man müsste eine Klobürste mit langem Stiel erfinden, dann wäre es noch immer ungerecht, aber nicht mehr so entwürdigend.

In den Slums scheißen sie in eine Plastiktasche, beginnt Ruth, sie schnüren die Tasche zu und werfen sie über die Häuser, und alle zwanzig Sekunden stirbt ein Kind aufgrund mangelhafter Hygiene, und viele Mädchen dürfen ab ihrer Periode nicht mehr in die Schule gehen.

Danke, Ruth, anderen geht es schlechter und deshalb geht es uns gut, fasst die Füchsin zusammen.

Tatsache, sagt Ruth.

Ja, sagt die Füchsin, und ich werde mich zur Toilette stellen und allen anbieten, mit der Klobürste ihre Spuren zu beseitigen.

Der Job einer Klofrau scheint dir wohl absurd, sagt Ruth, die keinen guten Tag hatte.

Ich habe Medizin studiert und bin Yogalehrerin, sagt die Füchsin, Klofrau wäre absurd.

Immerhin bist du ehrlich, sagt Ruth.

Sagt die Tochter eines Richters, sagt die Füchsin und legt ihre Hände auf den Bauch, der die Form einer Honigmelonenhälfte hat, die Verteidigung ihrer Lebensläufe beginnt.

Wie kannst du mit diesem Bauch auf dem Bauch schlafen?, fragt Nora.

Schlecht, sagt die Füchsin und reibt ihn wie eine Flasche, in der ein Dschinn sitzt.

Aber eigentlich habe ich ja eine Überraschung für euch, sagt Ruth, denn die Kellnerin bringt ein Tablett mit drei Gläsern und lächelt verschwörerisch.

Wissen Sie es schon?, fragt Nora.

Ich weiß von nichts, sagt die Kellnerin, aber ich gratuliere jetzt schon.

Ruth verteilt die Gläser, Orangensaft für die Füchsin, Sekt für Nora und sie selbst.

Durch ihren Sekt, sagt Ruth feierlich, ist sogar Vera anwesend, und aufgrund der Vollständigkeit aller Mitglieder darf ich hiermit verkünden, dass –

Sie gongt mit dem Kaffeelöffelchen am Zuckerstreuer.

– ich schwanger bin.

Sie trinkt, stellt das Glas wieder ab und grinst so breit, dass ihr Mund ihre Frisur berührt. Nora will sich an ihren Mundwinkel klammern und in ihre Haare kriechen.

Das ist so aufregend, so aufregend, hüpft die Füchsin auf ihrem Platz.

In die Haare verkriechen wie in eine Höhle und tagelang schlafen, bis sie gefunden wird, wie eine Laus im Kamm.

Ich weiß, sagt Ruth, Oskar ist auch schon nervös.

Oder auf den Rücken einer Gans klettern und davonfliegen, ganz egal wohin.

Wir tun uns zusammen und schmieden Pläne für die Kleinen, hüpft die Stimme der Füchsin weiter, angefangen bei, sie nimmt Ruth die Sektflöte aus der Hand, diesem Glas.

Bevormundest du mich?, wird Ruth unsicher.

Die Füchsin nimmt ihre Hand nicht weg.

Nora zählt die Zahnstocher. Ist sie mit den Zahnstochern durch, macht sie bei Salz und Pfeffer weiter.

Ich will doch nur das Beste für dich und du solltest das Beste für dein Kind wollen, sagt die Füchsin.

Noras Tasche vibriert.

Ich will das Beste für mein Kind und mich, sagt Ruth.

Wann treffen wir uns? Anton!

Du solltest jetzt vor allem das Beste für das Kind wollen, sagt die Füchsin.

Biologie als mein Schicksal, sagt Ruth höhnisch.

Wenn du schwanger bist, sagt die Füchsin, ja, weiterhin gelassen.

So ein Körper tut mit der Frau, was er will, sagt Sarah Tänzer.

Wir sind Spätgebärende, Ruth, unsere Eizellen sind nicht mehr so frisch wie vor fünf Jahren, du solltest nichts riskieren, hört Nora die Füchsin sagen.

Nicole Kidman hat mit einundvierzig ein Kind bekommen und Gianna Nannini war über fünfzig, sagt Ruth.

Gianna Nannini sagt: Fotoromanza, aber Nora verbietet ihr den Mund.

Bei über Vierzigjährigen hat ein Kind von vierzehn Trisomie 21, bei Fünfunddreißigjährigen eines von 350, sagt mein Vater, sagt die Füchsin.

Laut der eugenischen Statistik deines Gynäkologen ist ja gerade noch alles in Butter, sagt Ruth.

Ich sage auch nur, sagt die Füchsin.

Sieben, acht, neun, zehn, zehn Zahnstocher, denkt Nora, bei der es gerade nicht mehr in Butter wäre.

Und du solltest dich jetzt auch um eine andere Wohnung kümmern, sagt die Füchsin.

Was stimmt denn nicht mit meiner?, fragt Ruth.

In einem anderen Bezirk vielleicht, sagt die Füchsin.

Können wir Ihnen helfen, Lady?, sagt der Rapper.

Es scheint mir, du hast dir die Abschlussrede unseres Direktors etwas zu sehr zu Herzen genommen, sagt Ruth.

Was meinst du?, fragt die Füchsin.

Ihr seid die Elite, sagt eine Stimme aus Ruths Mund, die Nora nicht kennt.

Wenn du das erste Wort deines Kindes nicht verstehen willst, bleib in deinem Hood, sagt die Füchsin.

Sie will wissen, ob du willst, dass deine Tochter auf dem Schulweg als Frau beschimpft werden soll, übersetzt Nora in eine Sprache, die Ruth versteht.

Ich weiß ja, was ihr meint, sagt Ruth, aber ich glaube nicht, dass Segregation eine Lösung ist.

Die Füchsin verschwindet auf die Toilette, um nachzusehen, ob jemand Hilfe braucht mit der Bürste. Ihr Bauch weist ihr den Weg. Nora und Ruth warten mit einer Wagenladung Sekt vor der Tür.

Gibt es Neuigkeiten im Krankenhaus?, fragt Ruth, während sie nach der optimalen Tragetechnik sucht.

Nein, sagt Nora, eigentlich nicht.

Auf Spielplätzen gibt es Stoßzeiten, die Stoßzeit ist jetzt. Jacken, Schultaschen, Rucksäcke und Schirme werden abgelegt und vergessen, bis gegangen wird.

Ein Mädchen schlägt einen Ast wie eine Peitsche. Die alte Frau neben Nora malt mit ihrem Gehstock Formen in den Kies. Das Mädchen hat eine andere mit der Peitsche getroffen, sie heult und hält sich die Wange. Heulenden Kindern mag Nora ins Gesicht schlagen, aber das tut man nicht. Es hilft, wenn sie wegsieht und sich auf etwas anderes konzentriert.

Warum haben Sie das getan?

Weil ich ein Kind will vielleicht?

Oder weil Sie selbst eines waren, und zwar kein gut begleitetes.

Wäre die Stimme in Noras Kopf nicht die der Kaiserin, sie würde an ihrem Verstand zweifeln, aber die Stimme der Kaiserin ist die Stimme der Vernunft.

Eine Frau hat sich und ihren Freundinnen Kaffee geholt, die Kinder bekommen Eis am Stiel. Ihr Kind trägt eine goldene Jacke, die Frau trägt Partnerlook.

Unter der Akazie machen zwei Hausaufgaben, der eine sieht immer wieder ins Heft der anderen.

Sind keine Tiere anwesend, dreht sich alles um die Schaukeln, dicht gefolgt von Stelzenhaus und Rutsche. Auf dem Stelzenhaus stehen Kinder und warten, bis sie an der Reihe sind. Eines drängelt, doch Natalie ist es nicht. Am Ende der Rutsche stehen Frauen und freuen sich. Eine hebt ihr Kind hinauf, das Kind blickt in den Abgrund und weiß nicht so recht. Nach langem Zureden rutscht es und die Frau synchronisiert das Rutschen mit einem Ton.

Ein Junge kommt zu einer Frau, um sich zu beschweren über die anderen. Die anderen rennen ihm hinterher, weil sie das alles vollkommen anders sehen. Die Frau sagt etwas, das Nora nicht versteht, die drei ziehen wieder ab und spielen weiter. Wenige Minuten später beginnt der Streit von Neuem und der Junge mag nicht mehr. Er setzt sich neben die Frau und streikt. Die Frau trinkt mit ihren Freundinnen Kaffee. Jonathan, sagt sie und streichelt ihm über den Kopf. Jonathans Haare sind schön, aber Nora mag sein dickliches Gesicht nicht. Dass das nicht in Ordnung ist, weiß sie selbst, und dass sie das weiß, ist gut.

Väter sind auf dem Spielplatz selten zu sehen, Väter sind eine Erscheinung. Einen Hund gibt es heute auch nicht, heute halten sich alle an das Verbot. Aber vielleicht bleibt am Abend ein Kind übrig, denkt Nora. Hoffentlich nicht Jonathan. Wie hatte die Füchsin gesagt? Dicke Kinder will auch niemand.

Eine Frau setzt sich mit einem Baby neben die zwei mit den Hausaufgaben, sie packt eine Brust aus, als wären Brüste zum Füttern erfunden, das findet Nora eine Zumutung. Die mit den Hausaufgaben scheinen das nicht so zu sehen.

Vor Nora bleibt ein Junge stehen, er sieht sie an, er will weinen, sie erkennt das am geringelten Mund. Hans!, ruft es nach ihm, der wahrscheinlich, wie sie, nach seinem Vater heißt und so weiter, Hans stolpert wie ein Betrunkener davon und einer Frau ans Bein. Die Hand der Frau faltet Hans ein Dach über den Kopf.

Unter der Rutsche entbrennt ein neuer Streit. Bis einer heult. Es ist ein Junge und er stellt sich an die Hauswand des Stelzenhauses dafür, damit es niemand sieht. Ein anderer steht vor der Rutsche und trampelt auf den Rindenmulch ein, als könnte der was dafür. Derart verärgert sollte man sich Erwachsene vorstellen, denkt Nora, auf dem Arbeitsamt oder im Bewerbungsgespräch. Eine Frau rückt aus, um den Streit zu schlichten.

FEHLALARM. *Entschuldige. Nora.*

Seit es Stereosysteme gab und Boxen
so groß wie Kinder

36

Icʜ ʙɪɴ ᴅᴇʀ Mᴇɪɴᴜɴɢ, dass sie selbstständig sein sollen, wenn sie selbstständig sein wollen.

Was?

Sie sind weg.

Erika & Erika waren jetzt wieder allein, dachte sie.

Wie, weg?

Na abgehauen, sagte Erika, deine Brüder sind weg, gegangen, sie kommen nicht mehr.

Rika rannte in das Zimmer, sie würde nicht viel sehen, die Kleiderregale waren leer, die Betten abgezogen.

Aber sie haben nie was gesagt.

Was hätten sie sagen sollen? Dass sie dich dabeihaben wollen?

Rika stieß Erika aus dem Weg. Die Tür fiel zu. Laute Musik. *Arschloch. Arschloch. Arschloch.*

Erika betrat das Zimmer ihrer Tochter, sie zog den Stecker des CD-Players. Rikas erstes Gehalt. Jetzt spielte es ihre Musik gegen die ihrer Tochter.

Wie wär's mit Anklopfen, wenn du mir schon keinen Schlüssel lässt?

Das ist meine Wohnung, falls du das vergessen hast, Madame Butterfly.

Raus!

Erika ging zur Tür und blieb im Türrahmen stehen.

Raus hab ich gesagt, rief ihr Rika aus dem Zimmer entgegen.

Wie sprichst du mit deiner Mutter?, rief Erika ins Zimmer hinein.

Du bist nicht meine verdammte Mutter, rief es zurück.

So? Und wer bin ich dann?

Langsam wurde ihr das zu bunt hier, langsam wurde ihr das wirklich zu bunt, sie hatte keine Nerven dafür, sie wollte eine Ruhe von all dem.

Ruf meinen Vater an.

Was?

Ich will, dass du meinen Vater anrufst, ich will bei ihm wohnen.

Du glaubst, der will dich?, schrie Erika ins Zimmer, der hat sich noch nie um dich gekümmert, falls dir das noch nicht aufgefallen ist, die Einzige, die sich hier kümmert, bin ich!

Das Zimmer antwortete nicht.

Bin ich froh, dass ich nicht deine richtige Mutter bin, Henriettes Stimme in ihrem Kopf, sie klopfte mit der Faust an die Stirn und die gehässige Stimme hinaus.

Jetzt komm schon, schlug sie einen versöhnlichen Ton an, magst du etwas essen?, doch der Ton vertrug sich nicht mit ihr.

Wasser und Brot, oder wie?

Mit Ketchup, sagte sie, das magst du doch sonst auch.

Weil du zu dumm bist, um was zu kochen!

Was glaubst du denn, woher das Geld kommt? Das wächst nicht auf den Bäumen!, rief sie dem feindlichen Bett zu.

Frau Makla hat sie geholt, oder?

Rikas Stimme war nun ruhig.

Sie haben sie geholt, ich weiß es genau.

Erika sagte nichts mehr, sie schloss die Tür.

Ich hoffe, sie holt mich auch bald, hörte sie Rikas Stimme hinter der Tür.

Erika saß auf der Bettcouch im Wohnzimmer. Die Küche war eine Grabkammer, ein Grab, das ihr Karl noch geschaufelt hatte, beinahe war es lustig, es war schon auch zum Lachen. Sie könnte die Korkplatten von den Wänden reißen, aber schöner würde die Küche als Baustelle nicht. Erika hatte keine Zeit gehabt, die Couch zusammenzuschieben, als es geläutet hatte. Sie hatte die Bettdecke glatt geworfen und war aufgestanden, es läutete erneut, sie hatte keine Zeit gehabt, die Couch zusammenzuschieben.

Im Fernsehen lief die Sendung mit den Musikwünschen. Die Wünsche, die per Telefon durchgegeben wurden, waren für den Mann, die beste Freundin, die beste Mutter der Welt. Im Hintergrund des Bildes, in dem eine Moderatorin die Musikwünsche entgegennahm, eine Jukebox, die nichts mehr zu tun hatte, seit es Stereosysteme gab und Boxen so groß wie Kinder.

Eine Soldatin marschierte durchs Bild, Uniform, Lederstiefel, eisblaue Augen wie sie selbst. Auf ihrem Kopf eine Pelzmütze, die Straße weiß, Erika konnte den Schnee unter den Stiefeln krachen spüren. Sie mochte das Lied. Und der Mann, der in die Soldatin verliebt war, hatte ein Herz in den Schnee gesprüht.

Sie war aufgesprungen und hatte die Couch zusammenklappen wollen, als es geläutet hatte, es hatte erneut geläutet und sie war nervös geworden, sie hatte die Bettcouch gelassen, wie sie war, war sich mit den Fingern durch die Haare gefahren und an die Tür gegangen.

Abgehauen.

Sie griff nach der Zigarette, die senkrecht aus dem Aschenbecher rauchte. Erika würde sich gewöhnen daran. Sie nahm den letzten Zug und drückte die Zigarette aus. Dann schob sie das Nachtkästchen durch das Zimmer und den Flur. Rika zu fragen, ob sie ihr half, war zwecklos, und dass der Teppich mitarbeitete, konnte man auch nicht behaupten.

37

SIE WAR DER MEINUNG, dass sie selbstständig sein sollte, wenn sie selbstständig sein wollte. Sie hatte sie ja immer für dumm verkauft und dagegengespielt, gedacht, sie wäre etwas Besseres mit ihrem verhurten Parfüm und ihrer Schminke. Diese Madame Butterfly hatte die Manuela aus ihr gemacht, mit ihren schönen Kleidern und dem hyperaktiven Sohn, der nicht still sitzen konnte, wenn man ihm sagte, dass er still sitzen sollte. Aber zu ihr sagen Rabenmutter und sich an ihre Tochter ranschmeißen, weil sie gern selber eine haben wollte, um sie anzumalen, wie eine Puppe. Sie hatte immer ausgesehen wie eine Madame, wenn sie von der Manuela runtergekommen war, blauer Lidschatten, einparfümiert, und die schönen Kleider, die sie plötzlich trug, wie eine Madame.

Und der Gesichtsausdruck von der Makla, als sie sie abgeholt hatte. Als hätte sie Essig im Mund, war sie hinter Rika gestanden. Sie hatte Rika die Hand gegeben. Ihr war alles so geschäftlich vorgekommen, dass sie den Arm ausgestreckt und ihr die Hand gegeben hatte. Die Makla hatte sich nicht gerührt, ganz beamtisch war sie im Hausflur gestanden mit ihrer Essigvisage und hatte der dramatischen Madame die Tasche abgenommen, als zerbräche sie unter ihrem Gewicht. Die Makla war doch nie auf ihrer Seite gewesen, das hätte sie wissen müssen, die ließ sich lieber Lügenmärchen von undankbaren Kindern auftischen.

Erika ging ins Badezimmer. Sah eine Frau, die im Wald in einer Hütte wohnt, vielleicht mit Katze auf der Schulter,

Kräuter zum Trocknen an der Regenrinne, vielleicht auch keine Regenrinne, vielleicht bloß eine Tonne, in der die Katze ertrinken würde, ein Hund wäre ungefährlicher, der könnte zumindest schwimmen. Sie würde noch längeres Haar brauchen für den Wald. Vielleicht ließ sie es sich wachsen in der Stadt.

Sie nahm die Zähne vom Waschbecken und steckte sie in den Mund. Ein Kind, ein Zahn. Sechzehn Kinder. Das sollte sie Henriette sagen.

Ob Henriette noch lebte? Wäre sie verständigt worden, wenn nicht? Würde sie etwa erben, wenn sie stirbt, als adoptiertes Kind? Sie wird wohl noch am Leben sein, dachte Erika, eine Frau wie Henriette war nicht totzukriegen.

Sie hoffte, die würden den Fernseher sofort mitnehmen und zahlten den Preis, den sie in die Anzeige geschrieben hatte. Es war ein guter Fernseher.

Sie lächelte der Frau im Spiegel zu. Die Alte machte sich über sie lustig. War es das Licht? Erika drehte den Kopf, die Narbe auf ihrer Stirn glänzte, nein, die Zähne. Sie griff in den Allibert und löschte das Licht. Der Wald und die Alte waren weg. Allibert, ein Name wie ein enger Freund, dachte sie. Sie hoffte, die nahmen ihn gleich mit und zahlten den Preis, den sie in die Anzeige geschrieben hatte. Er war ein guter Fernseher.

Die Menschen sind Pestien

EIN SELTSAMES JAHR, um auszuwandern, finden Sie nicht?

Weiß nicht.

Fünfundvierzig, das liegt doch auf der Hand.

Vera ist schon in Ordnung, sagt Nora.

Ihre Freundin hat mit Sicherheit nichts getan, sagt Sarah Tänzer.

Jedenfalls ist sie in Brasilien, erklärt Nora, und ihre Katze bei mir, und am liebsten würde ich sie gar nicht mehr hergeben.

Ich hoffe, Sie sind nicht einsam, sagt Sarah Tänzer und schaut misstrauisch.

Ach wo, sagt Nora.

Sonst kommen Sie zu mir, sagt Sarah Tänzer fröhlich und beginnt zu strahlen.

Nora sieht ihnen eine Frau entgegenkommen, die ihr Baby in einem Bauchtuch trägt, die Beine pendeln an den Hüften der Frau wie choreografiert. An ihrer Hand ein zweites, größeres Kind, es sieht zu ihr hoch, lacht und entblößt Lücken zwischen kleinen weißen Zähnchen.

Einmal noch so jung, sagt Sarah Tänzer und bleibt stehen, um ihnen nachzublicken.

Nora ist anderer Meinung, aber sie behält es für sich, es klingt, als wäre es Sarah Tänzer sehr gut gegangen.

So ein Tuch, fährt Sarah Tänzer fort, hätte ich gebraucht, als wir über die Grenze wollten, ich habe Greta in den Armen tragen müssen, wissen Sie, und sie war so schwer, dass sie mir fast in den Fluss gefallen wäre.

Das glaube ich Ihnen, sagt Nora, die nicht weiß, was sie sagen soll. Das kann ich mir vorstellen, kann sie nicht sagen, denn sie kann es eigentlich nicht.

Meine Großmutter war jünger, als ich heute alt bin, sagt Sarah Tänzer, sie ist dem David auf dem Rücken gesessen, sie war nicht gut zu Fuß, sie lacht, wie ich, sie klopft auf den Rollator, Moby hebt kurz seinen Kopf.

Das war sehr mutig, sagt Nora, die nur Floskeln in ihrem Kopf vorfindet.

Es hat ja doch nichts genutzt, sagt Sarah Tänzer.

Nora schweigt, weil sie dafür keine Sprache hat.

Der eine Fluchthelfer, der Ernst, der hat von der Frau Doktor Fleischmann einen Diamanten bekommen, weil sie nicht angemeldet gewesen war. Als sie uns aufgehalten haben kurz vor der Grenze, ist ihm der Diamant unter der Zunge herausgefallen. Sie haben ihn erschossen. Vor uns. Da habe ich gewusst, das wird nichts mehr, sagt Sarah Tänzer, es wird uns an den Kragen gehen.

Das ist schrecklich, sagt Nora.

Da haben Sie recht, sagt Sarah Tänzer, ich habe nur geschaut, dass Greta nicht weint, und bis im Lager war sie still, wie wenn der Schuss ihre Stimme geschluckt hätte, können Sie sich das vorstellen?

Nora weiß nicht.

Und als sie die Menschen zu sortieren begonnen haben, hat sie ein Mal groß Luft geholt und dann nicht mehr aufgehört zu weinen, ich habe sie lange gehört. In der Nacht bin ich aufgewacht und habe sie noch gehört.

Sie schluckt. Nora kann es durch ihren faltigen Hals sehen.

Die in meinem Bett haben gesagt, das war ich, die geschrien hat, aber ich bin mir ganz sicher, dass das die Greta war, wenn man so sicher ist, kann das nicht falsch sein, was meinen Sie?

Ich weiß nicht, sagt Nora, sie weiß nichts mehr.

Natürlich, woher sollen Sie, sagt Sarah Tänzer ungemütlich.

Nora schweigt. Moby wird geschoben wie ein alter Mann und das gelbe Gilet bekommt von der alten Frau in den Rücken getreten, alles wie immer, wenn sie gemeinsam ausfahren, bloß ungemütlich kennt Nora Sarah Tänzer noch nicht.

Im Elternhaus meiner Freundin Sabine, beginnt Nora, spukt ein Geist.

Wirklich?, steigt Sarah Tänzer sofort und wieder höflich darauf ein.

Eine Gräfin, die weiße Frau wird sie genannt, sagt Nora.

Hat Ihre Freundin Sabine sie einmal gesehen?, will Sarah Tänzer wissen.

Nein, aber jeder hat sie schon gehört, während einer Pestepidemie hat sie ihren Mann, ihre Kinder und alle Dienstboten und Dienstbotinnen verloren, sie ist alleine zurückgeblieben, bis sie selbst gestorben ist an der Pest, hat sie nur noch geschrien und geweint.

Woher weiß man das?, fragt Sarah Tänzer, wenn sie die Letzte war.

Sie hat Tagebuch geführt, sagt Nora, und das wurde gefunden, Sabine sagt, das Weinen der weißen Frau ist heute noch zu hören.

Moby sabbert aus seiner Schnauze auf den Boden.

Die Pest wurde im Mittelalter als schlechter Geruch gedacht, wussten Sie das?

Schlechter Geruch?, fragt Nora.

Bestialisch müsste pestialisch heißen, sagt Sarah Tänzer, es stinkt pestialisch, Nora lacht, und Pestien, fährt Sarah Tänzer fort, die Menschen sind Pestien.

Gibt es nicht Menschen und Pestien?, fragt Nora.

Glauben Sie mir, Nora, die Menschen sind Pestien, ich habe es gesehen.

Nora schweigt. Auch Sarah Tänzer hängt einem Gedanken nach, der ihre Falten im Gesicht zerklüftet. Sie blickt zu Boden. Sie schweigt.

– wurde ein Wal angeschwemmt –

Nora hört auf die Gesprächsfetzen um sie herum.

– Nein! –

– voll mit Plastikmüll –

Zwei junge Männer, der eine jongliert einen Hackysack auf der Fußspitze.

– wenn einer was will von dir, weißt du wenigstens, dass er es ernst –

Eine sehr schöne Frau zu einer nicht so schönen.

– so einen Stress, weil sie drei Kinder hat, sie hat ohnehin drei Kindermädchen, aber die schaffen das nicht, stell dir das vor, die schaffen das –

Eine Frau mit englischem Hut zu einer anderen in klassischem Kostüm.

– und das ist die Cousine von Wenzel? –

– genau –

– aha –

Ein Mann, der ein Fahrrad schiebt, neben einer Frau, deren Hüfte nicht einmal bis zum Sattel reicht.

– [Polnisch?] –

Eine Frau zu einem Kind, das übermütig den eigenen Kinderwagen vor sich herschiebt.

– Astrid? Bist du's? –

Eine Frau, die Ruth ähnlich sieht, ins Telefon.

– da hab ich kein Gefühl drin, und weißt du warum? –

– warum? –

– weil ich mir die Sehne –

Ein Schüler zu einem Mädchen, die älter aussieht als er, er hält ihr den Daumen vor die Nase, sie blickt über den

Daumen hinweg.

– [Italienisch] –

Eine wild gestikulierende Gruppe verschiedenen Alters, alle lachen.

– Du verdammter Hurensohn –

Einer zu einem anderen, dieses Mal klingt es wie ein Kompliment. Aber was sagt das über die Mutter aus, wenn das Kind ein Hurensohn ist?

Auf der Gendarmerie hat die Frau Doktor Fleischmann nach Wasser verlangt, beginnt Sarah Tänzer, der Gendarm hat gedacht, sie will nur was trinken, wir haben die Pillen nicht gesehen, nach einer halben Stunde war sie tot und ich habe mir nur gedacht, sie hatte ein leckeres Henkersmahl, in dem Gasthof, in dem wir die Nacht verbrachten, gab es zum Frühstück Eier, ist das nicht absurd?

Nora nickt ein Jein.

Und da hatte ich noch keine Ahnung davon, wie sehr wir hungern werden, sagt Sarah Tänzer, keine Ahnung.

Eine Agentin kommt ihnen entgegen, fünf oder sechs Jahre alt, sie trägt Trenchcoat, das Wetter ist zu warm für einen Mantel, doch sie ist undercover unterwegs und ihre Mutter lässt sie nicht auffliegen, ihre Mutter versteht. Sarah Tänzer lächelt die Agentin geheimnisvoll an, die Agentin kann nicht zurücklächeln, sonst fliegt ihre Deckung auf.

Als sie tot am Boden lag, habe ich zu David gesagt, er muss jetzt seine Ohren spannen und wegfliegen, der David hat immer riesige Ohren gehabt, dafür ist er immer gehänselt worden, und wissen Sie, was er geantwortet hat?

Was?, fragt Nora.

Ich fliege nirgendwohin, Sarahle, ich bleibe bei euch.

Sarah Tänzers Augen blicken Nora nass an. Nora möchte ihre Hand nehmen oder ihr über die Schultern streicheln, doch sie hat keine Arme.

Er hätte wegfliegen sollen, er hätte die Greta packen sollen und über die Grenze fliegen und den Nazis von oben zuwinken und die Greta hätte ihnen die Zunge gezeigt, sagt Sarah Tänzer mit halber Stimme.

Eidechsen werfen den Schwanz ab bei Gefahr, sagt Nora.

Das könnten wir auch gebrauchen, nicht?, fragt Sarah Tänzer, und Nora blickt in ein Gesicht, das ihr bekannt vorkommt, doch die Brille ist im Weg, sie kann es nicht sehen.

Hey, sagt das Gesicht und die Brille gehört plötzlich doch zu diesem Gesicht und es ist O. Leander.

Darf ich Sie vorstellen? Sarah Tänzer, meine Nachbarin, sagt Nora zu O. Leander, Oskar Leander Brand, ein Freund meiner Freundin Ruth, sagt Nora zu Sarah Tänzer, und Moby Dick, sie zeigt auf den Korb des Rollators, in dem der Hund ein Nickerchen macht.

Hallo Moby Dick, sagt O. Leander und beugt sich über den Korb, doch Moby ist die Höflichkeit von Fremden ganz einerlei.

Frau Tänzer, sehr erfreut, macht er bei ihrer Nachbarin weiter und gibt ihr die Hand.

Sarah Tänzer grinst, während sie knickst, ihre Knie knacken, ist Knicksen wieder in Mode?

Nora sagt: Gratuliere übrigens.

Nicht wahr?, sagt er, ich freue mich so, also für Ruth, aber für mich auch.

Ich freue mich auch, sagt Nora.

Wäre der nichts für Sie?, fragt Sarah Tänzer, als O. Leander im U-Bahn-Abgang verschwindet.

Er ist schwul, sagt Nora, soll sie Sarah Tänzer schwul erklären?

Schwule Männer sind besonders lieb zu Frauen, sagt Sarah Tänzer und Nora nickt, alles andere ist Ruths Job.

ICH KAUFE NICHTS, verkündet Sarah Tänzer, als sich die Tür öffnet.

Kommt rein, sagt eine Frau, auf deren Kopf ein Fliederbusch wächst.

Sarah Tänzer legt Nora eine Hand in den Rücken und schiebt sie in die Wohnung. Den Rollator lassen sie im Stiegenhaus stehen, aber Moby nehmen sie mit.

Lassen Sie die Schuhe an, flüstert Sarah Tänzer Nora zu, Nora weiß Bescheid.

Sie folgen Moby ins Wohnzimmer, er kennt die Wohnung. Er legt sich auf einen Schemel neben einem Kachelofen. Die fliederfarben gelockte Frau quittiert seine Heimeligkeit mit einem wissenden Lächeln: Als der Hugo noch am Leben war, haben sie miteinander gespielt, erklärt sie Nora.

Die ganze Stadt hat Hunde. Das muss Nora der Füchsin sagen, denn Fische hat sie bislang noch keine gesehen.

Auf einem imposanten Holztisch mit geschwungenen Beinen sind Unmengen Plastikboxen aufgetürmt, Nora bewundert das Kunstwerk, es ist bunt und scheint fragil und stabil zugleich zu sein. Über dem Tisch, an der Decke, fächelt ein Ventilator die stehende Luft durch den Raum.

Setzen Sie sich doch, sagt die fliederfarbene Frau.

Emmi, sagt Sarah Tänzer und der fliederfarbene Lockenkopf nickt Nora freundlich zu, und das ist Nora, von der ich dir schon so viel erzählt habe, Emmi nickt noch immer, Nora beginnt auch zu nicken.

Setzen Sie sich doch, wiederholt Emmi und Nora nimmt Platz auf einer Ottomane mit rotem Samtüberzug und Holzrahmen. Der Holzrahmen wächst Nora hinten über den Kopf und die Zeit der Sprungfedern war einmal, Nora sitzt hart.

Als die Party losgeht, sitzt neben Nora Meri, der eine Kaffeebohne über die Wange kullert, die ein Muttermal ist, Sarah Tänzer sitzt auf einem Sessel mit Kordeln an den Lehnen, ihr gegenüber sitzt, weißhaarig, Juliane auf demselben pompösen Möbelstück und die fliederfarben gelockte Emmi möchte lieber stehen.

Ich kaufe nichts, denkt Nora, ich kaufe nichts, ich begleite meine Nachbarin zu meiner ersten Tupperwareparty, aber ich kaufe nichts, auch nicht aus Verlegenheit.

Es geht los, sagt Emmi und Juliane klatscht in die Hände wie ein Kind.

Meine Damen, beginnt Emmi getragen, nimmt eine durchsichtige Form mit rotem Deckel zur Brust und sagt zärtlich: Das ist *Speedy.*

Sie spricht es seltsam aus, Englisch ist es jedenfalls nicht, und Nora verschluckt das Wasser bis in ihre Nase hoch. Meri schubst sie komplizinnenhaft mit dem Ellbogen an, die Kaffeebohne hüpft, das Wasser in der Nase schmerzt.

Der *Speedy Chef Nummer zwei,* lässt Emmi sich nicht aus der Fassung bringen, er mixt und rührt, und das alles – für uns von Wichtigkeit, für Sie, Nora, noch nicht – ohne Kraftaufwand.

Sie dreht an der Kurbel und grinst, als hätte sie das Gerät erfunden oder heute Nacht erst geboren.

Wir werden später noch einen Kuchen backen damit, sagt sie, ganz ohne Strom.

Ohne Strom?, fragt Meri und sieht Nora an, Nora zuckt die Schultern.

Ohne Strom, sagt Emmi und nimmt das nächste Teil zur Hand: Der *UltraPro Bräter,* Juliane, dein Hühnchen wird dein Samuel nicht mehr anders essen wollen als aus diesem 5,7 Liter großen Behälter, der noch stundenlang nach dem Backofen warm bleibt.

Dann will ich es wohl lieber nicht, oder?, lacht Juliane.

Das ist die *Chef*-Serie, meine Lieben, fährt Emmi fort, allen voran die Kasserolle, diese schmucke Bratpfanne und die Palatschinkenpfanne, für den Zauber in der Küche.

Es folgt das *Dampfwunder*-Set, das *Omlettwunder* und das *Reiswunder.* Die Namen überprüft Nora im Katalog, der auf dem Tisch liegt, es gibt sie wirklich.

Und das ist was für deine Enkel, Sarah, sagt Emmi und Sarah Tänzer winkt ab: Dann kann ich gleich in der Küche übernachten.

Der *Marinierstar,* der *Küchenstar,* die *Universalmühle,* der *Profischäler,* die Salatschleuder, der *Zwiebelmeister,* das *Knoblauchwunder,* die Germteigschüssel, die *Zuckerfee,* der Apfelausstecher, der Küchenrollenhalter, und die Messer hat sie leider nicht da, aber das Filetiermesser und das Kochmesser kann Emmi allen Köchinnen wärmstens ans Herz legen.

Sarah Tänzer gießt allen Tee ein und Emmi präsentiert: Die Thermoskanne *Elegance,* der Deckel öffnet sich zum Ausgießen und hält gleichzeitig die Wärme im Inneren.

Das macht doch jede Thermoskanne, sagt Juliane zu sich selbst.

Aber die von Tupperware erkennt das Wunder darin, sagt Meri und Juliane versteckt ihr Grinsen hinter dem Süßstoff, der neben der *Zuckerfee* steht.

Nora hält ihr Gesicht in die Höhe und verliert ihren Blick in den Umdrehungen des Deckenventilators. Dann der *Brotprofi, Schneidbrettprofi, Klimakönig flach, Klimakönig hoch* und dann die Klassiker, Behältnisse zum Lagern und Stapeln: der *Liliputbecher,* die *Drillinge,* der *Frischetresor,* die *Wunderschüssel* und die *Polarsterne* für die Gefriertruhe.

In meiner Gefriertruhe liegt schon der Sami drin, sagt Juliane und lacht in ihre Faust.

Der Samuel passt bestimmt auch in irgendeine der Tuppers, sagt Sarah Tänzer und Emmi präsentiert die Eislutscher. Jede bekommt einen Schlecker und jeder tun die Zähne weh, Nora auch.

Und was das Beste ist, versucht Emmi eine Spannung aufzubauen, und jetzt haltet euch fest, lebenslange Garantie auf alles!

Na das wird ein kurzes Vergnügen, sagt Sarah Tänzer und Juliane verschluckt sich am Tee.

Na, was sagt ihr?, will Emmi wissen, alles sehr fähig, alles ohne Strom.

Apropos, erinnert Meri und Emmi beginnt zu zaubern, innerhalb weniger Minuten ist der Rouladenteig fertig, Juliane schlägt Schlagobers für die Füllung in einem *Speedy,* der wie eine Kettensäge zu starten ist, nur ohne Strom, Meri hackt in einem Zerschnitzlerwunder Amarenakirschen und Pinienkerne und Sarah Tänzer sagt: Und wie du das bäckst, will ich jetzt noch wissen.

Wie, wie ich das backe?

Na ohne Strom, erinnert Meri und lässt ihre Kaffeebohne hüpfen.

Aber nein doch, ruft Emmi aus, natürlich muss der Teig in den Backofen!

Ein Stöhnen geht um den Tisch, die Lacher überschlagen sich und Emmi schüttelt den fliederfarbenen Kopf und nimmt Teig, Obers und Kirschen und zaubert in der Küche weiter.

Ohne Strom hätte ich es gekauft, sagt Juliane.

Ich bin gespannt auf ihre nächste Phase, sagt Meri, Perückenvertreterin vielleicht.

Trägt sie eine Perücke?, fragt Nora.

Ach wo, ihre Haare sind das Verbrechen ihrer Friseurin, lacht Juliane, die ihr eigenes weißes Haar zu einem Kranz um den Kopf gebunden trägt, manchmal geht das Färben in die Hose.

Und während der Biskuit im Rohr ist, kommt Emmi mit weiteren Utensilien aus der Küche gelaufen, schneiden wir Ochsenherzen fürs Tomatenpesto.

Sie legt zwei riesige Tomaten auf den Tisch, die aussehen wie winzige Kürbisse.

Wisst ihr, wie Tupperware sie nennen würde?, fragt Meri.

Juliane sagt: Tomatenwunder!

Alles lacht, Sarah Tänzer ganz besonders, ihr faltiges Gesicht wackelt und lebt, und Meri macht ihr Kaffeebohnenkunststück.

Als die Roulade serviert wird, nach den Brötchen mit Pesto, Juliane klebt noch etwas im Mundwinkel, erhebt sich Moby aus seinem Schlaf und kommt zur Gesellschaft dazu. Er kriegt von Emmi ein Stück Biskuit vors Maul geworfen.

Der Zucker gibt ihm neue Energie. Auf dem Heimweg geht er dem Rollator voraus und Sarah Tänzer sitzt auf dem Tablett, sie sieht müde aus, aber als hätte sie etwas erlebt, Nora schiebt.

Die Tulpen auf dem Namensschild blühen nur für Sarah Tänzer, als sie nach Hause kommen. Sie legt sich in das Bett, das im Wohnzimmer steht. Die Fotografie der Familie, die es seit Jahrzehnten nicht mehr gibt, steht wieder im Wandschrank. Greta lächelt Nora heiter zu.

Ich sage Ihnen was, Nora, sagt Sarah Tänzer, wenn man Kinder hat und wenn man stirbt, braucht man Freundinnen.

Wie meinen Sie das?

Die für einen da sind, antwortet sie und hievt sich auf das kleine Bett, das in der Ecke des Wohn- und Esszimmers steht, Nora hilft ihr, Sarah Tänzer blickt auf ihren Arm, schon so spät, ich gehöre ins Bett, sagt sie und macht sich lang, doch für das Erreichen der Bettkante nicht lang genug.

Schauen Sie, sie hält ihr Handgelenk leicht in die Höhe, Nora blickt auf die Anzeige.

Wie spät ist es?, fragt Sarah Tänzer.

Neunzehn Uhr achtunddreißig?, fragt Nora, die Digitalanzeige lesend, zurück.

Neunzehnachtunddreißig, sehr richtig, sagt Sarah Tänzer und schließt die Lider dabei, deshalb mag ich diese Uhr nicht, aber jetzt ist es zu spät für eine andere. Darf ich Ihnen noch etwas anbieten, bevor Sie gehen, Limonade oder Tee?

Ich werde nie mehr Furchtsaft trinken, denkt Nora, bedankt sich und geht Richtung Wohnungstür.

Die Ohren von David Tänzer sind tatsächlich riesengroß, doch seine Füße stehen auf dem Foto fest am Boden, neben denen seiner jungen Frau, von Abheben keine Spur.

Ich sage Ihnen Bescheid, wenn das *Knoblauchwunder* da ist, ruft Sarah Tänzer Nora müde nach.

Wir können unsere Bestellung gerne gemeinsam abholen, sagt Nora und schickt der alten Sarah Tänzer, die als junge Sarah Tänzer um so viel größer aussah, als sie geworden ist, ein Lächeln in die Schlafecke. An Freitagen trifft Sarah Tänzer ihre Freundinnen, hatte sie einmal erklärt, doch die werden auch immer weniger. Nora möchte nicht wissen, wer die nächste sein wird.

Ich will kein Schreibaby, stellt die Füchsin klar, ich werde es bei mir tragen, solange es getragen werden will, Babys sind Traglinge, wisst ihr, die brauchen die Nähe ihrer Mutter, sonst kriegt man eins, das den ganzen Tag schreit.

Tragling, denkt Nora laut nach, klingt lustig.

Ja, sagt die Füchsin, in anderen Kulturen sind sie, was das betrifft, viel schlauer als wir.

Ich halte das für einen Mythos, sagt Ruth, aber wer weiß, vielleicht muss ich es für einen halten, wenn ich bald nach der Geburt wieder in die Schule zurück will.

Und wer schaut auf dein Kind?, fragt Nora.

Halb O. Leander, halb ich, sagt Ruth.

Ich dachte, es ist dein Kind und er ist bloß der Samenspender, sagt Nora.

Wir denken das alternativer, sagt Ruth.

Wenn du mich fragst, sagt die Füchsin, setzt du die falschen Prioritäten.

Ich mag meine Kinder.

Das sind nicht deine Kinder.

Irgendwie schon.

Was willst du eigentlich beweisen?

Ich will nicht 24/7 zu Hause sitzen und auf einem Blog jeden Furz meines Kindes notieren.

Sie hat Furz gesagt, sagt Nora und bekreuzigt sich, Ruth lacht, doch die Füchsin hat nichts zu lachen, denn das Muttiblog ist ihre Idee.

Darf ich?, fragt Nora und die Füchsin nickt.

Sie streckt vorsichtig ihren Arm aus und fährt der Füchsin mit der Hand über den Hahnenkamm auf ihrem Kopf.

Und diese Frisur hält?

Mit Spray und Gel hält die jeden Sturm aus, erklärt die Füchsin stolz.

Du siehst aus wie ein Legionär, sagt Nora, die Frisur steht dir aber, auch wenn es schade ist um deinen Fuchsschwanz.

Das letzte Mal, als ich bei der Friseurin war, meinte sie, mit dieser Frisur würden mir nun alle Männer nachspringen, erzählt Ruth, Gott bewahre, hab ich zu ihr gesagt, aber sie hat es nicht verstanden.

Vor dem Schaufenster kommt ein Kinderwagen zu stehen und die Füchsin ruft: Schaut nur!

Ruth sagt: Ich muss jetzt nicht jedes Baby süß finden, oder, reicht nicht mein eigenes?

Und meins, erhöht die Füchsin und ihr Hahnenkamm wackelt wichtig auf dem Kopf.

Wissen deine Eltern es schon?, fragt Nora.

Ruth schweigt.

Ich würde sonst was drum geben, wenn ich es meiner Mutter noch sagen könnte, sagt die Füchsin, Nora denkt, ein Bein vielleicht.

Aber deine Mutter war nicht meine Eltern, wird Ruth sauer, und das weißt du genau.

Ich sag ja nur, sagt die Füchsin, du wirst doch deinem Kind nicht die Großeltern vorenthalten wollen.

Sobald es mein Bruder weiß, wissen sie es sowieso.

Du kannst doch deinen Bruder bitten, nichts zu verraten, schlägt Nora vor.

Diese Plaudertasche soll den Mund halten?

Sieh es als Chance, um dich mit ihnen zu versöhnen, schlägt die Füchsin vor.

Ich habe nicht begonnen, sagt Ruth.

Nun ja, sagt die Füchsin, in den Augen deiner Eltern schon.

Und das ist das Problem, wird Ruth nun richtig sauer, sie wollen, dass ich die brave Frau bin, die Kinder gebärt, abends für den Ernährer kocht, täglich betet und am Sonntag in der Kirche sitzt, aber das bin ich nicht.

Und das fängt schon beim Ernährer an, sagt die Füchsin und lacht, Ruth lacht mit, weil es ein freundliches Lachen ist.

Ich fürchte mich ja schon vor der Geburt.

Ich freue mich darauf, behauptet die Füchsin.

Echt jetzt?, fragt Nora.

Wenn man den Sinn des Geburtsschmerzes verstehen lernt, kann man damit umgehen, behauptet die Füchsin.

Wie bist du denn drauf?, fragt Ruth.

Wer eine Geburt ohne Schmerzmittel erleben kann, erklärt die Füchsin, weiß um die eigene Kraft, die später immer wieder benötigt wird, wenn man ein Kind hat, sagt zumindest meine Hebamme.

Und zur Frau sprach er, viel Mühsal bereit ich dir, sooft du schwanger wirst, unter Schmerzen gebierst du Kinder. Genesis 3,16, referiert Ruth.

Vielleicht brauchst du einen Dammschnitt, sagt Nora, dieser Schmerz würde jedenfalls Sinn machen, wenn das Baby anders nicht durchpasst.

Dammschnitt ist keiner geplant, sagt die Füchsin, aber so eine Geburt ist ja die natürlichste Sache der Welt, wir sind schon gemacht dafür, dass alles gut geht.

Das klingt superflauschig, sagt Ruth, aber ich vertraue der Natur nicht, ich will niedergespritzt werden.

Nein, so natürlich wie möglich soll es sein, sagt die Füchsin, ich will die Entbindung ganz bewusst erleben, wir sind gemacht dafür, das alles auszuhalten.

Das ist so misogyn und du merkst es nicht mal, sagt Ruth.

Wieso? Das haben unsere Mütter und Großmütter auch schon geschafft, sagt die Füchsin, wir können da auf eine Tradition zurückgreifen.

Vielleicht ist das das Problem, wird Ruth laut, ich habe jedenfalls keine natürliche Bestimmung, weder was meine Ahninnen betrifft noch mich.

Doch, sagt die Füchsin, sobald du eine Mutter wirst, kommt der Instinkt.

Nein, sobald ich eine Mutter werde, kommt ihr mir mit Regeln, sagt Ruth.

Darf es bei den Damen noch etwas sein?, fragt ein Kellner und zwinkert, Nora verneint.

Habt ihr manchmal auch das Gefühl, dass man das Schuhgeschäft noch im Kaffee schmeckt?, fragt sie.

Seit ich schwanger bin, bin ich überhaupt ganz empfindlich, was die Nase betrifft, sagt die Füchsin, ich rieche überall Füße oder Kot, nur das, Füße oder Kot.

Ich erzähl dir mal was, beginnt Ruth von Neuem, meine Kollegin wollte bei ihrer Entbindung stehen, weil sie die Wehen besser ertragen konnte in dieser Position, aber der Arzt meinte, so könne er nicht arbeiten, also hat sie sich hingelegt, und die Hebamme hat getuschelt mit den Ärzten, mit ihr hat niemand geredet, sie lag da, entblößt, und wusste nicht, was da ständig verhandelt wird über sie.

Dann hätte sie sich für eine Hausgeburt entscheiden sollen, sagt die Füchsin.

Ich will aber ins Krankenhaus, sagt Ruth, und dort will ich nicht bloß ein Muttermund sein oder eine schmerzunempfindliche Vagina, aus der mal eben ein Kind gezogen werden muss, bevor die Kantine schließt.

Sie hat Vagina gesagt, sagt Nora, doch weder die Füchsin noch Ruth scheinen jetzt noch einen Spaß zu verstehen.

Sie steht auf und ruft dem Schaufenster, vor dem ein Müllmann seinen Wagen vorüberfährt, zu: Seit ihr schwanger seid, seid ihr ganz schön unlustig. Dann verschwindet sie auf der Toilette, um Luft zu holen, doch auf der Toilette war jemand groß.

Du bist zu konservativ für diese Frisur, sagt Ruth zur Füchsin, als jede ihre Geldbörse verräumt.

Das ist keine Beleidigung für mich, sagt die Füchsin und schiebt den leeren Tortenteller in die Mitte des Tresens.

Nora sagt nichts mehr. Nora will nur nach Hause. Zu Hause wartet eine Katze, die nicht sprechen kann, nur kuscheln, und das ist jetzt das Wichtigste.

Wir sind Europäer und keine Satanisten, verkündet ein Irrer in der Straßenbahn, wir sind gemütliche Menschen, und wenn's euch hier nicht passt, könnt ihr woanders hingehen, ich entschuldige mich für die Drohung, aber –

Er nimmt die Hand aus der Jackentasche, lädt durch und schießt auf das Kind der Frau, die ihm die Ohren zuhält.

Die Haut ihrer Hand ist dunkel, die Fingerspitzen hell und die Nägel sind aubergine lackiert. Mutter und Sohn tragen dieselbe Frisur, kraus und kurz. Der Mann versteckt den Finger wieder in seiner Jackentasche. Als wäre nichts passiert. Er sieht zufrieden aus, denkt Nora, und so normal, in keiner Weise wie eine Pestie. Die Familie steigt bei der nächsten Haltestelle aus und setzt sich ins Wartehaus, das Mädchen sagt ihrer Mutter etwas ins Ohr, die Mutter bückt sich zu ihr hinunter, der Junge fährt mit einem Matchboxauto auf seinem Schenkel auf seiner Jeanshose, lange ist die Straße für sein Auto noch nicht. Zu Hause wartet Juri, sagt kein Wort, macht einfach den Polster. Nora bettet ihren Kopf auf seinen Bauch, schließt die kaputten Augen, vergräbt das rauschende Ohr im Fell der Katze. Um nichts mehr zu hören als ihren Herzschlag. Tiere sind großartig, denkt sie, nur Tiere sind richtig groß. Hinter der Pappwand klopft jemand Schnitzel. Für

Schnitzel ist doch gar nicht die Zeit? Noch fünf Dosen, dann ist Vera wieder da.

WAS IST BATMAN?
 Eine Fledermaus.
 Nein!
 Na sicher, eine Fledermaus.
 Nein, ein Mensch mit einem Emblem einer Fledermaus, denn er kann sich ja in keine Fledermaus verwandeln.
 Weil er eine ihist.
 Und Spiderman?
 Eine Spinne?
 Nora versteht, dass Ruth ihre Schüler und Schülerinnen mag. Dieser Lehrer dürfte sich köstlich mit seinen amüsieren, zumindest fühlt Nora sich gut unterhalten, indem sie dem Lehrer und seiner Klasse lauscht. Exkursion. Pause im Park. Der Lehrer trägt Flip-Flops mit weißen Socken, die Zehen zweigeteilt.
 Ihre nackten Füße liegen auf dem warmen Asphalt, die Socken liegen neben ihr. Neben den Socken, auf der nächsten Bank, eine Frau und ein Mann in Sarah Tänzers Alter. Sie hat ein Überbein, das sich durch ihren Lederschuh drückt, der Mann einen Lachkrampf. Ein Hund fährt vorbei, sein amputiertes Hinterteil steckt auf einer Räderkonstruktion, seine Vorderbeine ziehen den Streitwagen. Das hätte Vera ähnlichgesehen. Der Hund ist so schnell unterwegs mit seinem Frauchen, dem er hinterherfährt, dass Sarah Tänzer ihn gar nicht zu bemerken scheint. Sie sitzt mit dem Rücken an die Lehne gepresst, kerzengerade, ihre knochigen Beine baumeln in der Luft. Auch sie ist aus den Schuhen geschlüpft, doch ihre Strümpfe hat sie anbehalten.

Die Strümpfe sind von einer Farbe, die nicht in dieses Jahrhundert passt.

Ich lass dich hier!, ein Mann zu einem Kind, das sich auf den Boden geworfen hat und weint.

Warum weinst du jetzt?, der Mann zu einem Kind, das sich auf den Boden geworfen hat und weint, weil es traurig ist.

Eine Frau rückt ihre Brüste im Blazer zurecht. Ein Kind bellt einen Hund an. Ein Junge sagt zu einer Frau, die kurz stehenbleibt und in einem Taschenspiegel ihre Lippen nachzieht: Männer sind auch ohne hübsch.

Ich bin froh, dass das Lachen erfunden wurde, sagt ein anderer.

Eine Frau auf einem Fahrrad fährt vorbei, am Gepäckträger angebracht ein Lieferanhänger, im Lieferanhänger Kinder, die Kinder werfen Seifenblasen hinter sich in die Luft. Eine Seifenblase zerplatzt im Gesicht des alten Mannes neben Nora und Sarah Tänzer. Er erschrickt, dann geht der Lachkrampf von Neuem los.

Ein feuchter blauer Beißring landet in Noras Schoß.

Bitte entschuldigen Sie, sagt eine Frau, er ist gerade mit seinem Spielzeug unzufrieden.

Das, will Nora antworten, ist das einzige Problem, das ein Kind haben sollte.

Die Frisur der Frau sieht aus, als hätte ihr jemand die Schädeldecke aufgeschnitten, einen Blick hineingeworfen, die obere Hälfte versehentlich falsch auf die untere gesetzt und in Eile wieder zugenäht.

Die Kinder, die an Batman glauben, verlassen in Zweierreihe den Park. Eine Libelle parkt auf Sarah Tänzers spitzem Knie. Sie hat sechs Beine, Flügel wie Netzstrümpfe auf dem Rücken und Augen wie Lindberghs Flugbrille.

Oder Beate Uhses, hätte Ruth gesagt.

Und Vera würde sagen: Wusstet ihr, dass Beate Uhse Hauptmann im Zweiten Weltkrieg war?

Soll ich Ihnen mal etwas über Insekten erzählen?, fragt Sarah Tänzer, und Sarah Tänzer soll.

KANN ES SCHON KRABBELN, geht es schon aufs Töpfchen, wann sagt es das erste Wort, ich habe es satt!

Ich sage bloß, dass es für alles die richtige Zeit gibt.

Ich werde nicht mit dir wettrüsten, ist das klar?

Aber wenn dein Kind verzögert ist in seiner Entwicklung, stimmt vielleicht etwas nicht mit ihm.

Ich werde dir gleich geben, etwas stimmt nicht mit ihm.

Die Suppe ist vom Tisch, die Hauptspeise noch nicht einmal da, bereits abgehakt sind:

Kaiserschnittkinder neigen zu Depression.

Wenn jemand mit Kaiserschnitt gebären will, go.

Wie viel Kilo mehr sind eigentlich Durchschnitt?

Wenn du dich so gehen lässt, findest du nie wieder zu deiner alten Figur zurück.

Hast du meine alte Figur einmal angesehen?

Ein Kind sucht sich seine Eltern aus.

Ist dann das Kind selber schuld, wenn die Eltern scheiße sind?

Ich will nicht stillen.

Du wirst aber.

Ich habe gesagt, ich will nicht stillen.

Du wirst stillen wollen, wenn das Baby erst mal da ist.

Du hörst mir nie zu, oder?

Wusstet ihr, dass die Hormone die Mutter ans Baby binden, damit sie es nicht im Stich lässt?

Eine Mutter ist für dich entweder keine Frau oder die Frau, oder?

Ja und?

Ruths Hand verwandelt sich in ein Schnabeltier, das Schnabeltier sieht der Füchsin böse in die Augen und klappt den Schnabel auf, den Schnabel zu.

Die Füchsin sagt: Du wirst schon sehen, die Natur holt die Frauen bei den Kindern ein.

Ruth sagt: Die Natur darf meinen Arsch von hinten sehen.

Zum Glück wird Nora sich auswärts essen bald nicht mehr leisten können. Die Hauptspeisen werden gebracht, um den Schwangeren endlich das Maul zu stopfen. Sie will das nicht denken, aber es ist zu spät.

Weshalb muss immer dann, wenn sie zu Recht böse auf etwas oder jemanden ist, die Kaiserin ihr ins Ohr flüstern? Nehmen Sie nicht nur sich selbst wichtig, geben Sie auch anderen die Chance.

Nora hat nun lange genug bewiesen, dass sie das kann.

Gegenüber ist ein Mädchen in Maresas Alter zu Besuch. Die Selbstversorgerinnen rekeln sich unter ihrer zärtlichen Hand, bei sechs Katzen bildet sich schnell eine Warteschlange, jede will ihre Streicheleinheiten, das Mädchen hat noch einiges zu tun.

Neid ist keine Todsünde, hatte Ruth gesagt, und Ruth muss es wissen. Neid entstammt einem Mangelgefühl, und der Mangel bedeutet, dass dir etwas fehlt. Das Problem war nie Maresa gewesen, es war immer sie selbst.

Das Mädchen macht weiter bei Weiß-getigert mit Seitenscheitel. Schwarz mit weißer Nase stellt sich unauffällig wieder hinten an.

Unter ihrem Fenster hält ein dickes Auto. Es kommt Nora bekannt vor. Vera. Nora weicht zurück und setzt sich vorsichtig auf ihr Bett. Es dauert nur ein paar Atemzüge, dann läutet es an der Tür. Juri springt erschrocken aus dem Stand hoch in die Luft. Unter anderen Umständen würde Nora darüber lachen können.

Juri flüchtet unters Bett. Es läutet noch einmal, lang, und noch einmal, zwei Mal kurz. Nora braucht keine Hose, denn sie wird nicht zur Tür gehen. Zumindest nicht öffnen. Lautlos erhebt sie sich vom Bett und geht ins Vorzimmer. Sie hört die Klingel durch die Pappwand beim Nachbarn läuten, dann den Türsummer im Stiegenhaus und Schuhe mit Absatz über Stufen aus Stein. Sie hält den Atem an. Zwei kleine Scheinwerfer leuchten unter dem Bett hervor, auch Juri geht in Deckung. Durch den Spion sieht der Hausflur aus wie das Zimmer eines Puppenhauses. Es raschelt zu Noras Füßen, ein Stück Papier schiebt sich unter der Wohnungstür herein, dann Schuhe mit Absatz über Stufen aus Stein, die sich immer weiter entfernen, dann eine Tür. Nora beugt sich hinunter und hebt das Papier auf. Es ist eine Rechnung, auf Portugiesisch. Auf der anderen Seite Veras akkurate Handschrift, mit der sie die Tischkärtchen schreibt, wenn sie wieder etwas gekocht hat, das sie nicht kann. Papier gehört in die Altpapiersammlung.

46

So einige hätten es verdient, sich endlich zur Ruhe
setzen zu dürfen, war Erikas Meinung, wenn sie das brö-
selnde Kunstleder sah oder die abgewetzten Absätze. War
nichts los, schlüpfte sie gern in die Stiefel und Stiefeletten
und Halbschuhe und studierte die Fußform der Vorbesit-
zerinnen. Plattfüße erkannte sie auf Anhieb. Sie presste
ihre Fußsohle in den Schuh und rutschte in der eingetre-
tenen Form hin und her. Plattfüßlerinnen waren stand-
haft und geerdet, manchmal laut. Kleine, schmale Füße
waren ruhig, bis hin zu schüchtern. Das war ihre Theorie,
sich selbst ausgeschlossen. Sie konnte ihre Theorie bloß
an jenen überprüfen, die die Schuhe mit nach Hause
nahmen um einen günstigen Preis. Bei den Zweitbesit-
zerinnen stimmte sie meist mit der Wirklichkeit überein.
Erika fand, sie hatte Feldforschungstalent. Aus ihr hätte
bestimmt was werden können, sie wäre in der Welt unterwegs, berichtete von neuen Ergebnissen und Erkenntnis-
sen, stünde auf Podien, spräche in Mikrofone, Test Test,
hallo, mein Name ist Erika Schnabel, die Welt würde
ihren Namen kennen, sie wäre keine Unbekannte, ein
Fräulein Erika schon gar nicht, in ihrem Alter war man
kein Fräulein mehr, unverheiratet hin oder her. Was wäre
sie eigentlich?

Haben Sie die neue Kollektion ins Schaufenster inte-
griert, Fräulein Erika?

Er sprach von ausgetragenen Schuhen wie von Desig-
nerstücken. Natürlich hatte er einen Schuhfetisch.

Wird erledigt, Herr Günter, sagte Erika und Herr Günter antwortete mit einem Abgang in die Küche, in der er eine Zigarette anzünden würde, um den Boden mit Asche zu bekleckern, denn rauchen konnte das, was er hinterließ, nicht gewesen sein, war Erikas Meinung, deren Antwort eine kleine Verschnaufpause am Kassatisch war, die sie nicht von der Mittagspause abzuziehen gedachte.

Dass er Damenschuhe verkaufte, weiterverkaufte, war eigenartig, woher er die gebrauchten Schuhe bezog, wusste sie nicht, vielleicht wurde ihm bei der Auswahl der Kollektion für seinen Laden auch die Hose eng, aber Herr Günter war ein angenehmer Chef, und er war nur einmal die Woche da, Erika war gerne allein.

Kann ich Ihnen helfen?

Danke, ich schaue nur, sagte die Plattfüßlerin und Erika stellte sich mit dem Rücken hinter den Kassatisch, damit die Kundin sich nicht beobachtet fühlte. Sie hasste es, wenn das Verkaufspersonal sie mit Blicken des baldigen Diebstahls bezichtigten. Sie begann dann zu schwitzen, Schweiß floss ihren Rücken hinab, ihr Gesicht war heiß und begann zu leuchten, sodass der Diebstahl bereits bewiesen schien, noch ohne etwas eingesteckt zu haben. Erika hörte, wie der Zipp eines Stiefels zugezogen wurde, dann der zweite, dann ein paar Schritte gehen, drehen, noch einmal gehen. Wenn Plattfuß auf Plattfuß traf und sie ihn riechen konnte, war der Schuh so gut wie weg.

Entschuldigen Sie?, sagte die Kundin.

Kein Grund sich zu entschuldigen, sagte Erika und drehte sich von hinter dem Ladentisch hervor.

An manchen Tagen hatte sie wieder eine Ahnung davon, wie fröhlich funktionierte. Vielleicht hatte das auch mit den gelegentlichen Stromschlägen der kaputten Duschtasse zu

tun. Ihre Wohnung war billig, und das ließ ihre Wohnung
sie spüren.

49

FAST ALLE gingen vorbei an der Frau, ohne sie zu sehen, es
war schwer, sie nicht zu sehen, es war eine Leistung. Durch-
löcherte Jacke wie Hose, zauselige Haarmähne, in der Vögel
nisteten, dreckige Fingernägel, Schuhe mit Loch links, und
sie saß inmitten einer Geruchswolke, die ein Gestank war, der
in der Nase biss und den Hals würgte. Vor ihr zwei dunkle
Fellknäuel wie vergrößerte pelzige Schokoladenpralinen.
Sie fiepten und schmiegten sich aneinander und hofften,
sie würden jemandem gefallen. Vor ihnen, auf dem Boden,
krakelige Schrift, ein Karton, auf dem ihr Preis geschrieben
stand. Sie waren wertlos, aber für die Frau ein Vermögen,
wenn jemand zahlte. Erika musste an Klausi denken.
    Sie nahm sich vor, sie auch zu übersehen. Sie ging
Richtung U-Bahn, ohne einen zweiten Blick zu riskieren. Sie
ging inmitten einer Traube von Menschen, die einander in
dieselbe Richtung schoben, die Menschen liefen, als würde
die U-Bahn nach der gleich einfahrenden Garnitur abgeschafft. Sie ging langsam, sie ging unbeholfen, sie wurde von
eckigen Ellenbogen hingewiesen darauf. Wie sie ging, war
falsch.
    Der Vater hatte Klausi gesucht und nach ihm gerufen.
Ein Unbekannter sah Klausi neben sich am Wegrand liegen,
bückte sich, nahm ihn in die Hand, holte aus und warf ihn
dem Vater zu. Der Unbekannte hatte es gut gemeint, er hatte
nicht vorgehabt, das auszulösen, was dann geschah. Der
Vater gab sich Mühe Klausi zu fangen, ihn bloß nicht auf

den Boden aufprallen zu lassen, aber Klausi verletzte sich bei dem Wurf, Schleim tropfte seitlich aus seinem Panzer, die Farbe wich aus seiner Haut, er wurde grau, sein Mund stand offen, er röchelte, und Erika sagte zum Vater, er solle Klausi noch in die warme Sonne legen, bis er stirbt. Dann war sie aufgewacht, mit der Erinnerung daran, dass diese Verwandtschaft allen in diesem Traum ein biologisches Rätsel gewesen war, aber alle hatten Klausi gemocht.

Sie blieb stehen. Jemand stieß ihr in den Rücken, hier stehen zu bleiben war falsch.

49

SIE NAHM BEIDE, beide hatten gelbe Augen, Augen, die sie mit Kamille behandelte, bis sie schwarz waren, rund und groß, und sie hineinsehen konnte.

Ich lebe ganz gut als Hartschalentier

25. 6.

NIESEL. Kalter Tag. Verkaufe Juni gegen November, könnte das Geld gut brauchen.

26. 6.

JURI SCHLÄFT. Seit Stunden. Musste ihn anstupsen, um sicherzugehen, dass er nicht verstorben ist. Sarah Tänzer bei ihren Enkeln, einer hat sich beide Beine gebrochen. Wie so etwas passiert, werde ich noch in Erfahrung bringen. Nun macht sie ihm die Kovacs. Und Moby ist so eine Art Blindenhund für Gehbehinderte.

27. 6.

HABE KINDER vor der Mittelschule verfolgt, die Schule war aus, die Schultaschen trugen sie lässig mit nur einer Schlaufe über einer Schulter. Ich bin hinter ihnen hergegangen, wir hatten dieselbe Richtung, das heißt, ich hatte keine Richtung, ich bin ziellos hinter ihnen her. Bei den Parkplätzen vor dem Rathaus stand ein Porsche. Hey Porsche, Mann! So der schöne Junge zum dicken, wirklich so: Hey Porsche, Mann! Und der Dicke hat dem Porsche in das Nummernschild getreten. Wir haben erst dann gesehen, dass jemand drinsitzt, hat einen Parkzettel ausgefüllt. Er hat die Autotür aufgerissen, sie wegen ihrer Haarfarbe beschimpft und die

Kinder sind losgerannt. Dann hat der Mann mich angeblickt und den Kopf geschüttelt. Aber was hab ich mit seinem Porsche zu schaffen? Abgesehen davon kann ich sowieso nicht auf der Seite von einem Auto sein.

28. 6.

IN DER U-BAHN hat ein Mann eine Frau vergewaltigt, kurz vor Endstation, niemand sonst im Waggon. Der Polizeidirektor sagt, Frauen sollen sich zu den Notgriffen stellen. Wie komme ich dazu? Vermisse Ruth, wenn ich so etwas höre. Habe immerhin Juri. Aber Katzenmännchen haben kleine Widerhaken auf ihrem Penis. Klingt auch nach Gewalt, wenn man mich fragt. Aber der tut nichts, der ist kastriert.

29. 6.

ZEHN UHR, das Prüfungskomitee wartet auf mich, aber da können sie lange warten.

29. 6.

EINEN MANN MIT KINDERGESICHT im Käfig sitzen gesehen. Saß unter dem Basketballkorb und hat ins Leere gestarrt. Nach Hause durch den Park. Eine Frau in weißem Hochzeitskleid hat sich fotografieren lassen, sie hat sich in Pose gesetzt, einmal ist sie sogar gelegen, das Foto wird nichts, das hätte ich ihr sagen sollen. Bräutigam war keiner zu sehen, vielleicht hat sie sich selbst geheiratet. Quasi symbolisch. Das hätte was. Mache richtig viele Kilometer jeden Tag. Diese Stadt ist zu Fuß viel größer als mit Öffis und logischer zusammengesetzt, eine Legostadt. Kam am Lycée vorbei. Habe mir eingeredet, das wäre zufällig, glaube mir aber nichts mehr. Maresa oder Charlotte habe ich nicht gesehen. Ihr Auto war auch nirgendwo geparkt. Dann habe ich die Richtung gewechselt. Ich weiß nicht, ob ich Anton hätte sehen können. So wie ich aussehe, will ich ihn gar nicht sehen. Abgemagert, knochig, ein farbloses Gesicht, als läge ich im Koma und spielte tot.

30. 6.

ICH WÜRDE MEINE eigene Stimme nicht mehr erkennen, wenn Juri nicht wäre. Ich glaube, es ist nicht übertrieben zu sagen, dass das, was hier vor sich geht, eine intensive Unterhaltung ist. Für Außenstehende womöglich seltsam, aber ich verstehe jedes Wort, also sinngemäß. Muss, wenn sie zurück ist, Sarah Tänzer fragen, ob das normal ist, ob sie das mit Moby auch hat.

1. 7.

SONNENGRUSS jeden Morgen. In Abwesenheit grüßt die Füchsin meine Schuhschachtel. Yoga wird zwar nicht die Welt retten, aber hilft es nicht, schadet es auch nicht. Außer ich zwicke mir einen Nerv ein, heute passiert, als meine Arme nach oben schossen. Mich an einen Yogiteespruch erinnert: Klopfe an den Himmel und höre auf den Klang. Vielleicht ist die Füchsin deshalb ein wenig seltsam in letzter Zeit. Das ist nicht der Einfluss von Muskelhannes, das sind nicht ihre Hormone, das ist Yogitee.

2. 7.

Ich lebe ganz gut als Hartschalentier, aber der Panzer bekommt Sprünge, an den Seiten bricht er auf, ich habe es heute auf dem Spielplatz bemerkt. Man wird weich, wenn man zu lange hinsieht. Wer ist man? Ich, Frau Kaiser, man ist ich. Das ist, weil ich selbst ein Kind war und ich nicht darüber hinwegkomme. Oder weil ich selbst gerne ein Kind hätte, als Stellvertreterhandlung, weil ich nie eines war. Muss ich der Kaiserin erzählen, wenn sie aus der Sommerpause zurück ist. Bis dahin: Spielplätze meiden. Und mir eine gute Geschichte ausdenken. Dass Vera drübengeblieben ist vielleicht. Oder sie ist zwar zurückgekommen, hat aber gemerkt, dass eine Katze sie am Reisen hindert. Ich könnte auch einfach nie von ihm sprechen. Veras Nachrichten werden weniger. Vielleicht hat sie Juri bald vergessen. Und die Füchsin meldet sich auch nicht mehr, recht hat sie. Aber Post von Ruth. Ein weißes Blatt Papier, ein fast rundes Loch herausgeschnitten, auf den Zirkel hat sie verzichtet, und darunter, in ihrer zackigen Tafelschrift: *Durchblick: Himmelschau.* Hab es gemacht, hat gestimmt, ich habe den Himmel gesehen. Ruth ist eine Poetin. Das sollte jemand Larissa sagen.

3. 7.

Hier wurde ich sexuell *belästigt.* Ich habe die Aufkleber gesehen, die Ruth vor Jahren in der Stadt angebracht hat, einer auf einem Zigarettenautomaten Nähe Bahnhof hängt noch immer. Habe ein Foto gemacht und dann doch nicht abgeschickt. Vielleicht mache ich es noch.

4. 7.

HEUTE WASSERMELONE. Und ich habe nicht nur eine getragen, ich habe sie auch gegessen. Zum ersten Mal in diesem Sommer. Anton hat sie in kleine Stücke geschnitten. Ich mag es, das Fleisch mit einem großen Löffel aus der Hälfte abzuschaben. Wie aus einem Suppentopf.

5. 7.

SPRAYERN AM KANAL bei der Arbeit zugesehen. *Ihr Geld ist nicht weg, es hat nur jemand anderes.* Betrifft mich nicht, ich hatte nie welches. Schätze aber, die Bank dreht mir bald den Hahn zu, die rote Zahl muss riesig sein, ich hebe nur noch bei externen Bankomaten ab, damit sie mich nicht überraschen. Aber danach? Meine gestrige gloriose Idee: Ich habe gerne Sex, ich brauche dringend Geld, ließe sich das nicht kombinieren? Oder Ernährungsumstellung auf Lichtnahrung, aber das wird ein mageres Vergnügen. Und dann gäbe es noch den Ausweg als Hungerkünstlerin: Ich liege auf einem Bett in einem Schaufenster eines Möbelhauses und verhungere vor aller Augen. Schließlich bekomme ich von einem Gönner doch noch viel Geld für die Kunstaktion, aber es wird zu spät sein. Das ist die traurigste Variante.

6. 7.

Vielleicht hat die Mutter der Mutter die Mutter hergegeben, weil sie keinen Drachen geboren hatte und im Körbchen ein Drache lag. Die nächste Mutter hatte den kleinen Drachen süß gefunden und ihn großgezogen. Und war von ihm aufgefressen worden, als er größer war. Keine Ahnung, irgendwo müssen meine Großmütter ja hingekommen sein. Vielleicht sind sie auch in Brasilien. Hoffentlich nicht seit 1945.

7. 7.

Wenn ich die nächste Stromrechnung nicht mehr bezahlen kann, könnte ich in meinem alten Büro vorsprechen und um eine Stundung betteln, und dann:
Möchten Sie etwas trinken?
Ja, gerne.
Sie wissen ja, wo die Kaffeemaschine steht.

8. 7.

Hinter der Pappwand streiten sie. Ich verstehe kein Wort, ich höre nur die Stimmen, aber wenn es noch schlimmer wird, muss ich die Polizei rufen. Was tu ich, wenn der Streit vorüber ist, wenn die Polizei endlich kommt, dann bin ich die Dumme. Anton hat einmal gesagt, es ist nie zu früh, um die Polizei zu rufen. Ich darf nicht an Anton denken. Ich darf nicht an Anton denken. Ich darf nicht.

8. 7.

DIE FRAU IST TOT, der Mann lässt gerade ihre Leiche verschwinden. Oder sie haben den Streit friedlich beigelegt und haben jetzt Versöhnungssex, doch dann müsste ich sie hören. Ich hasse die Pappwände meiner Schuhschachtel. Die sollen mich da nicht hineinziehen. Wollte ich Kontakt zu ihnen, würde ich Nudelsalat machen, anklopfen, mich ihnen vorstellen und sagen: Ich höre alles, was Sie treiben.

9. 7.

ICH HABE MEIN SPIEGELBILD in einem Schaufenster gesehen. Ich bin noch da. Aber hinter mir hat eine Lichtstange aus dem Gehsteig geragt. Es war nicht mehr der Rede wert, um wie viel ich breiter war als die Stange. Entweder war das die Perspektive oder ich löse mich auf. Im Schaufenster lag kilometerlang Proust, jetzt weiß ich, warum die Füchsin so wow war. Aber dass Larissa so belesen ist und stolz darauf, bedeutet genau was im Vergleich zu denen, die es nicht sind?

L: Ich habe den ganzen Proust gelesen.

F: Wow!

L: Und ich bin zu dem Ergebnis gekommen, dass danach eigentlich nichts mehr geschrieben werden muss.

N: Und warum schreibst du dann?

Das hätte ich fragen sollen, fällt mir aber natürlich erst jetzt ein.

9. 7.

Es ist anstrengend, allen zu unterstellen, dass sie es gut haben und mir Schlechtes wollen, aber so bin ich sozialisiert worden.

10. 7.

Ich hatte eine Cousine, ihr Name war Prinzessin Marmara. Als ich Ruth von meiner Cousine erzählte, lachte sie und sagte: Das ist doch kein Name, das ist ein Meer. Fast so gut wie der Traum mit Herrn Rudi.

11. 7.

I rape you *to death.* Eine Politikerin hat einen Liebesbrief von einem Verehrer erhalten, ganz altmodisch per Post. Und die Zeitung berichtet, als ginge es ums Knicken von Gänseblümchen.

12. 7.

Eine Tiergeschichte, die mir heute eingefallen ist, als ich an der Restplatzbörse vorbeikam, sie geht so: Ein Kind nahm seinen Hamster mit in den Urlaub an die kroatische Küste. Sie machten einen Ausflug und den Hamster ließen sie beim Haus, in seinem Käfig, im Schatten stehen, damit er frische Luft hat und ein bisschen was zu sehen. Doch die Sonne wanderte, und als sie zurückkamen, war der Hamster tot. Er lag auf dem Rücken, sein kleiner Mund und seine Augen standen offen. Falls er geweint hat, als er starb, sah man das nicht mehr, er war in der prallen Sonne vertrocknet. Wer hat mir diese Geschichte erzählt? Könnte ich jedenfalls Vera schicken. Aber so eine bin ich nicht. Oder ich hätte sie Maresa erzählen können, wäre sie mir früher eingefallen. So eine wäre ich vielleicht sogar gewesen. Manchmal kann ich mich selbst nicht ausstehen. Kein Wunder, dass Anton weg ist, es ist gut, dass er seine Tochter vor mir in Sicherheit gebracht hat. Dabei mochte ich sie, eigentlich, nur ist mir so oft ein anderes Gefühl dazwischengekommen.

13. 7.

JURI DEN GANZEN TAG am Fenster, er hat die Selbstversorgerinnen gegenüber gescannt, ich brauche endlich einen Drucker, der mit einer Katze kompatibel ist. Und Sarah Tänzer ist noch immer nicht zurück. Ich nehme jeden Tag die Werbeprospekte von ihrer Tür. Außerdem notwendig: Stippvisite im Krankenhaus, die Anrufe werden mir lästig. Werde zuvor eine Tätowierung anbringen auf der Stirn: *Telefonleitung tot. Bitte probieren Sie es nie wieder.*

14. 7.

I: DIE HAT SICH NIE um uns gekümmert.

K: Das alles klingt, als hätte Ihre Mutter eigentlich jemanden gebraucht, der sich um sie kümmert.

Vielleicht hätte ich sie als kleines Mädchen kennen sollen. Ich hätte ihr sagen können, alles wird gut, auch wenn es nicht stimmt, aber es beruhigt. Und gestern so ein Gedanke, aus dem Nichts, dass ich es verstehen will, nicht dass ich es verstehe, sondern dass ich es verstehen will. Habe diesen Gedanken mit etwas anderem abgelöscht: Erste Periode, dunkles, fleischiges Blut in der Unterhose. Ich: Ich sterbe! Ich habe sogar geheult, ich habe nie vor ihr geheult, ich hätte mich geschämt vor ihr zu heulen, aber da habe ich sogar geheult. Sie: Hat gelacht. Und Super-Tampons geholt, als wäre ich gedehnt wie eine dreifache Mutter. Oder als die Frau von der Fürsorge mich fragte, ob er mir etwas getan hat. Ich habe versucht mich zu erinnern, aber ich konnte noch nicht einmal Nein sagen. Die Erinnerung war vollkommen schwarz, als hätte sie jemand dick mit einem Edding übermalt. Ich weiß es noch heute nicht, ich finde aber, ich sollte es wissen. Und ich finde, ein Kind bringt man nicht in so eine Situation.

15. 7.

LIBIDOVERLUST als Verhütungsmittel. Ich fasse mich auch nicht mal mehr selber an. Dass es mich gibt, überprüfe ich anhand des Spiegelbilds.

16. 7.

JURI GELÄHMT. Zumindest dachte ich das gerade. Kam panisch auf seinem Hinterteil aus dem Badezimmer angefahren, zog sich vorwärts unters Bett. Als es zu riechen begann, wusste ich Bescheid. Die Kotwurst, die ihm noch am Hinterteil geklebt hatte und die er durchs Robben abklemmen wollte, war abgefallen. Er saß neben ihr, verbogen wie die

Füchsin, und putzte sich, seelenruhig. Und ich putzte ihm die Bremsspur hinterher und habe die Wurst entsorgt. So muss sich das mit einem Kind anfühlen.

17. 7.

NATÜRLICH INTERESSIERT ES mich, aber ich will nicht, dass es mich interessiert. Ich mache einen großen Bogen um das Krankenhaus. Und ihre Wohnung hat mich ohnehin nie interessiert. Es interessiert mich nicht, ob die bezahlt wird währenddessen, und es interessiert mich nicht, was es zu sehen gäbe darin. Die Blumen auf dem Tisch, darunter der Cockerspaniel, die Duschtasse in der Küche, das sind die einzigen Bilder, die ich habe, und selbst die sind zu viel. Sähe ich ihre Wohnung, sähe ich, wie sie gelebt hat, und sähe ich, wie sie gelebt hat, machte sie das zu einem Menschen. Ich habe mich bereits an den Drachen gewöhnt.

18. 7.

VERAS GEBURTSTAG. Ich hätte ihr Juri schenken können, aber lieber stelle ich mich tot und behalte ihn. Liebes Tagebuch, du weißt, ich bin ein schlechter Mensch, aber ich meine es nicht so.

19. 7.

WEIBLICHES WESEN, hat der Postbeamte zu mir gesagt, er hat es in einem Scherz versteckt, ich habe es nicht sofort gefunden. Ich habe Anton ein Kuvert geschickt. Er hat immer gesagt, ich rieche so gut hinterm Ohr, da wo Katzen so weich sind und Forellen so gut schmecken. Ich habe ein leeres Briefpapier daran gerieben, es in das Kuvert gesteckt und ihm geschickt. Mal sehen, ob er es lesen kann.

19. 7.

NA GUT, eigentlich war das eine Schnapsidee. Die kann ich mir jetzt nur noch schön trinken.

20. 7.

VIELLEICHT WERDE ICH VERRÜCKT. Wenn man allein ist, merkt man das nicht sofort, oder erst, wenn es zu spät ist. Die Katze ist kein guter Gradmesser. Ich meine: Wir reden miteinander.

21. 7.

ENTWEDER VERRÜCKT ODER das Arbeitsamt hetzt tatsächlich eine Leiharbeitsfirma auf mich. Ich bin keine Leiharbeiterin! Ich habe die Mobilbox deaktiviert, die können mich mal.

22. 7.

FRIEDHÖFE SIND SO SCHÖN, weil sie so ruhig sind. Habe David Tänzer und Hans Magnus Mollert besucht. Ein Grabhüpfer ist auf Hans Magnus Mollerts Grab gesessen. Sarah Tänzer hätte gelacht. Wir wohnen neben einem Friedhof. Für einen Friedhof vor dem Fenster braucht man ein gesundes Verhältnis zum Tod, aber wer hat das schon. Deshalb wird auch nirgendwo darauf hingewiesen, dass unter der Fahrbahn jüdische Leichen liegen. Ich bin die Straßen abgelaufen, keine Hinweistafel, keine Information, nichts. Moral wird nach Bedarf verwendet und in dieser Stadt sieht niemand Bedarf.

23. 7.

AUF DER STRASSE einfach losbrüllen. So laut und lange, wie man kann. Bis die Luft wegbleibt oder die Stimme. Aber ich traue es mich ja doch nicht.

24. 7.

JETZT HEISST ES aufpassen. Ein Krankenpfleger hat bei einem Hausbesuch ein verschlossenes Zimmer geöffnet und stand im Taubendreck bis zu den Knien, in der Zeitung war ein Foto, ich hätte es sonst nicht geglaubt. Und die Zusatzgeschichte, weil die Tauben der Redaktion nicht genug waren: 18 Katzen in der Zwei-Zimmer-Wohnung einer Frau und 33 Hunde in einem Zwinger für fünf hinter dem Haus eines angeblich bekannten Rocksängers. Zum Glück kann Juri keine Kinder machen, schon gar nicht allein.

25. 7.

HAGEL im Juli, pervers. Zuerst dachte ich, es schneit. Und schon klopfte Vera an meinen Kopf. Als sie mir erzählte, sie sei in Brasilien aufgewachsen, habe ich noch gedacht, ihre Eltern hätten sie dort versteckt, weil sie sich für sie geschämt hatten. Aber ich habe Fotos gesehen. Falls sie sie versteckt hielten, hatte sie zumindest Ausgang.

26. 7.

DU WARST IMMER schon zu sensibel, kann man sich sagen lassen, wenn man sich beim Militär verpflichtet hat und nur heult anstatt zu schießen. Heute im Park. Hätte aber auch meine Mutter sein können. Und mich nerven diese Mit-den-Waffen-einer-Frau-Frauen. Ruth wüsste, was ich meine. Morgen gehe ich rüber zu Sarah Tänzer, ihr Enkel kann doch nicht noch immer invalid sein.

26. 7.

MIR IST DIE KAISERIN eingefallen. Ich manipuliere. Ich mache Sex, um etwas damit zu bewerkstelligen. Ich bin eine Mit-den-Waffen-einer-Frau-Frau.

27. 7.

ZU WEIHNACHTEN wünsche ich mir eine glückliche Kindheit, habe ich zur Kaiserin gesagt, bevor sie Bären jagen flog oder

Elche. Und sie hat nicht gesagt, für eine glückliche Kindheit ist es nie zu spät, sie hat gesagt: Viel Glück. Habe es ihr für die Jagd zurückgewünscht.

27. 7.

SIE SIND noch immer nicht zurück. Keine Geräusche in der Wohnung, auch das Läuten wird nicht beantwortet.

28. 7.

TEILNAHMSLOSE ELTERN auf Spielplätzen. Stoisches Betrachten ihrer Kinder. Warum haben die überhaupt welche? Hat mich an Belgien in den 50ern erinnert. Dunkelhäutige Kinder stehen in einem Zoo. Nicht vor den Gittern, sondern dahinter, als Ausstellungsobjekte. Hat Oskar erzählt.

29. 7.

MEINE FEINDLICHKEIT gegenüber dem Frauenkörper habe ich geerbt. Gestrige Erkenntnis, als ich so lange wachlag und an den Spielplatz dachte, wo wieder eine ihre Brüste rausgeholt hat, um ihr Kind zu stillen, einfach so. Wenn ich den Körper von Frauen nicht mag, mag ich mich selbst nicht. Die Mutter mochte sich nicht und deshalb mochte sie mich nicht, die Brüder waren kein Spiegel, waren anders gebaut und gedacht als wir. Das Wir nehme ich sofort zurück. Aus der Erkenntnis jedenfalls folgt:
    1. Spielplatzverbot!

2. Feindlichkeit abgewöhnen!

3. Nackte, stillende, schwangere Frauen ansehen, bis ich mich mag.

30. 7.

GRUPPENVERGEWALTIGUNG in den USA. Die Studentin hat die Männer angezeigt. Und CNN sagt, das Opfer ruiniere die Leben der Männer. Von wegen immer Indien.

31. 7.

EIN RADFAHRER fährt auf dem Gehsteig vorbei und ja, mich nervt das auch, aber er war wirklich vorsichtig und langsam, doch einer alten Frau nicht langsam genug:

Sie: Na hören Sie, das ist doch kein Radweg.

Ihre Begleitung: Da drüben ist ein Radweg!

Sie: Aber ich rege mich ja schon gar nicht mehr auf, den Nächsten schlage ich nieder.

Und da heißt es immer, man soll älteren Menschen Respekt zollen. Ich aber sage: Man zolle ihnen den Respekt, der ihnen gebührt. Und wer weiß, was die 45 gemacht haben.

1. 8.

FRIEREN IM HOCHSOMMER kann ich. Schuld ist die Pfefferminze. Warum steht die Fußcreme auch neben der Bodylotion? Habe mich lange nicht mehr geduscht. Würde mich gerne warmkuscheln jetzt. Kuscheln ist wie eine Droge, hat

Anton gesagt. Er hat nie geantwortet, er hat den Brief nicht lesen können. Wir haben uns wohl nichts mehr zu sagen. Nichts ist kälter als eine kaputte Liebe, oder? Liege nun unter der Decke, Juri auf mir. Ich könnte die Creme auch wieder runterduschen, aber will ich?

2. 8.

EIN BRIEF VOM ANWALT. Habe einen Sorgerechtsstreit am Hals. Ruth hat mir eine Textnachricht geschickt, kurz bevor die Briefträgerin an der Tür klingelte: *Vera geht zum Anwalt, melde dich endlich! Ruth <3*
Vielleicht hätte ich den Brief nicht annehmen sollen, aber ich war zu neugierig. Er schreibt sich Yuri. Dass ich die Fensterbretter abgeräumt habe, als wäre ich ausgezogen, hat also nicht geklappt. Vielleicht haben mich die Katzen von gegenüber verpfiffen. ~~Juri~~ Yuri soll das in Erfahrung bringen.

3. 8.

SCHLAFEN, schlafen, schlafen, ich bin dreihundert Jahre alt und zu Recht sehr müde. Beim Schlafen kann man das Totsein üben. Tot sein. Geht ja gar nicht, nicht so, nicht gemeinsam. Hätte ich es damals durchgezogen, wüsste ich heute, wie es ist. Vielleicht hätte ich mich vor den Zug legen sollen, aber mir scheint auch ein Zug nicht angenehm, zumindest die Sekunden davor. Was ich noch nie verstanden habe: Die Aufregung darüber, Fahrer oder Fahrerin zu traumatisieren. Eins) Um zu bremsen, ist so ein Zug zu schnell unterwegs, doch es gibt kleine Fensterrollos zum

Ausziehen, damit man nicht sieht, wenn der zerfahrene Körper um das Führerhaus klatscht. Zwei) Man sollte den Menschen den Tod lassen, den sie sich zutrauen. Manche tun sich mit Tabletten leichter, manche mit Auto oder Zug.

3. 8.

ODER SICH in einer Eisnacht in einen Park legen, sich ausziehen, die Wäsche ablegen, sich einen Platz zum Sterben suchen, sich eine Lungenentzündung holen, gefunden werden und später sterben, oder planmäßig erfrieren. Erfrieren ist ganz lange ein fürchterlicher Schmerz, doch ist man tot, kann man sich an den Schmerz ohnehin nicht mehr erinnern, und nach den Schmerzen wird es angenehm warm, wenn es warm wird, liegen bleiben. Achtung auf Enten. Freundliche Enten tragen die Wäsche hinterher.

4. 8.

VERA hat geschrieben. Sie klingt versöhnlich.

5. 8.

DIE KAISERIN würde mir jetzt guttun. Aber sie würde auch machen, dass ich das Richtige tun will, und ich kann das nicht.

6. 8.

SIE HAT UNS NIE umgebracht, das muss ich ihr zugutehalten. Zeitunglesen macht mich versöhnlich, ich will das nicht. Eine Frau hat ihrem Kind die Kehle durchgeschnitten und dann bei sich selbst angesetzt, hätte ich ihr gleich sagen können, dass das schwierig ist. Ich habe den Artikel gelesen und, wie es meine Art ist, zuerst einmal hinter einen Baum gekotzt. Besser als heulen. Zeigt der Sache auch gleich, was ich halte von ihr.

7. 8.

ICH HABE DEN HAUSBESITZER mit einem Mann in ihre Wohnung gehen sehen. Ich werde nicht glauben, was ich denke, wissen will ich es schon gar nicht.

7. 8.

SIE IST TOT. Das Schild mit den Tulpen und ihrem Namen ist weg und an der Tür hängt ein Zettel: *Nachlass-Hopping 15. 8.*, in einer Woche in ihrer Wohnung, an einem Feiertag, Mariä Himmelfahrt, was für Söhne sind das? Und wenn es das ist, was ich denke, dann will ich nicht da sein, wenn es so weit ist. Ich würde gerne weinen um sie, es funktioniert nicht. Und was, wenn ihre Söhne dasselbe mit Moby gemacht haben wie ich? Und mein zweiter Gedanke war: Die Knoblauchpresse von der Tupperwareparty konnte ich mir ohnehin nicht leisten. Mir wäre lieber, ich wäre verrückt, aber die Wahrheit ist, ich bin ein schlechter Mensch.

7. 8.

WENN SIE GESTORBEN IST, heißt das doch, dass sie wusste, was sie Greta sagen soll.

8. 8.

ÜBERLEGEN SIE, ob Sie auf die Richtigen böse sind, wenn Sie auf Ihre Freundinnen böse sind und auf Maresa, hat die Kaiserin gesagt. Ich weiß die Antwort, aber ich mag sie nicht.

8. 8.

ICH SPRECHE NICHT darüber, ich halte es aus. Ich halte alles aus. Ich bin aus Stein. Was soll ich auch sagen, jetzt noch?

9. 8.

WAS, WENN ICH DEN PANZER aufknöpfe und es ist niemand drin in mir?

9. 8.

HÄTTE GOTT GEWOLLT, dass wir nicht allein sind, hätte er siamesische Zwillinge aus uns gemacht, hat Ruth einmal gesagt, war als Scherz gemeint, aber jetzt muss ich im Ernst daran denken. Zwillinge sind nie allein. Zwillinge sterben sogar gemeinsam.

13. 8.

VOR DEM FENSTER tut es, als wäre es Tag, aber ich liege im Bett, es kann nicht Tag sein.

13. 8.

ICH KÖNNTE AUCH einfach hinübergehen und das Foto kaufen. Ich könnte aber auch nicht hier sein und so tun, als wäre das alles nicht wahr.

14. 8.

ICH WERDE DEN KUCHENBAUM fragen. Wenn er Zug sagt, sagt er Zug.

Unterwürfigkeit war wohl
die richtige Einstellung

54

ZWEI LÖCHER in eine Strumpfhose, damit die Absichten ernst aussahen, und einen Finger spreizen unter der Jacke. Geld her oder ich schieße, und zusehen, dabei nicht selber erschossen zu werden vom Sicherheitsdienst. Dann vor Gericht, dann hinter Gitter, dann Kost und Logis, Versicherungsschutz und Medikamente. Eigentlich klang die Belohnung für den Mut zu krimineller Energie ganz luxuriös, dachte Erika, sie legte die Zeitung auf den Nebensitz. Eigentlich war sie froh zu wissen, dass Menschen so etwas machten, wenn sie mussten, und eigentlich konnte sie es, wenn sie es in Portugal machten, auch hier. Sie klopfte dreimal leise auf das Plastik ihres Sitzes. Unverschuldete Notlage. Sie schmeckte das Wort nach, sie mochte es nicht.

Unverschuldet. Sie musste an das Fräulein Erika denken, das sie gewesen war. Fräuleins klangen immer unschuldig, und das sollten sie ja auch, das wurde verlangt von ihnen. Vielleicht würde sie sich mit ihrem Rufnamen aus dem Laden vorstellen. Dass er schließen musste, war ja tatsächlich nicht ihre Schuld gewesen. Und dass sie alt war und alle sie daran erinnerten, noch weniger. Als sie Kinder gehabt hatte, dachte sie, sie wäre nutzlos, weil sie Kinder hatte, und jetzt, wo sie alt wurde, war sie nutzlos, weil sie nicht jung geblieben war. Wie im Übrigen alle irgendwann, aber daran dachten die nicht, und an ihrem Beispiel schienen sie nichts lernen zu wollen.

Ihre Station. Sie ergriff den Treppensteiger und trug ihn über die Spalte zwischen U-Bahn und Bahnsteig. Leer war er leicht, leer konnte er fliegen, aber ihn über die Schulter zu klemmen, hätte dumm ausgesehen, sie schob ihn vor sich her wie einen Rasenmäher über eine Wiese, aber die Stadt war aus Stein. Immerhin waren die Kinder in Pensionsjahre umgerechnet worden, und den Rest würde sie auch noch irgendwie hinbekommen. Der neue Optimismus, der aufkam in ihr, passte zum Wetter, das Frühling war und warm. Der neue alte Optimismus, den sie noch von früher kannte. Ob Moni noch verheiratet war?

Sie legte den Notstandsbescheid vor die Frau auf den Tisch.

Erika Schnabel, sagte sie, ohne ihn zu berühren, als wäre er ansteckend.

Sie haben zwei, haben Sie gesagt?

Ja. Meret und Meggi.

Weibchen?

Erika nickt. Die Frau blickt vom Papier hoch.

Ja, sagt Erika, Weibchen.

Sie haben zwei und können sich nicht einmal einen leisten?, fuhr sie inhaltlich fort, was sie mimisch bereits ausgedrückt hatte.

Als ich sie zu mir nahm, konnte ich für beide sorgen.

Seit wann haben Sie sie?

Sechs Jahre, ich habe meine Stelle verloren. Es ist sehr schwer, in meinem Alter eine neue Arbeit zu finden.

Die Frau erhob sich aus ihrem Schreibtischsessel, Erika folgte ihr.

Folgen Sie mir, sagte sie, als sie bereits auf dem Flur waren.

Ein Raum, ein Luster hing von der Decke, Diener in Livree in den Ecken, eine lange Tafel mit Damasttischdecke, an der Hunde und Katzen und Meerschweinchen saßen, ein Lätzchen um den Hals, auf dem Tisch Silberbesteck, das im

Kerzenschein schimmerte. Die Frau öffnete eine Tür, auf der ein Katzenkalender den falschen Monat anzeigte, hinter der Tür ein Raum, aber eine Tafel mit Luster, Damast und Silber nicht. Spröde Standregale stapelten sich an drei Wänden in die Höhe, eines leer, das andere mit Dosen unterschiedlicher Größe und Etiketten, und auf dem dritten Trockenfuttersäcke, klein, groß, untragbar. Die Frau stützte ihre Hände in die Hüften, atmete laut pumpend durch, dann sortierte sie Dosen hinunter, hinauf, hinunter und stapelte einzelne auf der Seite, wie eine Schießbudeninstallation.

Hier.

Sie ging weiter zum Trockenfutter und griff nach einem Sack.

Und hier.

Vielen Dank, sagte Erika, danke, und stapelte die Dosen in den Wagen, sie musste sich dazu bücken, das kam ihr unterwürfig vor, aber Unterwürfigkeit war wohl die richtige Einstellung, um bei der Sozialtafel für Haustiere vorzusprechen.

Geschickt, sagte die Frau.

Ein Treppensteiger, sagte Erika.

Geschickt, wiederholte sie und nickte.

Treppensteigen ist das Einzige, was er nicht kann, aber fahren kann man ihn wunderbar, sagte Erika, kippte ihn und rollte vor und zurück zum Beweis, ganz leicht, sehen Sie.

Mh, machte die Frau, und der Treppensteiger quietschte, weil das Futter auf die Räder drückte.

Erika stopfte den Trockenfuttersack groß den Dosen hinterher, er passte nur zur Hälfte hinein, sie kippte den Wagen vorsichtig und rollte vor und zurück, zum Test, ob es hielt. Es hielt. Sie folgte der Frau aus dem Raum, sie schloss die Tür hinter ihnen. Es war nicht nur Juli, es war noch 2009,

und die Tigerkatze lag seitlich in der Sonne wie ein Pferd, das
im Stand umgefallen war.

55

WIE EIN BEIN VERLIEREN war das, das war auch nicht zu
verbergen, die Frau mit den zwei Hunden hatte nur noch
einen. Würden heute noch Holzbeine umgeschnallt, die
Frühpensionistin wäre die richtige Frau dafür. Sie wusste
nicht, was ihr lieber war, Holzbein oder Meret tot. Der Mann
war schon länger nicht mehr in der Hundezone gewesen,
verreist vielleicht. Aber er hatte sofort gesehen, dass ihr einer
gestorben war. Mein Beileid, hatte er gesagt, nur das, mein
Beileid, und dazu einen Hut gelüpft. Erika wollte nicht
über Merets Tod sprechen, schon gar nicht in Floskeln mit
Fremden.

In den ersten Wochen nachdem sie gestorben war, hatte
sie sich noch ihre Stimme in Erinnerung rufen können.
Meret hatte eine andere Stimme als Meggi, eine Art
Piepsen oder Fiepsen. Wie damals im Schoß der Frau mit
den Vögeln in den Haaren, die sich über den Kauf so sehr
gefreut hatte, dass sie Erika die Hände küsste, so richtig
küsste, die verkrustete Lippe hart auf Erikas Haut. Meret
fehlte. Meggi bellte artgerecht, und auch das nur selten,
aber Meret hatte ganz individuell gefiepst, Meret hatte eine
Stimme gehabt.

Jemanden zu vergessen, war nicht nur gut, dachte Erika.
Aber es war nötig. Ihr Vater, die Kinder, und Meret nun auch.
Ihre Bluse war zu eng für das Wetter, sie rieb mit den Fingern
an ihrem Hals, ihr Spiegelbild zitterte im Schaufenster des
Schuhladens, der nach dem Gastspiel einer Buchhandlung
ein neumodisches Kaffeehaus war. *Laktosefrei, Chai, geeist,*

vegan stand auf einer Schiefertafel vor der Eingangstür. Sie klingelte noch immer, wie der Laden, das hatten sie beibehalten. Im Schaufenster saß ein Fuchs mit Milchbart auf der Oberlippe. Neben ihr Frauen mit unscheinbaren Frisuren und eine Dicke. Die Rothaarige sah ihr in die Augen, ein paar Sekunden zu lang, Erika sah weg und zog an Meggis Leine, Meggi hörte auf sie. Das hätte Meret nicht gemacht, und das hatte sie an Meret bewundert.

Der Zeitungsjunge vor dem Haus verschwand hinter dem roten Auto und kam hinter dem grünen wieder hervor. Er wiederholte das Kunststück beim weißen und beim goldenen. Ein goldenes Auto war wie eine Halskette fahren. Die Zeitungen, die der Inder, der schon längst kein Junge mehr war, über seinen Arm gelegt hatte, wurden langsam weniger. Auf dem Stromkasten lagen die restlichen Exemplare, Erika warf einen Blick darauf beim Vorbeigehen. Ausgebrannte Autos und Löscharbeiten an einem in Brand gesteckten Gebäude. Das Feuer, das Feuer wärmte Erikas kühle Stirn.

Sie sollte noch eine Mütze tragen, dem Wind war noch nicht zu trauen, da er sich mit Sonne tarnte. In London war Erika noch nie gewesen. Erika war noch nie irgendwo gewesen, aber in London schon gar nicht.

Den Autos waren die Glasscheiben herausgesprungen und sie waren mit Worten besprüht, die sie nicht lesen konnte, aber Worte, die gesprüht wurden, waren immer wütend. Oder ich liebe dich. Auf einem Lieferwagen war noch der Firmenname zu erkennen. Der süße, rußige Geruch, der Speck in der Polizeiwache, plötzlich war ein Geruch von vor Jahren in ihrer Nase. Wenn sie den haben konnte, würde sie auch Merets Stimme hören irgendwann. Sie könnte jederzeit ihre Stimme hören, in einem Moment, in dem sie davon überrascht werden würde. Erika mochte keine Überraschungen, aber bei Meret würde sie eine Ausnahme machen, wenn es so weit war.

Erika stolperte, Meggi versteckte sich zwischen ihren Füßen, vor ihr ein Hund, groß wie ein Pferd, mindestens Pony, und sie hätte nicht übel Lust, aufzusteigen und heimzureiten darauf.

Das ist so groß wie ein Gummibär

SIE HÄTTE DIE BAUMKUCHEN aus der Krone gepflückt, in der Mitte zerteilt und gekostet. Der Kuchenbaum sagt Zug, indem er keine Früchte trägt. Sie greift an die gerippte Rinde, sie drückt ihre Hand dagegen, doch es fallen keine Kuchen aus der Krone.

YURI VERABSCHIEDET sich von den Selbstversorgerinnen, indem er sie scannt und das Bild speichert in seinem Kopf. In der Straßenbahn spielt er mit Nora das Spiel vom Anfang. Die Leute drehen sich bereits um, weil sie das Tier, das er mit seinem Brüllen imitiert, nicht errät, weswegen er weiterbrüllt, bis sie es errät, sie errät es aber nicht. Vor dem Haus stellt sie den Transporter auf den Boden. Sie spricht mit leiser Stimme durchs Gitter auf ihn ein. Die Bindung zu Haustieren ist gar keine Illusion. Sie sagt ihm Dinge, die er wissen soll, doch er hört kaum zu, er hat sich in die Ecke verkrochen und blickt sie misstrauisch an. 18 05, sie tippt den Code in die Anlage, das ist ein wenig wie Science-Fiction, oder bloß ein französischer Film.

Sein Brüllen durch den Hall im Hausflur wie durch einen Lautsprecher. Sie errät das Tier trotz Soundverstärkung noch immer nicht, sie sagt: Entschuldige, Yuri. Sie nimmt den Lift, Dachgeschoss. Sie stellt die Katze, die er, trotz dem, was er vorzugeben scheint, immer noch ist, vor Veras Tür. Sie legt die Karte mit dem Pierrot auf den Transporter, sie klingelt, wendet, nimmt mehrere Stufen auf einmal, erkennt Veras Stimme sofort, sie sagt Yuris Namen wie den eines Kindes, die Illusion stimmt.

EINE ENERGIE durchströmt sie, ein Gefühl, als könne sie fliegen. Sie nimmt trotzdem den Zug. Weg, ganz einfach weg und es wie Sarah Tänzer woanders versuchen. Der Mann in der Schlange vor dem Ticketautomaten ist kleiner als Nora und ein Riese ist Nora nicht. Ruth macht eine Riesin daraus, und es tut gut, ihre Stimme zu hören. Die Frau vor dem Mann trägt ein Beatmungsgerät bei sich, einen Rucksack am Rücken, aus dem Schläuche nach vorne in ihre Nase führen. Ein Mann begrüßt einen Hund, sie laufen durch das Bahnhofsgebäude aufeinander zu, der Hund an den Reisenden vorbei, links, rechts, wie Slalom, die eine oder andere Stange berührt er mit seinem fliegenden Fell. Nora ist an der Reihe. Sie tippt, tippt, tippt, bezahlt, druckt die Karte, geht zum Bahnsteig und wird im bereitgestellten Zug einen Platz suchen.

SUCHEN SIE einen Platz?, ruft ihr die Zugbegleiterin vom Ende des Waggons zu, hier ist noch alles frei, sagt sie und zeigt in ein Abteil, der Hut auf ihrem Kopf wackelt, aber bleibt sitzen auf ihrem Kopf. Das Abteil ist nicht reserviert und unbesetzt. Nora nimmt den besten Platz, der beste Platz ist einer am Fenster, weil im Fenster Daumenkino zu sehen sein wird, sobald der Zug fährt. Sie holt das versenkte Brett aus der Halterung, klappt es zu einem Tisch aus, legt ihre Hände auf den Tisch, das Abteil riecht.

DAS ABTEIL RIECHT, als wäre es zu früh vom Wäscheständer genommen worden, und sein ältliches Aussehen ist seiner baldigen Abschaffung geschuldet. Abgeschafft wird das Sechser-Abteil aufgrund seiner mangelnden Sicherheit.

Kommen fünf Männer auf eine Frau, fühlt sich das unwohl an für eine Frau in einer Vergewaltigungskultur. Womöglich erinnert sie sich falsch, das klingt zu zivilisert, wie hat Ruth gesagt? Der Tipp des Polizeipräsidenten jedenfalls ist über der Tür angebracht. Die kommenden dreizehn Stunden verbringt Nora aber lieber nicht mit der Hand am Notgriff, sondern den Kopf an das kühle Fenster gedrückt. Im Abteil ist Hochsommer, die kühle Abendbrise bläst vor dem Fenster einer Frau in die Frisur. Neben der Frisur, die nur von Veras Mutter inspiriert sein kann, stehen eine Frau, ein Junge, ein Mädchen, und sie alle winken in Noras Nachbarabteil. Sie winken, blicken weg, sehen wieder hin, knapp an Nora vorbei, winken wieder, sehen wieder weg. Abschiede sind nicht nur traurig, sondern auch unangenehm. Die Frau trägt ein Bindi, der Junge eine bunte Brille, die mit einem leuchtenden Brillenband verbunden ist, das ihm um den Hals hängt. Dabei ist er geschätzte zehn und keine hundert, hundert hingegen ist das circa vierzehnjährige Mädchen, ernst und bitter wie eine alte Frau, das Gesicht beginnt bereits sich nach unten auszudehnen. Ein Kind reitet auf einem Koffer vorbei. Der Koffer wird geschoben von jemandem, die das erfunden hat. Sie bleibt stehen und perfektioniert die Gangart, indem sie das Kind neu positioniert. Dann fahren sie weiter. Ein Mann wurde in die Knie gezwungen. Weinend sitzt er am Bahnsteig, mit dem Rücken an einem Betonsockel, neben ihm eine Wippe, ein Baby darin. Er zwickt seinen Mund zusammen, stellt sein Weinen ein und gibt dem Baby einen Keks. Die Verbindung zwischen Kindern und Keksen ist frappant und werbetauglich, das Baby greift nach dem Keks und beginnt ihn weichzulutschen. Der Mann dreht sich weg und entlässt seinen zusammengezwickten Mund wieder in ein Weinen.

Ist man sehr glücklich, kommen vielleicht mal Tränen, aber Weinen sieht anders aus, sieht aus wie dieser Mann. Nora schließt die Augen, nimmt den Blick aus dem Fensterausschnitt und vom weinenden Mann, der Panzer darf keinen Sprung bekommen, sie schaut durch das gepolsterte Abteil hinweg durch die Tür.

DIE TÜR öffnet sich mit einem Ruck, der in Noras Sitz vibriert. Sportlicher Mittvierziger, alterslose Frau, Mädchen, honigblond mit Zöpfen, die ihnen noch in den Fünfzigern geflochten worden waren oder auf einer Alm. Ihre Koffer tragen Namen, die Frau trägt schweren Schmuck an Hals, Fingern und Armgelenk. Vor dem Fenster geht ein Hut vorbei, der der Zugbegleiterin gehört, die sich zum weinenden Mann bückt, ihm etwas reicht, das Nora nicht erkennen kann, kurz verharrt, sich wieder erhebt, dem Mann zunickt und aus dem Bildausschnitt läuft. Wenige Momente später verliert das Fenster auch das Bildnis Mann mit Kind, der Zug fährt.

DER ZUG FÄHRT an der Plattenbaustadt vorbei. Plattenbauten sind Wohnmaschinen, hatte Anton gesagt, nein, sozialer Wohnbau, sie. Es hatte sich bereits an diesem Punkt ihrer Reise abgezeichnet, dass am Ende jemand jemanden beschimpfen würde, und sie hatten nicht darauf gehört. Die Reise als Stationendrama, bei dem alles schiefgelaufen war bei der Generalprobe, und bei der Aufführung war die männliche Hauptrolle bereits abgesprungen. Trotzig fährt sie an den Plattenbauten vorbei und findet sie zweckmäßiger und berechtigter denn je.

Die Klimaanlage funktioniert nicht, der Mittvierziger hat bereits nachgesehen. Dass er nun Wurst aus Stanniol packt, macht die Situation nur unwesentlich besser. Dazu isst er Brot, Gurke, und Käse auch. Die Mädchen möchten nicht, die Frau darf nicht, aber Nora hätte Hunger. Die Hitze im Abteil ist atemberaubend. Atemberaubend wird gemeinhin falsch verwendet, sie verwendet es den Umständen entsprechend korrekt. Mit durchgestrecktem Rücken wie Plastikpuppen sitzen die Töchter auf ihren Sitzen und verfügen über keinerlei Transpiration. Der Mann flüchtet vor der Hitze auf den Gang. Die Frau rollt mit den Augen und Nora weiß, dass jemand jemanden beschimpfen wird. Die Augen rollen in Noras Richtung, suchen eine Komplizin in ihr, aber finden sie nicht. Irgendwo am Gang fällt als unmittelbare Reaktion auf die Beschaffenheit des Streckenabschnitts eine Tür auf und zu. Würde sich jemand vor den Zug werfen jetzt, würde Nora wissen, dass man sich das trauen kann.

Kann ich das Licht löschen?

Ich weiß nicht, ob Sie können, aber Sie dürfen, sagt der Mann, greift über seinen Kopf, schaltet das kleine Licht über seinem Sitz ein, liest weiter.

Der Klassiker, denkt Nora, steht auf, lehnt sich über seine übereinandergeschlagenen Beine, schaltet das Abteillicht aus. Die Raketen vor dem Fenster befinden sich noch immer in Startposition, spitze Schatten, die unauffällig in der Nacht stehen und auf ihren Einsatz warten. Jemand hat die ausgeleierte Tür mit einem Bindfaden an der Lehne eines Sitzes befestigt. Auf der Toilette wurde Urin auf der Brille vergessen. Dafür wird ein Tisch im Speisewagen saubergewischt. Das Ende von Geld sollte immer mit Sekt begossen werden, wenn schon untergehen, dann mit Stil. Nora isst ein vergoldetes Sandwich, eine Zugkarte retour ist ohnedies nicht mehr drin, um den Sekt wird sie nicht herumkommen. Was ist bloß in sie gefahren, sie muss verrückt sein, sie muss vollkommen verrückt sein, doch ihr Spiegelbild lässt sich nichts anmerken, Nora sieht weg, sieht nochmals hin, nein, nichts.

Als Nora zurückkommt, starrt der Mann sie an und die Frau schläft. Sie hat die Schuhe ausgezogen und die Sitze in der Abteilmitte zusammen. Kurz bleibt sie vor dem Hindernis stehen und überlegt, ob der Mann die Frau wecken wird, sie die Sitze wieder auseinanderschieben und Nora barrierefrei zu ihrem Fensterplatz durchlassen werden. Sie klettert auf den Schlafplatz, die Sitze sacken unter ihrem Gewicht ein. Sie ist noch da, es gibt sie noch, sie wiegt noch mehr als eine Feder. Die Glieder der Frau zucken, die Armreifen klimpern, die Halskette würgt sie, doch sie scheint keine Luft zu benötigen. Hinter der Mutter liegen die Töchter wie Steine, auf denen Nora übers Wasser gehen könnte, ohne sich die Füße nass zu machen. Sie probiert es gar nicht erst, behält die Schuhe an und tritt neben die Steine, um nach hinten zu ihrem Platz zu kommen.

KOMMEN DIE VÖGEL aus der Nacht, gehen die Lichter aus. Die Lichter wissen, dass es Zeit dafür ist, sobald die Schaltuhr es ihnen sagt. Auf den Wiesen Raketen über Raketen über Raketen, die bald schon grün in den Himmel starten und neue Planeten suchen werden und auf den Planeten weitere Bäume säen. In der Ferne schraubt eine kleine Stadt die Espressokanne auf, stellt sie auf den Herd und tritt vor die Tür, bis der Kaffee hinaufgekrochen ist. Letzte Station vor Rom. Der Zug rumpelt, der Pendlerverkehr steigt ein.

Er ist ein Mann, dessen Sakko platzt, der sich räuspert und an der Familie, die ihre Sitze unwillig und gähnend in Position schiebt, vorbeigeht und sich Nora gegenübersetzt. Sein Frühstück trägt er nah an der Brust, er holt es aus dem Innenfutter hervor, der Flachmann hat eine vollkommen andere Figur als der Mann mit seiner Nase, großporig und rot. Die meisten Menschen sehen traurig aus, und von denen wiederum sieht man vielen an, dass sie es sind. Ruinen auf Feldern und altrosa Villen. Mohnblumen leuchten keine mehr, aber groß wie Menschen grüne Kakteen. Autohäuser, Wohnmaschinen, Palmen und Klimaanlagen, ein Sprenkler, ein Glashaus, Weinberge und Bungalows, Solaranlagen auf Dächern, und in der Ferne raucht ein Schlot. Vor den Zug hat sich niemand geworfen, vielleicht, denkt Nora, traut man sich das gar nicht.

NICHT MIT FREMDEN sprechen, das hätte Nora wissen sollen, das weiß doch jedes Kind, das war der erste Fehler gewesen, doch dann hatte sie den zweiten auch noch begangen.

What's your name?

Where are you from?

Are you on holiday?

With your husband?

Stellt sich ein fremder Mann zu einer ihm fremden Frau, um mit der fremden Frau ein lockeres Gespräch zu beginnen, das durch nichts motiviert wurde, durch rein gar nichts, sollte die fremde Frau das Gespräch mit einem Wort Nähe Unfreundlichkeit unterbinden und, ohne schlechtes Gewissen, gehen. Eine freundliche Absage, des guten Gewissens wegen, oder I don't have a husband, verstehen leider viele als Ansporn oder gar Einladung. Der fremde Mann wird eine andere ihm fremde Frau finden, bei der er die Frage zu ihrem Familienstand nach zwei, drei lockeren Einleitungssätzen loswerden kann. Er spuckt ihr vor die Füße. Bei manch einem Mann merkt eine Frau, dass sie nicht weit von einer Vergewaltigung entfernt ist, wenn sie ihm nicht gibt, was er will. Zu einer Lüge zu greifen, die eine möglicherweise auftretende Diskussion kappt, nur um den fremden Mann, der den Familienstand wissen will, um sich in Relation zu setzen, loszuwerden, ist ein Armutszeugnis für eine Kultur. Womöglich ist Nora gar nicht verrückt, womöglich ist sie im Begriff, jemand zu werden, die nicht sie ist, womöglich wird sie zu Ruth, womöglich sind die Verrücktheiten der letzten Wochen die notwendigen Schritte auf dem Weg zur Transformation. Sie mag Ruth, sie wird sehr gerne Ruth sein, und ihr Kind bekommt sie als Draufgabe dazu.

TRANSFORMER. So hatte das Lied geheißen, welches das Musikfernsehen spielte an dem Nachmittag, als sie in Mutters Bett gelegen war und das Musikfernsehen ihr das Leben rettete. Mit fünfzehn scheint die Volljährigkeit schmerzhaft unerreichbar, wenn der Krieg noch Jahre dauern soll. *Transformer* hatte das Lied geheißen, das das Musikfernsehen spielte an dem Nachmittag, als sie im Bett der Mutter gelegen war, zur Anklage, in der einen Hand Tabletten, in der anderen ein Glas, *boom boom down,* war die Musik unpassend fröhlich gewesen und hatte sie mit den Zehen gewippt und war sie für eine Liedlänge zu Thomas Muster geworden, und das hatte ausgereicht, um feige zu werden und den Mut zu verlieren für den Tod. Der seidene Faden, an dem ein Mensch hängt, ist die Sekunde, in der er sich entschließt, etwas zu tun oder nicht zu tun. Hätte

Nora es getan, hätte sie nie erfahren, dass man Betontreppen kleben kann. Sie hatte das dreizehnte Jahr überlebt und war volljährig geworden und war älter geworden und war zu alt geworden, um je wieder fünfzehn zu werden. Und plötzlich war die Mutter fünfzehn geworden und im Krankenhaus im Koma. Nun kann sie es ohnehin nicht mehr machen, nun wäre es nicht mehr originell.

Angst vor dem Sterben hat Nora nur beim Gedanken, vom Tod überrascht zu werden. Der einstudierte Tod fasziniert sie, weil er sie einmal nicht gekriegt hat und er seitdem hinter ihr her ist. Doch sie ist schneller. *Informer,* es hatte *Informer* geheißen. Die Erinnerung ist tatsächlich ein Raum, in dem man etwas erst sehr viel später wiederfindet, wenn man es verlegt hat.

DIE TREPPE, über die sie geht, Beton, bestimmt, war geklebt worden und dann getackert, sie war gerissen und repariert, Flickwerk. Wenn es stimmt, dass die Stadt ewig ist, würde sie etwas machen mit ihr. Sie wieder zusammenflicken wäre das Mindeste. Im Moment macht sie, dass sie sich stark fühlt und groß, obwohl sie leicht ist und schmal. Aber Noras Hunger ist zum einen gestillt, den anderen Teil hat sie der Familie Ott in die Koffer gesteckt, als sie unbeaufsichtigt waren. Plötzlich türmt sich vor ihr eine Frau auf mit verwirrtem Haar. Sie nuschelt in ihre Faust, ihre Faust ist ein Funkgerät. Die Frau sieht einem Carabiniere zu, der mit einem Schlagstock einem Mann ins Gesicht schlägt, der Mann beginnt zu bluten. Ein zweiter Carabiniere dreht ihm die Hände in den Rücken. Alle glotzen, Nora auch, die sollen ihn in Ruhe lassen, alle sollen alle verdammt noch mal in Ruhe lassen, wie heißt das auf Englisch, *It's alright, Ma, I'm only bleeding.*

Von der Mutter hatte sie Caterina Valente, Boris verdankt sie immerhin gute Musik. Sie greift sich an die Stelle, auf der dem Mann die Nase gerissen ist. Bahnhöfe machen die eigene Verwundbarkeit klar. Niemand ist unsterblich, alle sind vielmehr in jeder Sekunde kurz vor tot. Termini! Eine Durchsage. Termini! Nora versteht nur den Bahnhof. Als sie sich wieder umdreht, führen die Carabinieri den Mann ab. Die Frau mit dem verwirrten Haar stottert in ihr Funkgerät, um Hilfe zu holen.

DER GESTANK kommt von jemandem, der oder die neben einem Bahnhofsausgang liegt, auf eine gedrittelte Matratze gebettet. Berühren verboten, das Ausstellungsstück stinkt. Die langen Haare stehen ohne Regung dick und dicht auf dem Kopf, im Gesicht Striemen, die Jeans verschmiert und Nummern zu groß, hängt zu weit unten, zwischen den Beinen braun, bunte Supermarktsäcke um die Füße gebunden wie einem Hund. Der Gestank nach Pisse und Kot nimmt Nora die Luft. Rom hat kein Zuhause. Der Nächste, der auf der Straße wohnt, ist zu zweit. Der eine streckt die verletzte Pfote nach vor, damit alle sie sehen können. Dasselbe macht der andere mit seinem wunden, geschwollenen Bein. Nora wirft eine Münze in ihre Papiertasse. Zu einem Zugticket wird sie ohnehin nicht mehr. Fühlt sich so Veras Mutter, wenn sie mit Lionsclubgeld armen Kindern hilft? Erhebend, das war das Wort gewesen, erhebend. Sitzen Kinder daneben, gibt Nora nichts. Aber wo sollen sie denn sein, in der Waldorfschule? (Ruth) Kurz bevor Nora von Sarah Tänzers Tod erfahren hatte, war einer in der U-Bahn an ihr vorbeigegangen, einen zerknautschten Hut in Händen. Er stank. Der neben ihr hatte ihm das mit einem Blick gesagt. Wo soll er sich denn waschen, im Hilton? (Hätte Ruth gesagt.) Der eine war ausgestiegen und der andere hatte gesagt: Jetzt stinkt es nach diesem Trottel!

Ja, waren andere aus ihrer Deckung gekrochen, sehr richtig!

Pest hatte man sich im Mittelalter als schlechten Duft vorgestellt, aber da hatte Nora gewusst: Die Pestien sind nicht selten die, die eine reine Weste haben.

SIE BLICKT aufs Forum Romanum und sieht unten ein Nilpferd gehen. Neben dem Nilpferd drängelt sich eine Gruppe Kinder, sie tragen dasselbe gelbe Baseballkäppchen wie ihre Lehrerin. Die Lehrerin zeigt mit dem Finger hierhin, dorthin, dann irgendwohin, die Köpfe der Kinder drehen sich wie Sönnchen mit.

EINE EIDECHSE ist von hier nicht auszumachen, die warme Terrasse ist zu weit entfernt. Der Kopf zwischen dem Gitter wird von den Eisenstäben gekühlt. Sie kann den Jungen im Brunnen nicht sehen, doch sie hört ihn plätschern und vervollständigt das Bild, das sie von der ersten Romreise bereits hat, um die Tonspur.

TODESSTRAFE wurde keine abgeschafft, das Kolosseum ist unbeleuchtet, oder man spricht erst in der Nacht vom Tod. Legionäre sind auch nirgendwo, schade, sonst wäre sie einem auf den Fuß getreten.

IRGENDWO hatte dann doch der Hunger auf sie gewartet, und Nora war unvorsichtig genug gewesen, ihm über den Weg zu laufen. Wer den Hunger erfunden hat, hat die Erfindung nie selbst getestet.

Do you speak English?

Yes.

One cheeseburger.

Für Oktopus reicht zum Glück das Geld nicht.

EIN GIGOLO pfeift hinterher, doch er kann nicht sie meinen, sie ist viel zu schmal, um gesehen zu werden, den Cheeseburger hatte sie bloß bekommen, da die Verkäuferin den Däumling gehört hatte, ein Gigolo pfeift hinterher und manche verstehen das als Kompliment, Ruth und Nora nicht.

MRS. J. J. HAWES AND ALICE, 1840. Ein Kind mit Flaum auf dem Kopf, Pausbacken, überraschter Mund, die Augen zwei dunkle Knöpfe. Es wird von einer Frau, Mittelscheitel, eine Haarsträhne aus der Frisur hat sich auf die Wange verloren, in den Vordergrund des Bildes gehalten. Die Hände der Mutter waren immer klein gewesen. Als hätten sie aufgehört zu wachsen, als sie selbst ein Kind war. Die Hände von Mrs. J. J. Hawes sind Pranken. Sie halten Alice fest und Alice hat keine Sorge, hängt entspannt in ihrem Griff. Alice hat kurze, fette Ärmchen wie pralle Würste. Sie ist seit ewiger Zeit tot. Mittelscheitel sind auch nicht mehr in Mode. Wobei sie erst vor Kurzem jemanden mit einem gesehen hat. Die Fotografie des Pierrot mit Schwimmmütze und Grinsen vergisst sie darüber, bis das Museum schließt. Dann wird sie hinausgebeten.

Vor dem Museum liegt ein weitläufiger Park, Nora lässt sich von berittener Polizei hineinbegleiten. Die Pferde sind sehnig, muskulös und eines ist weiß wie Moby. Der Pferdeschwanz der Polizistin kopiert das Hinterteil ihres Pferds. Der Polizist trägt seltsamen Bart, Bart können nicht viele, er kann nicht. Rom, London und nun Athen. Sie sitzt mit Blick auf einen griechischen Tempel und zählt die weißen Säulen, die in einem grauen Abend leuchten, sie braucht keine Hand dafür, es sind vier. Was hat sie hier verloren, das sie wiederfinden will? Sie wird das Eichhörnchen befragen. Eichhörnchen sind scheue Tiere, doch nicht, wenn sie Städter sind. Rot wie die Füchsin leuchtet es im grünen Baum. Nora sieht hoch und es herabsteigen, es sich anders überlegen, es weiter herabsteigen, es sich vielleicht doch anders überlegen. Mühsam nähert sich das Eichhörnchen. Wer hat das gesagt? Das Eichhörnchen jedenfalls lacht.

WARME ERDE wird auch in Sommernächten feucht. Für eine Lungenentzündung reicht es nicht. Mit der ersten Sonne geht ein Geschnatter los. Vor dem griechischen Tempel fahren Enten über den Teich, braun und grünblau, wie auf eine Holzstange gesteckt und von unsichtbarer Hand geführt. Nora klopft sich ab und geht in die Hocke. Ihr Körper ist steif, sie klopft ihn weich, setzt sich an den Rand des Teichs, in dem sich die Morgensonne bricht, und blinzelt in den Himmel, blau.

ACHT EURO für ein Glas. Das ist der Blick auf den Brunnen, der so teuer ist. Der Prosecco kitzelt in ihrem Hals.

MARELLA kommt aus Peru. Sie ist vierzig, Irina dreizehn, nicht wie reife dreizehn, sondern wie siebzehn, sie spricht wie eine erwachsene, aber ihrer selbst noch unsichere Frau. Das könnte an der Pubertät liegen, aber auch an der sich selbst sehr sicheren Frau, die Irinas Mutter ist und seitdem sie auf der Autobahn sind, den Mund offen hat. Marella ist nett, aber aufdringlich, Nora bluten die Ohren. Wer eine Mutter hat, die so viel spricht, muss sich zurücknehmen. Irina ist ruhig. Nora mag Irina. Hinter ihrer ruhigen Fassade sprüht sie vor Plänen und Ideen. In zwanzig Jahren wird Irina eine angesehene Wissenschaftlerin sein und von Vortrag zu Vortrag reisen. Nora wartet. Sie wartet, doch das Gefühl, das sich nun einstellen sollte, lässt sich nicht blicken. Sie ist nicht neidisch, sie – freut sich sogar.

Irina denkt laut darüber nach, auf dem Rücksitz zu schlafen. Doch Noras Anwesenheit ist ihr unangenehm, das sagt sie nicht, aber Nora kann es spüren. Irina ist in einem Alter, in dem der eigene Körper immer im Weg ist, vor allem unter Fremden.

Nora wird von Irina gesiezt, sie kommt sich alt vor, zwanzig Jahre älter ist auch alt: Bitte sag du zu mir. Denn sonst wird sie zurückfragen müssen: Wo gehen Sie zur Schule? Und so kann man mit einer Dreizehnjährigen wirklich nicht sprechen, ohne verrückt zu sein. Irina hat in vier Tagen eine wichtige Prüfung, und wenn sie nicht versucht zu schlafen, versucht sie zu lernen.

Marella erzählt von ihrer Italienreise. Drei Tage Florenz beim Hinunterfahren, drei Tage Rom nach Florenz und nun ab nach Hause, sie wohnen in Frankfurt, ihr Mann arbeitet in Hamburg, sie sehen ihn an den Wochenenden, sie sind ein Weiberhaushalt, aber am Wochenende, sagt Marella und zwinkert, bei Salzburg werden sie abbiegen, bei Salzburg muss Nora raus.

Wie kommst du mit dem Lernen voran?, fragt Nora, Irina kommt geht so voran und Marella sagt, sie hat in Peru Rechtswissenschaft studiert, sie hat mit einundzwanzig mit Auszeichnung abgeschlossen.

Mit einundzwanzig?

Das Schulsystem in Peru ist anders. Geht man auf eine Privatschule und danach auf eine Privatuniversität, kann man im Sommer die nächsten Kurse dazukaufen und einige Semester vorziehen. Sie war mit sechzehn auf der Universität, sie hat mit einundzwanzig abgeschlossen.

Und wo gehst du zur Schule?, fragt Nora.

Irina sagt: Im Gymnasium, Mama, ich muss mal.

Marella überholt bei der Abfahrt zur Raststätte einen Lkw, denn Irina muss mal dringend. Nora krallt sich am Sitz fest, damit sie nicht aus dem rasenden Auto fällt. Auf dem Parkplatz der Raststätte steigen sie aus, Irina prescht los.

Warte, wird sie von Marella am Arm zurückgehalten, hier sind lauter Männer.

Nora blickt zu einer Eiswaffel in Irinas Größe, um die herum Männer stehen und an Eislutschern schlecken, es hat etwas Kindliches. Marella dreht sich zu Nora und sagt: Italien ist voller Neger, dreht sich zurück zu Irina und sagt: Ich gehe mit.

Nora wartet bei Marellas Auto. Der Schlüssel steckt. Sie könnte sich nun hineinsetzen und losfahren. Es wäre eine Lektion, die Marella lernen sollte.

DAS TEMPO, in dem sie unterwegs sind, macht, dass das Auto an unebenen Stellen fliegt. Nora hasst fliegen. Boris hatte immer gesagt, fliegen ist eine todsichere Art zu reisen, wenn nicht sogar die sicherste. Hätte sie Anton schon gekannt, hätte sie zu kontern gewusst. Nora wusste, dass sie nicht unsterblich ist, sie fand ihre Angst berechtigt, aber gesagt hatte sie nichts, nie, als sie die Nacktfotos der Kinder sah, hatte sie nichts gesagt, und als er sagte, sie sei nicht so eng, wie er es gern hat, hatte sie nichts gesagt.

Haben Sie miteinander Sex oder haben Sie Sex für ihn?, hatte die Kaiserin gefragt. Das war in einer ihrer ersten Sitzungen gewesen, nach den Fotos.

Hanno trägt eine Sonnenbrille, die Augen verschwinden hinter dem spiegelnden Glas, er lächelt, Nora sieht ihm ins Gesicht, kann ihn aber nicht sehen, sie sieht bloß sich und gesund sieht sie nicht aus, doch sie ist noch da, hoffentlich kann er die Straße sehen, denkt sie, sagt aber nichts.

Hannos eine Hand liegt lässig am Lenkrad, seine andere greift nach hinten, um den Rücksitz zu betatschen. Nora greift zwischen ihren Rucksack und Hannos Aktenkoffer, kurz kommt ihre Hand auf seiner zu liegen, sie spürt harte Härchen und raue Haut, sie zieht eine Plastikflasche nach vor, öffnet sie, hält sie ihm hin.

Das ist das beste Mineralwasser, das es gibt, sagt er nach einem Schluck, und weil es so gut ist, nimmt er noch einen.

Nora kennt es nicht. Sie ist außerdem bereits einem Sekt verpflichtet.

Was hast du in Italien gemacht?, fragt Hanno.

Was hat sie dort gemacht? Sie hatte nichts verloren gehabt in Rom.

Ich mag Rom, sagt Nora, Hanno reicht das, er zündet sich eine Zigarette an, lässt das Lenkrad los. Nora übernimmt. Es erfordert höchste Konzentration, ein Auto kraft Gedanken zu lenken. Hanno redet über Musik. Er sollte einfach seinen Mund halten und seinen Teil erledigen. Er sollte die Hände am Steuer behalten, doch stattdessen imitiert er in der Luft über dem Lenkrad dramatisches Klavierspiel und singt bedeutungslose Silben dazu.

Mozart?, Nora rät ins Blaue.

Beethoven!

Er spielt weiter auf dem Luftklavier. Nora konzentriert sich noch mehr auf Fahrbahn und Lenkrad, das sie kraft ihrer Gedanken ruhig und sicher hält. Statistisch gesehen werden sie keinen Verkehrsunfall haben, Selbstmorde übersteigen außerdem bei Weitem zahlenmäßig die Verkehrstoten, wobei bei den Verkehrstoten Selbstmorde nicht auszuschließen sind. Nora blickt Hanno von der Seite an, er sieht normal aus, aber ihr sieht ja nicht mal sie selbst an, dass sie verrückt ist, wie soll sie es bei einem Fremden erkennen?

Könntest du etwas langsamer fahren?

Ich habe alles unter Kontrolle, sagt er und bleibt auf dem Gas.

Bitte, sagt Nora und versucht die Geschwindigkeit mittels Konzentration zu drosseln, bitte, wiederholt sie, weil es nicht funktioniert, meine Brüder sind bei einem Autounfall gestorben.

Das Auto wird langsamer. Kopfweh. Die Konzentration schafft Nora. Sie muss das Auto sicher nach Hause bringen.

Wie alt waren sie?, fragt Hanno nach einer Schweigeminute.

Neunzehn, sagt Nora.

Tut mir leid.

Nora hypnotisiert die Fahrbahn. Vor ihnen ist ein *Baby an Bord,* es steht auf der Kofferraumtür geschrieben, Nora kann das Baby nicht sehen, es ist noch zu klein.

In den Dreißigern haben sie in Italien überflüssige Babys auf die Straße gehängt, erklärt Hanno.

Wie, überflüssig? Und wie aufgehängt?, fragt Nora.

Die Babys von Armen und Prostituierten eben. Sie haben sie in Beuteln auf die Straße gehängt zur freien Entnahme.

Schrecklich, sagt Nora und verliert aufgrund der schreienden Babys, deren hilflose Augen über den Beutelrand lugen, die Fahrbahn aus den Augen.

Das waren die Dreißiger, sagt Hanno, Krise halt. Die Weltwirtschaftskrise ist eine Überproduktionskrise, plus überzeichnete Aktien, plus die Märkte brechen weg, Börsenkrach 1929, Deficit-Spending-Politik als Reaktion Roosevelts, Ankurbelung der Wirtschaft durch den Staat als Arbeitgeber riesiger Infrastrukturbauten, was erst im Zweiten Weltkrieg aufgeht, der Einstieg in den Krieg wird jedoch ideologisch, nicht wirtschaftlich begründet, Roosevelt nimmt Pearl Harbor in Kauf, um die Angriffslust des Landes zu füttern, wirtschaftliche Auslastung durch Investitionen in die Rüstungsindustrie, dieselbe Strategie, mit anderem Ziel, verfolgt Hitler, die Massenarbeitslosigkeit lässt die Nationalsozialisten profitieren, soll ich bei den faschistischen Systemen in Europa weitermachen?

Die Prüferin in Noras Kopf sagt mit Ruths Stimme: Die Kandidatin hat so viele Waschmaschinen gewonnen, wie sie tragen kann. Und Nora stapelt eine auf die andere und schleppt sich nach Hause damit. Sie wird die Prüfung irgendwann machen und sie wird sie mit Auszeichnung bestehen. Hanno blickt zu Nora, da sie über der Weltwirtschaftskrise vollkommen vergessen hat, ihm zur Hand zu gehen. Sie übernimmt das Lenkrad. Benötigt Hanno seine Hände für Mineralwasser oder Luftklavier, übernimmt Nora ganz.

Die Metalltür quietscht in der Angel. Im Buggy sitzt Natalie und wird chauffiert, Trinkkakao zwischen den

Händen, auf ihrem Mäntelchen ein Herz. Die Frau trägt eine gepolsterte Vorrichtung an der Brust, die sich klein und rund nach außen wölbt. Das Baby ist da. Natalie hat den Knopf gedrückt und gesagt, dass es nun kommen kann. Natalies Mutter grüßt Nora, sie sieht nett aus. Und Natalie bläst Blubber in den Strohhalm und ist amüsiert. Sonst ist niemand auf dem Spielplatz. Die haben wohl gehört, dass Natalie da sein wird, und verbarrikadieren sich in ihren Häusern. Natalies Mutter stellt ihre Beine auseinander und beugt sich über das kleine Rund zu Natalie und schnallt sie ab. Natalie kommt aus dem Buggy gekrochen und rennt auf das Stelzenhaus zu, schlägt einen Haken, will doch lieber zum Sandkasten und Burgen bauen. Die Mutter trägt einen Plastikeimer hinterher und händigt ihrer Tochter eine Schaufel aus. Natalie beginnt mit dem Burggraben. Nora steigt von der Schaukel ab und schultert ihren Rucksack, der im Gras liegt. Als Kind war sie abgestiegen, indem sie von der Schaukel sprang, weit nach vor ins weiche Gras, manchmal landete sie auf ihren Knien. Sie nickt Natalies Mutter im Vorübergehen zu, die Frau lächelt, in der einen Hand eine blaue Plastikmuschel, die andere Hand auf einem Köpfchen, freundlich zurück. Der Kopf des Babys ist gelb verkrustet, der Schorf ist hässlich und steht ihm sehr gut, das muss man einem Baby erst nachmachen.

Der Bankomat gibt kein Geld her. Wer das Geld erfunden hat, hat wohl genug von der Erfindung besessen. Nora versucht es noch einmal, doch der Automat bleibt bei seiner Meinung. Der hinter ihr scheint nervös zu werden, .er grummelt Unverständliches, dann atmet er Nora in den Nacken, dann tippt er sie an. Nora dreht sich um und holt aus. Ja, der hat Eier, sie spürt sie weich an ihrem schmalen Knie. Eine kurze Sekunde blicken sie einander an, können es beide nicht fassen, dann löst sich aus seinem Mund ein Schmerzensschrei und Nora rennt.

Fuck you bitch!, ruft er ihr, die Silben lang gezogen, hinterher. Doch das ist nicht Noras Name, es muss sich um eine Verwechslung handeln. Nora hat Humor, und Humor hilft bei so vielem, wirklich blöd, wenn man keinen hat.

Sarah Tänzers Tür ist leer, weder ist ihr Schild zurückgekehrt noch gibt es ein neues. Nora nimmt die Werbeprospekte weg und geht zu ihrer Wohnung. Yuri fehlt. Seine Kiste hinter der Badezimmertür riecht streng. Der Straßenlärm zittert in den Fensterscheiben. Die Selbstversorgerinnen sind zu Tisch, es ist niemand zu sehen auf dem Fensterbrett. Ein Vögelchen piepst. Das Vögelchen ist ein Mobiltelefon. Das Mobiltelefon funktioniert noch.

Sie haben sie niedergespritzt, sagt Hannes, der neben Ruth im Sessel sitzt und im Sessel aussieht wie ein kleiner Junge, vielleicht ist es auch bloß die Perspektive, Nora setzt sich neben die beiden, aber die Perspektive ist es nicht.

Ruths Bauch trägt nun auch einen Funkknopf statt eines Bauchnabels, er zeichnet sich durch ihr Schlauchkleid, das sich nach außen wölbt, ab, Nora wird den Knopf später drücken, um zu fragen, wie es da drin so geht.

Die Lunge, sagt Hannes, dann bricht er ab, die Lunge macht nicht mit, sagt Ruth, sie wird künstlich beatmet.

Hannes sagt: Sabine hat sie noch nicht einmal gesehen.

Ruth wiederholt: Sie will sie nicht sehen.

Nora hört ein Knacken, der Panzer, Ruth und Hannes hören es nicht.

Darf ich Lotta sehen?, fragt sie.

Sein Körper hebt sich schwerfällig aus dem Sessel, Ruth hilft ihm, Nora weiß nicht, was sie halten soll davon, Hannes war immer die Muskeln und die Füchsin das Om.

Und wo warst du?, fragt Ruth.

Rom, sagt Nora.

Seit Juni?, fragt Ruth und beginnt mit ihrem Daumen über Noras Stirn zu rubbeln, du hast da was, Kugelschreiber?

Ich weiß, sagt Nora und es tut gut, Ruths Stimme zu hören, und nicht nur in ihrem Kopf.

Ich warte hier auf Vera, sagt Hannes und bleibt vor der Tür stehen.

Lotta Krieger steht auf einem kleinen Namensschild, das am Brutkasten steckt, die Schrift reckt sich stolz in die Höhe, sie passt zum Namen und wer das geschrieben hat, hat das gewusst. Auf Italienisch heißt Lotta Kampf, sagt Nora.

Woher weißt du das?, fragt Ruth.

Nora weiß es von Charlotte, die so heißt, wenn jemand sie mag, Anton hatte sie noch gemocht, auch wenn die Liebe bereits kalt war.

Meine Lotta, sagt Ruth, das dürfen wir nicht Sabine verraten.

Fünf nierenförmige Klappen sind auf dem Brutkasten verteilt, alle geschlossen. Lotta liegt auf ihrem Bauch, in ihre Windel würde sie zehn Mal passen. Sie trägt eine Augenmaske, wie eine schlafende Diva. Sie ist verkabelt, Schläuche wurden an ihren Wangen angeklebt und führen in sie hinein. Knack. Sie sieht aus wie eine Astronautin, vielleicht warten die Raketen, die auf italienischen Wiesen stehen, bloß noch auf sie. Doch für eine Astronautin ist Lotta zu alt, sie sieht aus wie ein greises Kind. Die faltige rote Haut hängt um ihren winzigen Körper, wie eine Nummer zu groß, sie passt noch nicht in sie hinein, wie Sarah Tänzer, die aus ihrer bereits herausgewachsen war. Knack. Und das Köpfchen so groß wie Noras Hand. Der Panzer knackt auf, Nora kann es hören.

Nachdem Sarah Tänzer mit der Libelle auf ihrem Knie erzählt hatte, dass Insekten reich an Proteinen sind, ja man sich davon ernähren könnte, hatte es zu regnen begonnen und sie hatte gesagt: Ich liebe Regen, und war, als die Tropfen auf ihre Haut fielen, aufgeploppt. Sie hatte wieder in ihre Haut hineingepasst, hatte beinahe so üppig ausgesehen wie auf dem Foto neben dem Flieger und dem Mädchen, das den Nazis winkt. Und Nora hatte sich gedacht: Mir muss ohnehin einmal der Kopf gewaschen werden, und war neben Moby und Sarah Tänzer im Regen hergegangen.

Sie sollte einen Regentanz aufführen, genau hier, einfach lostanzen, gemeinsam mit Ruth, sie würden Hannes hereinholen, und Vera, und sie würden tanzen für Lotta, bis sie in ihre Haut hineinpasst. Leises Klopfen, drei Mal.

O. Leander wächst durch den Türspalt: Bin wieder da. Er lächelt Ruth an, ich gehe zu Hannes rüber, und trifft auch Nora mit seinem freundlichen Blick, sein Kopf verschwindet, lautlos schließt sich die Tür.

Ein Kängurubaby ist bei der Geburt zwei Zentimeter lang, sagt Ruth, das ist so groß wie ein Gummibär.

Wow, sagt Nora, das ist klein.

Und es sieht auch aus wie einer, sagt O. Leander, sagt Ruth.

Sie blicken auf das Gummibärchen, das bäuchlings vor ihnen im Brutkasten liegt.

Wenn ich tot bin, legt mich auf den Bauch, hatte die Füchsin einmal gesagt, auf dem Rücken kann ich nicht schlafen.

Wird sie es schaffen?, fragt Nora.

Sie ist noch nicht über den Berg, sagt Ruth und ihre Augen glänzen und wollen übergehen.

Plötzlich wächst Nora ein Arm aus ihrer Schulter heraus, sie hält Ruths Hand, Ruth drückt etwas zu fest zu, aber Nora hält was aus.

Wenn ein alter Mensch stirbt, wird ein neuer geboren, diese Regel ist wahr, denn Nora hat sie soeben erfunden, Lotta streckt siegessicher ein Ärmchen in die Luft, es ist so groß, wie Noras Finger klein ist.

Warum will sie sie nicht sehen?

Ruth sagt: Sie schämt sich. Sie denkt, es ist ihre Schuld.

Mein Gott!, sagt Nora.

Ruth bekreuzigt sich und fragt: Und du? Folgst du neuerdings dem Rat von Frauenzeitschriften?

Nora blickt an sich herunter. Ihre Hose sieht aus, als stünde sie von selbst auf den Schuhen, sie hängt an ihren Beinen wie an Lotta die viele Haut.

Wie geht's mit Frederike?, fragt sie.

Ruth schüttelt den Kopf.

BEIM KAFFEEAUTOMATEN lassen O. Leander und Larissa Münzen in den Schlitz fallen. Sie bergen sie aus Oskars Hosentaschen und studieren sie kurzäugig in seiner Handfläche. Den ersten Kaffeebecher händigt er Nora aus. An Noras Zunge schwappt heiß der Kaffee, ihr fällt der Becher aus der Hand, die braunen Tropfen, die an die Wand schlagen, fließen zu Boden. Die Wand weint.

Ist in Ordnung, sagt Larissa und zieht Nora zu sich, Ruth holt Taschentücher aus ihrer Tasche und O. Leander wischt. Noch gestern hätte Nora gesagt: Du kannst mich nicht trösten, du nicht! Heute stimmt das nicht mehr.

Meine Nachbarin ist tot, sagt Nora zu Ruth, die über Larissas Arme hinweg Nora zunickt, entschuldige, ich habe keine Übung mit dem Tod.

O. Leander hört kurz mit Wischen auf und sagt: Das tut mir leid.

Wer hat das schon, sagt Ruth.

Die Füchsin mehr als ich, sagt Nora mit Luft in der Stimme, die sie erst runterschlucken muss.

Und, hilft es ihr?, fragt Ruth.

Danke für den Clown, sagt eine Stimme, Nora dreht sich um, Vera sieht aus wie eine Freundin: Und entschuldige wegen dem Anwalt.

Nora sagt: Entschuldige wegen Yuri.

Vera sagt: Yuri geht's gut.

Sie legt, zwei Finger die eine Seite, zwei Finger die andere Seite haltend, eine Zigarettenpackung auf den Kaffeeautomaten, hinter dem Zellophan steckt ein Feuerzeug.

Du rauchst?

Vera nickt: Derzeit. Und blickt einem weißen Kittel hinterher: Sollten sie nicht eher Rot tragen?

Wieso?, fragt Nora.

Um das Blut zu kaschieren, das doch bestimmt massenhaft anfällt in einem Krankenhaus.

So ein Arzt ist ja kein Fleischhauer, sagt Nora, sie lacht, sondern ein Zauberer.

Wie heißt das, Ruth, fragt Vera, Zaubererin?

Zauberin?, fragt Ruth zurück.

Sie lachen, nur O. Leander ist in seine Münzsammlung vertieft, um einen weiteren Kaffee zu drücken.

Sabine ist wach, Hannes kommt den Flur entlanggelaufen, Sabine ist wach, Nora, magst du zu ihr?

Nora erkennt ihren roten Schopf, der im Sommerwald sofort zu sehen und im Herbstwald gut getarnt ist, schon bei der Tür. Doch das Gesicht der Füchsin ist woanders, eingefangen unter einem über sie gestülpten Wasserglas, lautlos und leer. Auch ihr Hahnenkamm hat sich schlafen gelegt, bis die Füchsin wieder beschließt, anwesend zu sein. Sie hätte eine Hausgeburt haben wollen, ein Krankenhausaufenthalt war nie geplant gewesen, und schon gar nicht zu diesem Zeitpunkt. Das letzte Mal war die Füchsin im Krankenhaus gewesen, als ihre Mutter gestorben war. Nora setzt sich ans Bett und streichelt ihre Hand, wie man das so macht, aber Nora meint es auch so. Als die Füchsin wieder schläft, wechselt Hannes an ihr Bett. O. Leander macht ein Nickerchen an Larissas Schulter. Ruth begleitet Vera für eine Zigarette in den Park. Und Nora nimmt ihr Herz in die Hände und geht zur Mutter hoch.

Kann ich Ihnen helfen?, fragt ein Mann, der Sabines Vater ähnlich sieht, doch er wird es in frühestens zehn Jahren sein, es wäre zudem das falsche Zimmer. Im Bett hängt ein glattrasierter junger Mann an Kabeln wie Lotta im Brutkasten, und das Double des Vaters der Füchsin hält eine Hand auf seiner Brust. Die Maschinen gurgeln und piepsen und das Beatmungsgerät übertreibt mit seiner Lautstärke.

Meine Mutter, sagt Nora.

Wahrscheinlich nebenan, sagt der Mann.

Nora schließt langsam die Tür. Die Zimmernummer stimmt. Sie blickt den Flur hinauf und hinab, niemand zu sehen. Sie lässt den Türknauf los.

Sie hätte ihrer Mutter einen Hund besorgen können, einen, der genauso ausgesehen hätte, wie der ihre ausgesehen hat. Oder sie hätte ihr die Wahrheit sagen können und sie wären ins Tierheim gegangen und hätten einen Hund geholt. Vielleicht hätten sie Moby dort entdeckt.

Frau Schnabel, ruft eine dunkle Stimme, die Nora kennt,

und der Stimme folgt ein Lächeln, das nicht schöner sein will, als es ist, wir haben Sie schon gesucht, Schätzchen, geht es Ihnen gut?

.

56

DIESE SPECKFALTE wird zu Unrecht Schwimmreifen genannt, Erika zog sie weg vom Bauch und setzte die Spritze an, er würde sie nicht vor dem Ertrinken retten. Es piekste, doch das wusste sie bloß, sie spürte es nicht mehr. Es piekste. Sie hatte nie schwimmen gelernt. Es piekste. So alt, über ein halbes Jahrhundert, und sie konnte nicht einmal schwimmen. Es piekste noch einmal.

Sie begann zu schwitzen, Meggi saß auf dem Stuhl beim Tisch und wartete. Sie war ihr einziger Gast, und sie war höflich, die Blumen von ihr, das hätte Erika gefallen. Noch einmal.

Sie ging in die Küche und leerte den Rest der Dose auf einen Teller, sie ging ins Zimmer und stellte den Futternapf auf den Tisch. Meggi begann zu fressen, weil sie hungrig war und gerne fraß, ob sie hungrig war oder nicht. Die Zunge war lang, wenn sie fraß, wie ein rosa Aal schlängelte sie sich aus ihrem Maul und zwischen das pürierte Fleisch. Meggi schmatzte, wenn sie fraß. Erika schwitzte, ihre Lider begannen zu flattern und ihr wurde schwindelig, und Meggi wird laut, wenn sie hungrig ist, sie läuft durch die Wohnung, wenn sie hungrig ist, leckt über ihr Gesicht, wenn sie schläft und sie hungrig ist, wird laut, wenn sie zu lange schläft, wenn sie hungrig ist, bellt und es echot in ihren Ohren Ohren, und das Tick Ticken ihrer Armbanduhr auf dem Teppich und

Sie war in einem Bett gestanden und hatte sich an den Gittern in die Höhe gezogen und hatte gewusst, dass sie für Gitter zu groß war, aber alle saßen hinter Gittern hier, und sie verhielten sich auch so, und sie redeten nicht, und sie glotzten ins Leere, und sie brüllten, um die eigene Stimme zu hören, und sie rieben ihre Windeln an die Matratze, und sie rochen am feuchten, warmen Finger, und auch sie musste eine Windel tragen, obwohl sie bereits sauber war, ihr Töpfchen hatte ein Hündchen vorne drauf gehabt, sie erinnert sich genau an das Hündchen, an die Straßenbahnfahrt, an das Klingeln beim Knipsen der Fahrkarte und an das Tick Ticken der Armbanduhr einer Frau, die sie noch nie gesehen hatte und die sie hochhob und mit ihr aus dem Zimmer ging, in dem sie den braunen Zopf, den sie oft zwischen ihren Fingern gehabt hatte, noch von hinten sehen konnte, sie hatte an ein lustiges Spiel gedacht zuerst, und dann war sie im Bett gestanden und hatte sich an den Gittern in die Höhe gezogen, und neben ihr ein Kind, das die Stirn zwischen die Gitterstäbe geschoben hatte und nun feststeckte, und die Frau, die sie noch nie gesehen hatte, kümmerte sich nicht darum, es zu befreien, und sie legte sie in das Bett daneben und sagte, der da ist Kurti und das die Marie, und die Marie schien irgendetwas in der Luft zu sehen, das die anderen nicht sehen konnten und sie auch nicht, und sie nahm sich vor, dem Geheimnis auf die Spur zu kommen, denn Marie sah blöd aus dabei, aber als gefiele ihr das ganz gut eigentlich, es musste ein Geheimnis sein, das sich lohnte es zu kennen, und sie würde es geschickter anstellen als der Kurti, sie würde es nicht mit dem Kopf voraus durch die Gitterstäbe probieren, es musste eine andere Möglichkeit geben, das konnte nämlich doch kein Spiel sein, das hatte sie bereits gemerkt, es gab aber keine andere Möglichkeit, mit dem Kopf voraus durch die Gitterstäbe funktionierte auch bei ihr nicht, und plötzlich stand ein Mann mit Knopfaugen über dem Bett und eine Frau mit einem Mund, der die eigenen Lippen aß, und sie blickten von oben herab zu ihr, als sie mit Zählen beschäftigt war an einem Rechenschieber, und die Frau, die Kurti nicht hatte befreien wollen, zeigte hinunter auf sie, indem sie die Arme aufmachte und sagte, und das ist unsere Erika, und sie führte die Arme zu ihrem Busen zurück, wenn Sie mich fragen, das Hübscheste hier, und nie ein Mucks, und der Mann mit den Augen nickte drei Mal oder vier, und die Frau mit den Lippen nickte ein Mal, das war einfach, und dann wurde sie aus ihrem Bett befreit, und es gab keine Zeit mehr, den neuen Fluchtplan an den Kurti weiterzugeben, und Marie guckte geheimnisvoll in die Luft, und dann fuhren sie in einem Auto, und dann gingen sie in ein Haus, das hundert Millionen Mal so groß war wie sie selbst, und abends bekam sie warme Milch vom Mann und morgens Malzkaffee von der Frau, und dann fuhr sie auf einem roten Tretroller, der mit einer Schleife darum im Garten gestanden war und glänzte und ab nun ihr gehörte, und dann vergaß sie darüber vollkommen auf den Kurti, und dann lief der Mann mit den Augen lachend hinter ihrem Tretroller her, und dann rief die Nachbarin, ein prächtiges kleines Mädchen haben Sie da gefunden, Herr Schnabel, sehr hübsch, und dann gab es Mittagessen, und Abendessen auch.

Kapitelverzeichnis

Bisher im Czernin Verlag erschienen

Nadine Kegele
ANNALIEDER
Erzählungen

€ 17,90
ISBN: 978-3-7076-0446-7
112 Seiten
Hardcover SU
12,5 x 19 cm

E-Book: € 9,99

»Annalieder« ist das beeindruckende literarische Debüt der jungen österreichischen Autorin Nadine Kegele.
Anna und elf andere Frauen sind im Begriff, sich herauszuheben aus einem Leben, das unbeweglich macht. Eine legt sich mit Kaufhausdetektiven an, die andere will keinen Mann, der ihr mit Biologie kommt, eine denkt an brennende Elefanten und die andere wird, um eine Freiheit zu versuchen, die sie als Frau nicht erlebt, zum Mann.